CB066279

Dados Internacionais de Catalogação na Publicação (CIP) de acordo com ISBD

Sales, Fritz Teixeira de

S163v   VilaRica do Pilar / Fritz Teixeira de Sales. - Belo Horizonte - MG: Garnier, 2021.

263 p. ; 16cm x 23cm.

Inclui índice.
ISBN: 978-85-7175-187-3

1. História do Brasil. 2. Minas Gerais. 3. Vila Rica do Pilar. I. Título.

2020-988

CDD 981
CDU 94(81)

Índice para catálogo sistemático:

1. História do Brasil 981
2. História do Brasil 94(81)

VILA RICA
DO PILAR

Diretor editorial
Henrique Teles

Produção editorial
Eliana Nogueira

Arte gráfica
Ludmila Duarte

Revisão
Eduardo Satlher Ruella

Ilustrações
Haroldo Mattos

EDITORA GARNIER
Belo Horizonte
Rua São Geraldo, 67 - Floresta - Cep.: 30150-070 - Tel.: (31) 3212-4600
e-mail: vilaricaeditora@uol.com.br

FRITZ TEIXEIRA DE SALLES

VILA RICA
DO PILAR

GARNIER
desde 1844

Copyright © 2021 Editora Garnier.

Todos os direitos reservados pela Editora Garnier.
Nenhuma parte desta publicação poderá ser reproduzida
sem a autorização prévia da Editora.

De piedra, de metal, de cosa dura,
El alma, dura ninfa, os ha vestido.
                                CAMÕES

À memória do meu pai
  Manoel Teixeira de Salles

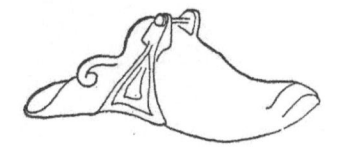

Aos poetas que trazem no verso o sinal da pedra:

  Carlos Drummond de Andrade
  Emílio Moura
  Jacques do Prado Brandão
  Dantas Motta

ÍNDICE

I - As paredes têm ouvidos	13
II - Como nasceu Ouro Preto	19
III - O Povoamento	25
IV - A Casa	45
V - A Igreja	51
VI - Guerra dos Emboabas	65
VII - Motim de 1720 - Instalação da Vila Nossa Senhora do Pilar	89
VIII - O Esplendor de Vila Rica – 1730/50. - Gomes de Andrade. - O Triunfo Eucarístico. - Os Quilombos.	107
IX - Segundo quartel do século - Aleijadinho e Ataíde, Carmo e São Francisco	125
X - A Inconfidência	149
XI - A Conspiração	187
XII - Amplitude do movimento	199
XIII - Tidentes no Rio	211
XIV - Casa da Câmara e Cadeia - Palácio dos Governadores e Casa dos Contos	223
XV - Adeus a Ouro Preto	239
Apêndice - Roteiro de Ouro Preto	249

I — AS PAREDES TÊM OUVIDOS

Ouro Preto espanta pela unidade do conjunto, imagem de uma civilização talhada nas asperezas da serra e da pedra, nascida do trabalho e da ventura, em determinada circunstância histórica, filha das batalhas do povo contra as tiranias, do sentimento nacional, contra o despotismo, do pequeno contra o grande. Cidade erguida entre pedras, silêncio e sombra, verônica austera de um povo, em certas passagens do seu dia, Ouro Preto sensibiliza real e densamente o forasteiro que tiver olhos para ver e nervos para sentir. Assim, por exemplo, às 6 da tarde, em certas épocas do ano, quando o sol se recolhe e as primeiras sombras avançam sobre telhados, varandas e ruas, igrejas, colinas ou estátuas. O céu então, se torna rubro-cinza sobre o corte sinuoso dos morros, o silêncio insinua seu poder, o mistério da noite se projeta através da nuance acinzentada que cobre aqueles horizontes ponteagudos de pedra e terra árida. Parece que a ausência de uma vegetação exuberante concorre para aumentar o nosso espanto. Mais que em qualquer outro, é nestes momentos que melhor visionamos a essência lírica de Ouro Preto, sua significação de retrato de um povo, marco de época, sinal ou símbolo de uma tragédia coletiva que, passada embora, deixou, a ressoar nos futuros o soluço das suas aflições, choro das suas carpideiras, memórias de torturas que permanecem ainda influindo no cotidiano hodierno.

E a imaginação tocada pela magia da cidade, trabalha seu silêncio e suas sugestões, pesquisa lendas e mitos, inventa e recria, transpõe ou constrói; são os poetas que Ouro Preto fabrica. Ontem como hoje, o poeta ao enfrentar este cenário, sente o reluzir do seu próprio lirismo. A cidade desperta seus mundos latentes, deprime ou exalta, chama o poeta para sua terra, seu povo, sua música suas heranças peremptas e fecundas. Forte e seco é o chamamento da terra.

E eis que belos cancioneiros, romanceiros vários como os Critilos ou Dirceus de antanho, perpassam e sonham por entre as sombras das igrejas, as garimpas das torres, ladeiras sinuosas da cidade que ignota a calmaria das planícies. Pois aqui, tudo se precipita na ânsia das alturas, na queda dos mergulhos. Inquieta ou inconstante é a terra que tanta inquietação plasmou na vida do seu povo. A topografia reflete a história vivida no século XVIII. Século do ouro e do sangue, do medo e das batalhas, traições e desafios, século de poetas, músicos, escultores, arquitetos e humanistas. Tempo que inventou aquela frase até hoje de significação tão permanente nas Minas:

— As paredes têm ouvidos.

Cuidado, parceiro, fale menos, pois as paredes têm ouvidos para ouvir, lábios para contar e asas para espalhar. E cada palavra, assim projetada na vertigem dos ventos, pode-se fazer chama ou brasa ardente na carne de quem fala. E foi Antônio Francisco que inscreveu na cartela do seu profeta: *Colocaram uma brasa acesa nos meus lábios.* Cada palavra ouvida pode significar um silêncio de morte, pois o conspirar foi sempre o caminho do povo.

Dir-se-ia que a expressão ferina — *as paredes têm ouvidos* — nasceu da Inconfidência. Bom e ingênuo era o povo. E por isso suas palavras foram ouvidas, de más e torpes foram consideradas e um homem que falava com sua alma e seu pensar nos lábios, pobre e simples homem que sonhava e falava com a brasa nos lábios — foi esquartejado e decepado, a terra da sua casa salgada e seus amigos que eram ricos foram desterrados.

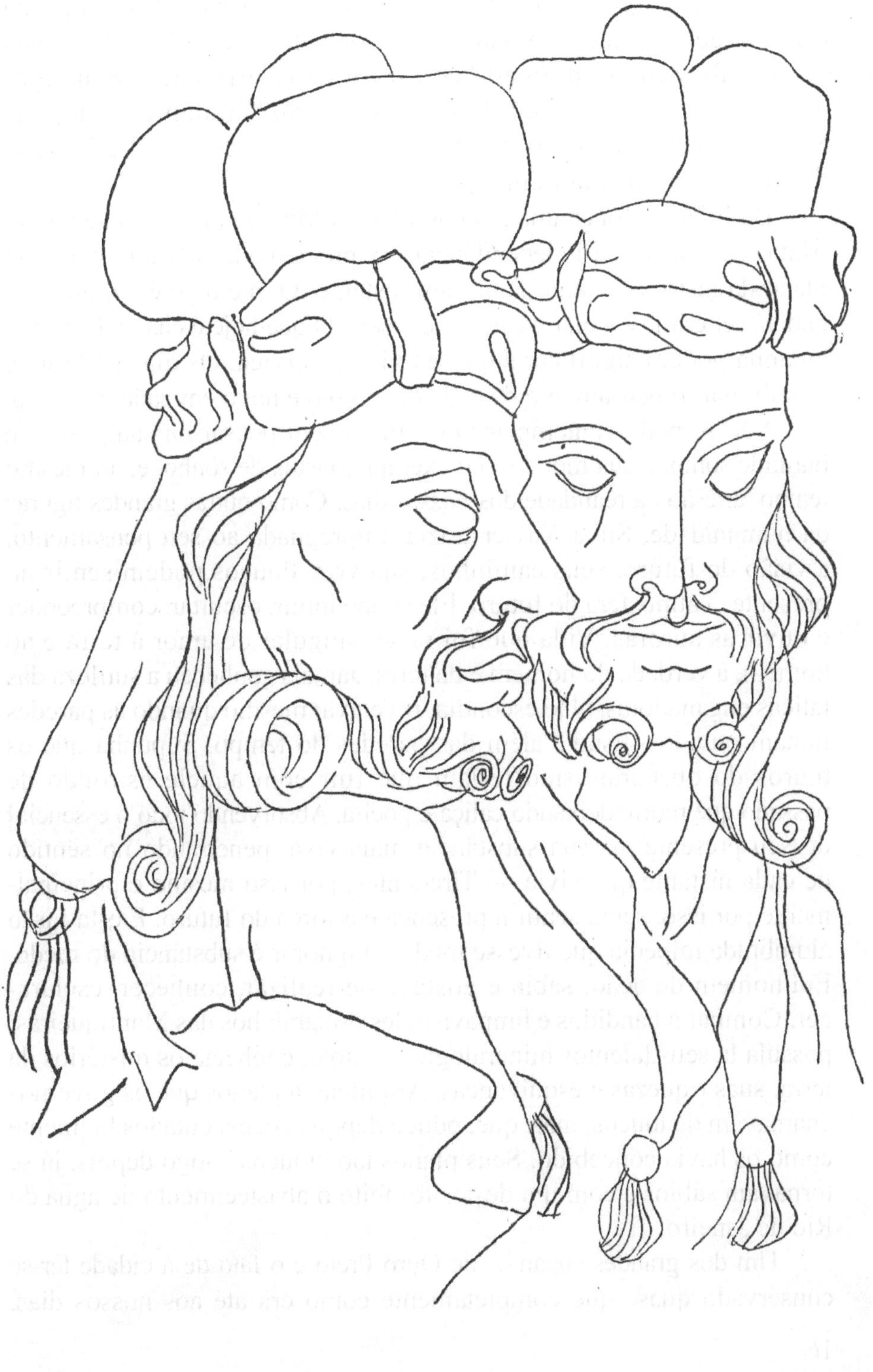

Sempre houve, contra aqueles que fazem uso imoderado da palavra, dois castigos, um para o pobre e outro para o rico. A lei, boa ou má, foi sempre aplicada com irônica relatividade. Seu rigor depende da classe social da sua vítima. Se Tiradentes, a morte. Se Gonzaga, o degredo. Se Tosqueira, o degredo, se Felipe dos Santos, o esquartejamento.

De infância foi chama a Inconfidência Mineira (1789); no entanto, trinta anos depois a independência era proclamada. E trinta anos, no plano da história, é tanto como um instante. O que hoje é lei, amanhã poderá ser crime e é quase certo que o seja. O que hoje é chamado crime, amanhã poderá significar suprema virtude cívica. Os dias podem-se repetir, mas o pensamento de cada dia é vivo e novo em cada dia novo.

Não se pode contemplar Ouro Preto sem pensar na sua grande e humilde sombra, sua morte e seu exemplo. Usina de sonho, e, ao mesmo tempo, artesão da realidade dos nossos dias. Como outras grandes figuras da humanidade, Silva Xavier trazia, impregnada ao seu pensamento, a visão do futuro, seus caminhos, sua voz. Poucos podem sentir no presente, a atmosfera do futuro. Ele soube intuir, oscultar, compreender e ouvir as auroras. Vida que foi rasgo singular de amor à terra e ao homem, à verdade do homem e da terra. Jamais conheceu a sutileza das táticas enganadoras. Não escondia, revelava; mesmo quando as paredes tinham ouvidos. Estava além das paredes do tempo. Supunha que os muros do obscurantismo teriam que ruir com aquele estrondo de passado que morre deixando caliça e poeira. Absorvendo todo o essencial do seu presente, na sua substância mais viva, penetrando no sentido de cada instante que vivia — Tiradentes, por isso mesmo e principalmente por isso, sabia sentir a presença e a força do futuro. E esta visão alumbrada impedia que tivesse medo. O ignorar é substância do medo. Era homem de ação, sabia e gostava de realizar, conhecer, esclarecer. Combatia bandidos e limpava deles os caminhos das Mantiqueiras; possuía lá seus talentos mineralógicos, isto é, conhecia os mistérios da terra, suas riquezas e esquivanças. Arquitetava planos que os governos chamavam de loucos, mas, que, pouco depois, era executados fielmente como os havia concebido. Seus planos tão "loucos", logo depois, já se tornavam sábios e com um destes foi feito o abastecimento de água do Rio de Janeiro.

Um dos grandes encantos de Ouro Preto é o fato de a cidade ter-se conservado quase que completamente como era até aos nossos dias.

Nascendo na última década do século dezessete, seus arraiais, ou núcleos primitivos, tomaram grande impulso a partir de 1700 até 1705, como aliás ocorreu com Sabará, S, João del-Rei e Mariana. A produção de ouro continuou aumentando até as décadas de 30-50. De 1763 em diante essa produção entra em declínio. No fim do século era insignificante. Veio o longo período da pobreza extrema. Os principais visitantes estrangeiros viram Ouro Preto nas primeiras décadas do século XIX, fase da decadência, e nada perceberam. Da cidade e seus monumentos, que são hoje motivo de admiração para outros estrangeiros também ilustres, orgulho dos nativos, glória do povo — disseram sandices superficiais e tolas.

Foi, porém, essa decadência, que percorreu todo o século XIX, como que coroada pela mudança da capital para Belo Horizonte, no fim daquele século e princípio deste, que preservou o perfil singular de Ouro Preto, seu riquíssimo e tão nobre acervo arquitetônico.

O visitante que a percorre hoje poderá não só apreciar e sentir toda a atmosfera plástica e arquitetônica da região da mineração do século XVIII, como também constatar, através dos grades monumentos, das igrejas e residências particulares, que Minas criou, de fato, naquele século, uma verdadeira civilização própria. Quando se considera o conjunto arquitetônico, a grande contribuição "mineira" ao barroco, a literatura da época, a música da mais alta significação, e o numeroso trabalho dos santeiros anônimos, concluímos ter havido, realmente, um movimento cultural isolado da Europa e do litoral, de rara autenticidade e profundas raízes.

Portanto, sua importância decorre, primordialmente, do conjunto da paisagem de pedra, adobe e pau-a-pique, igrejas, chafarizes e edifícios que são trabalho do homem rasgando seus sulcos na memória do tempo, criando histórias, tradição e herança, legando aos vindouros uma definição, uma atitude ou postura certa.

A impressão do turista desliza, desavisada, pelo arcabouço da cidade, flutua naquela superfície arestosa, aflora a estrutura da cidade, áspera a seca, em busca da sua alma tangível, modelada naquele cenário de silêncio, pedra, cal e sombra. Mas aos brasileiros fácil será descobrir a essência de Ouro Preto, sua permanência como fonte dos mitos de um povo.

O conjunto arquitetônico da cidade encontra nas igrejas e capelas sua grandeza maior. Foram muitos e grandes os artistas que aqui deixaram marcas vivas da sua emoção, criando um mundo plástico que hoje dignifica um povo, destacando-o como a gente brasileira que mais soube sonhar-realizando e que com maior paixão soube expandir sua sábia ânsia de construir. Arrancar da natureza bárbara, do solo árido e seco, linhas e formas vivas de doçura e de fé, alegria e leveza, conceitos novos de beleza, concepções pejadas de audácia e graça, frescor de um povo que nascia. São monumentos de escultura plenos da vida máscula da mão que esculpe com a consciência da forma e das suas virtualidades, transformando a matéria em algo que abala, redime, revela.

E com que ignorada humildade souberam trabalhar os mestres de Vila Rica. Quanta dignidade no silêncio do trabalho nos legaram! Desde as salas do Museu da Inconfidência, através das dez ou doze principais igrejas e também entre particulares, o forasteiro põe à prova sua capacidade de ver e de sentir. Sua visão se transforma pela violência do uso intenso e repentino, em verdadeira e nova arte. E ele começa a destruir preconceitos dentro de si mesmo; rompe com prejuízos ou limitações da sua impertinente e irritante pequenez. Está crescendo como planta ou menino, está-se renovando todo — descobridor. E de repente sabe que está exausto. Ouro Preto exaure e enfastia pela simultaneidade do espetáculo. Mundos ignorados brotam e se revelam no imprevisto vertiginoso do barroco jesuítico do princípio do século, na leveza e na alegria do mestre Lisboa, instrumento maior de toda a ânsia de beleza do povo, raiz e tronco, bruto e virulento, Lisboa sozinho, clarificando pedras e serros, socavões de tantas lendas. Aqui ele nasceu e cresceu, amou e criou. Aqui seu corpo sangrou seus martírios; suas humilhações que jamais morreram sem respostas. Esta é a sua cidade, toda de pedra, marcada por ele, artesão que sofria entre a fé e a revolta, mudo na solidão de sua grandeza, transmitindo à pedra suas raivas e ternuras.

Eis agora Ataíde cobrindo o teto da S. Francisco de Assis, sua maneira tão mineira de traduzir as enxúndias rafaelistas, o vigor, pessoalíssimo, do seu desenho inconfundível, a graça e a quentura de suas cores de tão forte poesia, colorido do qual extraía um ritmo admirável e peculiar, sua pintura esvoaçante e sonora, como se música fosse. Ataíde foi um artista completo em sua época, informado e aparelhado, dotado de um talento vivo e uma inteligência cultivada como se verifica em documentos deixados por ele sobre as diversas soluções que se deveria adotar na igreja do Carmo de Ouro Preto. Seu trabalho no teto dos Terceiros do S. Francisco é obra-prima da pintura colonial em Minas. Deixou também vários quadros e retratos, como o Frei Lourenço, fundador do Caraça, a Ceia e outros.

II - COMO NASCEU OURO PRETO

Narram antigos e doutos historiadores, entre eles, Diogo de Vasconcellos e certo jesuíta erudito viajeiro e filósofo, que assinava André João Antonil e se chamava João Antônio Andreoni, italiano como se vê, que — antes de 1700 — houve, entre outras, uma bandeira vinda da cidade de Taubaté; furava planícies, vencia serras e matas, atravessava rios, matava indígenas. Nesta bandeira vinda de Taubaté, havia um homem pardo cujo nome se ignorava. A região se chamava, "o Sertão do Cataguá". Após longas andanças e lances heroicos, chegaram a um pico muito alto que hoje se denomina Itacolomi. O mulato desceu o morro, meteu a gamela no ribeirão do Tripuí, que corria embaixo e bebeu da sua água. Esta deve-lhe ter sabido bem, pois são frescas e puras as águas nascidas em região de pedras e granitos. Deliciosa sempre foi a água de Ouro Preto. Ao matar a sede, o homem encontrou no fundo da bateia ou gamela, umas pedrinhas negras e duras. Gostou dessas pequenas pedras, guardando-as consigo. E para Taubaté voltou com seus granitos. Chegando em casa, vendeu os ditos a um tal

Miguel de Souza, que logo depois, desapareceu da história. A venda foi feita por meia pataca e uma oitava. Alguém mandou algumas dessas pedrinhas ao Governador do Rio de Janeiro, Artur de Sá e Menezes, que grande influência teve nos primeiros anos da história de Minas, como veremos. Esse Artur de Sá e Menezes levou à boca as pedrinhas, trincando-as nos dentes, o que as descobriu da crosta negra, revelando o rutilar do ouro, metal que possui o dom de enlouquecer a todos, particularmente aos governadores.

Em virtude dessa crônica que percorreu o Brasil, tormaram-se muitas bandeiras com a finalidade de se estabelecerem na região do Tripuí. Várias, porém, não conseguiram descobrir o citado pico, considerado, então, como sinal, marco ou baliza. Até que uma delas, liderada por um homem chamado Antônio Dias de Oliveira, procurou rota diferente das anteriores que tentavam entrar no Tripuí pela Serra Itaverava. Este, ao contrário, procurou entrar por onde saíram as bandeiras anteriores. E era exatamente desta saída e não da entrada do Tripuí, que se podia vislumbrar o muim citado e ambicionado pico coroado por uma pedra, chamado Itacolomi, que significa, em língua Tupi — o menino de pedra, conforme se pode ler em Teodoro Sampaio, *O Tupi na Geografia Nacional*. Afirma Diogo de Vasconcellos que o fato ocorreu em 1696.

Antônio Dias de Oliveira, entrando por Ouro Branco, chegou pelas alturas vizinhas, já de tardinha, em uma chapada bonita, hoje Campo Grande, situada logo depois da serra do Pires. Aí dormiu Antônio Dias com sua gente, inclusive dois irmãos Camargos. Era mês de junho e o frio durante essa noite inicial deve ter sido intenso. Fizeram por certo muitas fogueiras ponteando a escuridão com seus fogos.

Quando nasceu o sol, o bandeirante viu na sua frente o menino de pedra, grande Itacolomi reluzindo. Falaram logo em santo e milagre, que não se compreendia a vida sem o sal de um milagrinho.

Ouro Preto havia nascido. Um século de tumulto e tragédia rompera sua sina por entre as montanhas negras e ásperas, que se chamariam, depois, as minas gerais. Muito sangue teria que jorrar sobre essas pedras, muito povo teria que sofrer sua pobreza. Ouro Preto nascera e Minas também, sob o signo da pedra. Quando os homens deixavam suas casas taubateanas, paulistas ou baianas, em busca das ricas montanhas de ouro, os velhos de sábias experiências lhes diziam: — Procurem a pedra grande no cimo da montanha maior. — E muitas lendas circularam em torno destas serras de ouro, prata ou esmeraldas.

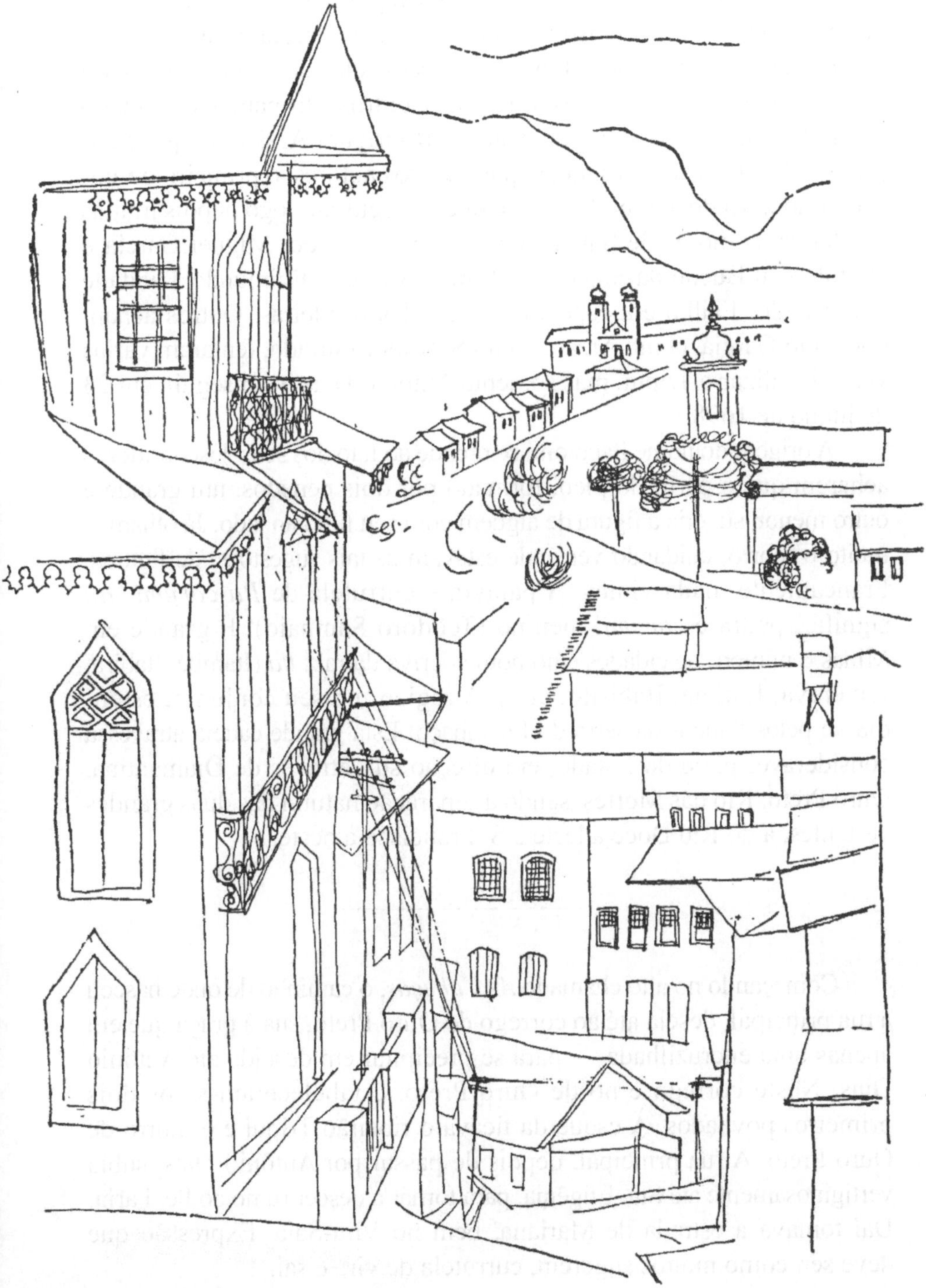

Essa história divulgada por Antonil sempre nos sugeriu certo jeitão de lenda. De fato, do episódio outras versões circulam baseadas em autores também idôneos. Salomão de Vasconcellos, por exemplo, assim como Cláudio Manoel da Costa, Taunay e outros, afirmam que o mulato citado pertencia à bandeira de Antônio Rodrigues Arzão, ou que era o próprio Arzão. Este, portanto, é, para muitos autores, o primeiro descobridor do ouro do Tripuí. O certo é que se seguiram logo depois muitas bandeiras, como as de Salvador Fernandes Furtado, Miguel Garcia e Bartolomeu Bueno da Siqueira. Afirma o Cônego Raimundo Trindade que o Padre Fialho era capelão de uma das bandeiras. Outros acham que tanto Garcia, como Arzão, como Salvador Furtado, tentaram várias vezes localizar o Tripuí, mas somente Antônio Dias o conseguiu em 23 de junho de 1698.

A origem do nome Itacolomi se prende ao fato dos seus descobridores acharem que o perfil do pico, formado por dois penedos, um grande e outro menor, sugeria a figura de alguém com seu filho ao lado. Já olhamos muito o morro, cuidando ver onde estavam as tais sugestões, de figuras. Francamente, nada vimos. A palavra é currutela de *Ita-corumi*. *Ita* significa pedra e *corumi*, menino (Teodoro Sampaio). É grande em Minas o número de cidades cujo nome deriva da raiz *Ita* (Itambé, Itabira, Itaverava, Itatiaia, Itabirito, etc.). A região, no seu conjunto, estendia-se pelos flancos da serra do Espinhaço. Esta grande cadeia atravessa considerável parte do Estado, em direção sul, através de Diamantina, Ouro Preto, Rio das Mortes, sendo a separação natural das duas grandes vertentes, a do Rio Doce a leste e S. Francisco a oeste.

Começando no alto chamado *As Cabeças*, o caminho de onde nasceu a rua principal, descia até ao córrego de Ouro Preto, sua à praça que era apenas uma encruzilhada — para se precipitar em descida até Antônio Dias. Neste córrego e no de Ouro Preto, estabeleceram-se os dois primeiros povoados. À esquerda ficava o ribeirão Tripuí e o morro de Ouro Preto. A rua principal, depois de passar por Antônio Dias, subia vertiginosamente até Sta. Efigênia, para tornar a descer rumo ao Pe. Faria. Daí tomava a estrada de Mariana, bem no Vira-Saia. Expressão que deve ser, como muitos sugerem, currutela de vira e sai.

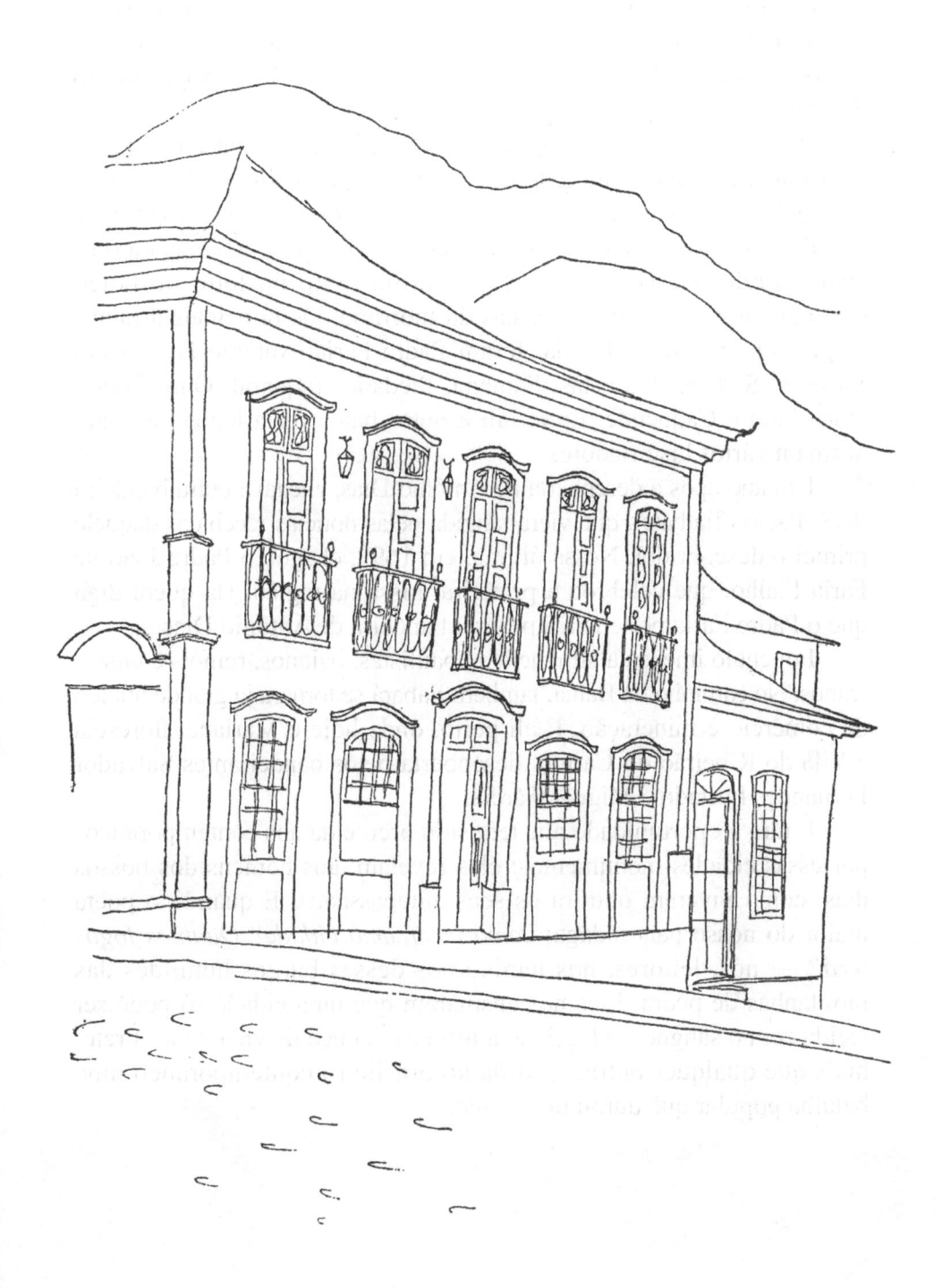

A distância que separava esses povoados iniciais era grande. O Antônio Dias e o Ouro Preto, crescendo ambos, encontraram-se no morro de Sta. Quitéria, hoje praça Tiradentes. A rua principal tomou, então, seu sentido longitudinal, ligando as três colinas, Cabeças, morro Sta. Quitéria, e no outro extremo, Sta. Efigênia.

As demais ruas foram abertas também espontaneamente, a princípio pela mineração que logo galgou os flancos do morro de Ouro Preto, e, depois, pelo comércio que se fez intenso nos primeiros vinte anos da vila. As ruas são coleantes e acidentadas porque o povoamento se fixava onde ocorria o ouro. Este surgia tanto no leito ou beiço dos córregos, como nas encostas da morraria. Os principais arraiais, surgidos na primeira década, foram Padre Faria, Antônio Dias, Bom Sucesso, S. João, Paulistas, Santana, Piedade, Taquaral, Ouro Podre, Ouro Fino e Caquende. Entre um e outro havia meia légua de mato, afirmam vários historiadores.

Um ano após a descoberta de Antônio Dias, chegava outra bandeira de S. Paulo (Taubaté), que viera tangida pelas notícias recebidas daquele primeiro descobridor. Nessa última, em 1699, chegou o Padre João de Faria Fialho, que celebrou a primeira missa na região. Há quem diga que o Padre Faria pertencia à própria bandeira de Antônio Dias.

Foi então imensa a afluência de paulistas, baianos, reinóis e taubateanos. No caminho da Bahia, também Sabará se tornara já grande núcleo de comércio e mineração. E ali perto, onde hoje é Mariana, florescia a Vila do Ribeirão do Carmo, descoberta pelos bandeirantes Salvador Fernandes Furtado e Miguel Garcia.

É rara a oportunidade que tem sido oferecida aos contemporâneos por essas cidades-monumentos: elas revelam, aos homens dos nossos dias, como viveram outrora os seus antepassados. E quando o poeta maior do nosso país indaga: *como tecer uma cidade? Quantos fogos terá?* — nós, leitores, nos lembramos desses burgos humildes das montanhas de pedra. Eles nos ensinaram que uma cidade só pode ser tecida com o sangue e a lágrima, a festa e o soluço da vida. Ouro Preto, mais que qualquer outra, recorda ao brasileiro contemporâneo uma batalha popular que durou um século.

III – O POVOAMENTO

Estamos no ano de 1700. Terminara o ciclo dos caminhos abertos na selva, caçadas de índios, roçados para pouso das jornadas bravias, que, "ao mundo, novos mundos revelaram", no dizer daquele que fora pai da língua, dono da epopeia.

Bela epopeia haviam-nos legado os bandeirantes durante os séculos dezesseis e dezessete, investindo contra os sertões ignorados do Guaicuí, buscando a serra das pedras verdes na Lagoa Vapabussu, perseguindo lendas que, afinal, revelaram uma grande e áspera realidade: as minas gerais.

Investindo contra a Serra do Mar, vencendo a Mantiqueira que parecia sem fim, o paulista atingia os campos altos das nascentes do Paraopeba, rompia sempre nova morraria, atingia o Guaicuí, ou Rio das Velhas, que já sabia afluente do S. Francisco, subia e descia, para, afinal, retroceder à região de Ouro Preto. Outros vinham do oeste, Ibipuruna, Rio das Mortes, Borda do Campo, agora Barbacena, passando pelos sítios que hoje são Lafaiete, Congonhas, Vila Rica.

Outros ainda já tangiam suas grandes boiadas vadeando o S. Francisco. Tanto da margem direita como da esquerda, descia gado da Bahia para Minas. Eram longos esses caminhos. Cada viagem representava algo maior que uma batalha. Cronistas antigos falam em 237 léguas da Bahia à Vila Rica, ou 186 até Roça Grande, em Sabará.

A coroa portuguesa que já havia aproveitado tão mal o pau Brasil, os engenhos de açúcar do Nordeste, perdendo o monopólio mundial desse produto, encontrou na mineração a "loteria" que deveria salvar a corte da falência. De crise em crise, com uma estrutura econômica não adequada à expansão decorrente das grandes conquistas marítimas de tantos e tão proclamados Vascos da Gama, a monarquia portuguesa cambaleava e ambicionava, visionando o ouro.

Afinal, os tesouros sonhados se lhes deparavam reluzentes como conquista feita. Os arraiais nasciam. Multidões chegavam. Morrera o patriarca da serra verde, Fernão Dias Paes, cuja memória pejada de lendas, será para sempre o orgulho dos paulistas. Morrera o fidalgo Castelo Branco, num descuido decepado pelo Borba Gato, já então pontificando no Sabarabussu. Morreram muitos e velhos heróis, porém contra o clima e a topografia madrasta, os arraiais cresciam, capelas humildes ponteavam os cumes de serras selvagens, velhos homens afloravam um mundo novo, nova miragem resplandecia no sertão dos gerais.

Ninguém plantava. Todos mineravam. Um boi custava cem oitavas de ouro; um alqueire de farinha, quarenta oitavas. Perigosa sempre fora a imprevidência humana, especialmente a portuguesa. Veio a fome terrível e brutal. Mataram ratos e cães para comer, ganhavam mataria áspera em busca de qualquer mata-fome, fruta silvestre, bicho ou raízes. E douto cronista nos informa: *achando-se não poucos mortos com uma espiga de milho na mão, sem terem outro sustento* — (Antonil, ob. cit. pág. 517).

Todavia, os homens continuavam a chegar. De Taubaté ou Bahia, do norte, do sul ou do centro, os homens chegavam. Buscavam ouro e mais ouro. Não havia alimento, nem estradas para os mantimentos, nem casas para se dormir, nem paz para se pensar; mas havia moitas para se amar e ouro a garimpar.

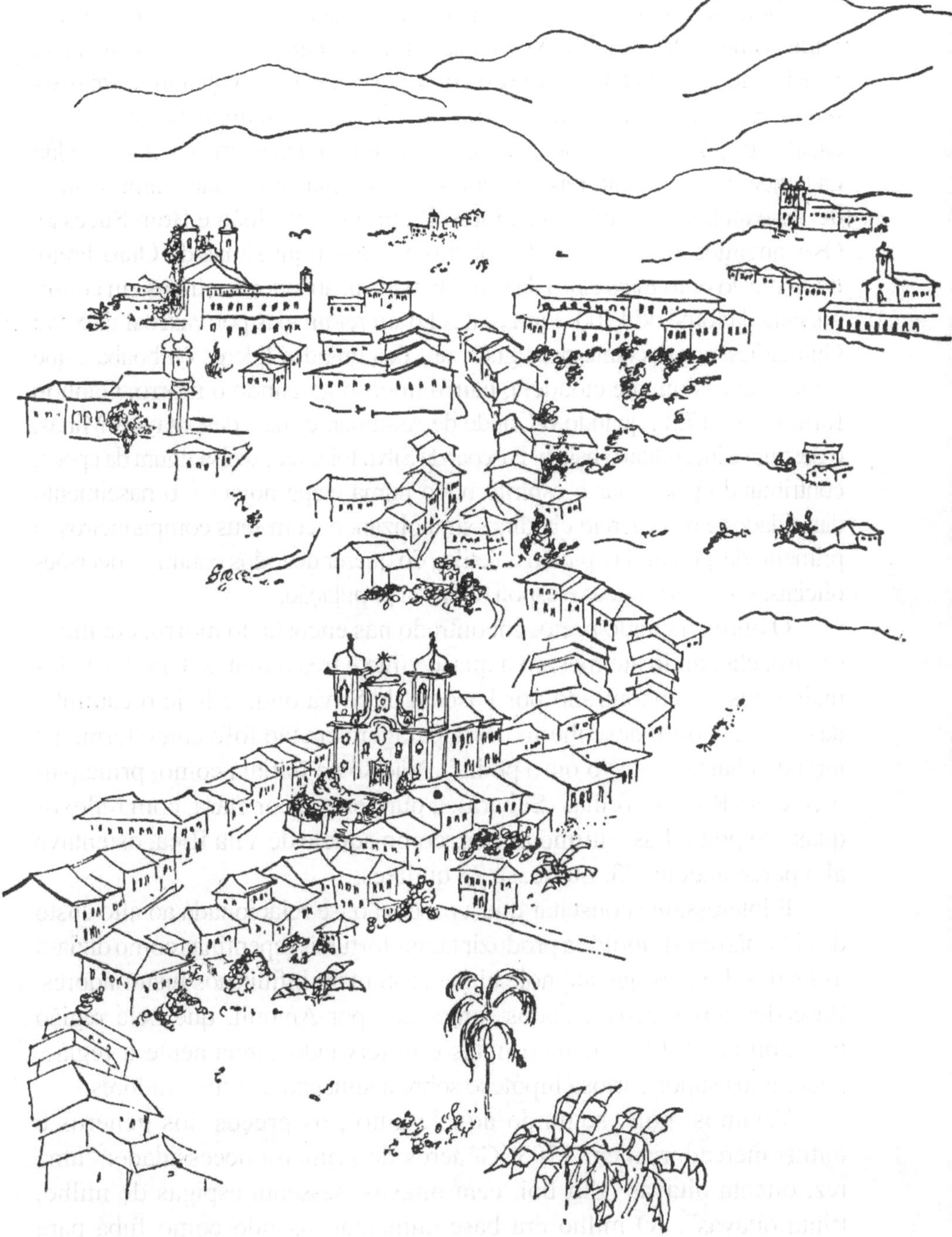

De noite, pela madrugada ou à tarde, os homens chegavam. Os velhos descobridores do Ouro Preto não aguentaram; fugiram da fome tanto o Padre Faria como Antônio Dias. Muitos se retiraram para Taubaté e, mais tarde, vencia a fase aguda da tragédia coletiva, persistentes — voltaram e até mesmo se enriqueceram. O Padre Faria morreu em Guaratinguetá em 1703. A capela que possui seu nome, que é de 1710, foi homenagem ao velho capelão da bandeira de Antônio Dias descobridora do então chamado Campo Grande. As capelas mais antigas de Ouro Preto foram S. João e Bom Sucesso. Os Camargos, que haviam descoberto as catas riquíssimas de Ouro Preto, diferente do ouro mais claro da serra da Itatiaia, abandonaram-nas em consequência da fome de 1700. Essas catas foram retomadas por Pascoal da Silva Guimarães, comerciante português, um dos grandes líderes emboabas, que criou impressionante cidadela, bairro imenso galgando o morro. Ganhou fortunas até 1720, quando o Conde de Assumar, o mais déspota das Minas, o destruiu e incendiou o bairro. Pascoal da Silva foi uma excelsa figura da época, contribuindo para criar o espírito novo numa etapa nova — o nascimento das cidades e o comércio citadino, simbolizando, com seus companheiros, o primeiro despontar da opinião coletiva, do querer de todos contra as decisões oficiais, sempre errôneas e espoliativas da população.

O ouro chamado preto, encontrado nas encosta do morro, era fino e escuro, chegando até mesmo a quase vinte e três quilates. Um dos veios mais ricos foi encontrado por Pascoal da Silva onde é hoje o caminho das Lajes. O ouro descoberto nessa paragem era tão fofo como terra, daí ter sido chamado de "o ouro podre". Não só na Itatiaia como, principalmente, no Rio das Velhas (Sabará), o ouro era de cor clara, com reflexos quase de prata. Esse último porém, como aquele de Vila Rica, ostentava alta percentagem, 23, ou quase 23 quilates.

É interessante constatar que a produção, se relacionada ao alto custo de vida, não era de molde a produzir tantas fortunas repentinas como diziam as lendas. Lendas que até hoje ainda costumam influir nos historiadores. Baseados nos preços e dados fornecidos por Antonil, que pela região transitou em 1705, tomando notas e observando diretamente a região, poderemos supor curiosa hipótese sobre a situação dos mineradores.

Vejamos, pois, segundo aquele autor, os preços dos gêneros e outras mercadorias em 1703. Gêneros de primeira necessidade: "uma rez, oitenta oitavas. Um boi, cem oitavas, sessenta espigas de milho, trinta oitavas". (O milho era base alimentar, usando como fubá para várias finalidades além da farinha de milho, de vasto consumo.). "Seis bolos de farinha de milho, três oitavas. Um presunto de 8 libras, dezesseis oitavas. Um pastel pequeno, uma oitava. Uma libra de manteiga (de leite), uma oitava. Uma galinha, três ou quatro oitavas. Seis libras de carne de vaca, uma oitava". As bebidas, o fumo, o azeite, a marmelada e os confeitos, tudo era realmente caro. Quanto às vestimentas, vejamos alguns exemplos: "por uma casaca de pano fino, vinte oitavas; por uma veste de seda, dezesseis; calções de seda, doze; um par de meias de seda, doze oitavas; um par de sapatos de cordovão, cinco e um chapéu ordinário, seis oitavas; uma carapuça de seda, quatro ou cinco oitavas".

As carapuças eram importantes. Mas há outros preços: "uma faca de ponta com cabo curioso, seis oitavas". O mestre não explica qual era a curiosidade, mas continua: "uma tesoura, duas oitavas, um canivete, duas".

E podemos encontrar também os preços dos seres humanos (escravos) ao lado de animais de sela: "Por um negro bem feito, valente e ladino, trezentas oitavas. Por um moleque, cento e vinte oitavas. Um crioulo, bom oficial, quinhentas oitavas. Por uma mulata de parte, seiscentas ou mais oitavas; negra ladina, cozinheira, trezentas e cinquenta oitavas; por um cavalo sendeiro, cem oitavas; um cavalo andador, duas libras de ouro". (Antonil, ob. cit, pág. 519.)

No entanto, vejamos o rendimento da mineração, a julgar pelo mesmo autor. Afirma ele que era considerado como um ribeiro de boa produção aquele que rendia, numa bateada, duas oitavas de ouro. Mas explica que "assim como há bateadas de meia oitava e de meia pataca, assim há também bateadas de três e quatro, cinco, oito, dez, quinze, vinte e trinta oitavas."

Poderíamos calcular como média global de produção, uma oitava por bateada. Um trabalhador forte e treinado, um escravo, desde que bem alimentado, poderia produzir, aproximadamente, de 30 a 40 bateadas por um dia de serviço, descontando-se o tempo gasto para o desmonte, expurgo de cascalho grosso, etc. Teríamos, por conseguinte, quarenta oitavas de ouro por dia como produção de um escravo em serviço. Isto, porém, é apenas uma hipótese aplicável à situação de 1703 até 1708, mais ou menos. Depois de 1715 até 20 e 22, transformou-se o processo de 'extração na maioria das lavras através da roda hidráulica introduzida por Manuel Pontes. Os meios de produção, porém, continuaram os mais primitivos: enxadões, almocrefes, picaretas, alavancas e o braço escravo, são os instrumentos de trabalho.

Aqueles preços acima citados continuaram a subir, pois o povoamento aumentava cada vez mais e é de se supor que a partir de 1708, com a vitória dos emboabas, as últimas restrições contra a entrada de forasteiros desapareceram por completo.

Foi tamanho o *rush* para as minas dos guataguás e guaicuí, que autoridades metropolitanas temeram o completo despovoamento das outras capitanias, principalmente Bahia e Pernambuco. Todos desejavam enriquecer-se e as minas constituíam sedutora miragem.

É de se ver, portanto, que a situação do minerador não podia ser invejável. Dependia da sorte, condições climáticas, e outros imprevisto. Mais sólida deveria por certo ser a profissão de comerciante. Muitos eram ao mesmo tempo — mineradores e comerciantes.

Onde se instalava esta tão afoita multidão de chegantes? A coroa não pensara nisto, que o pensar nunca fora predicado de cabeças coroadas. Os paulistas, percebendo os desavisos e confusões, pediram ao rei proibisse a vinda de mais gente para as minas. A esta altura, porém, já era tarde. Como segurar esta avalanche?

E os ranchos se multiplicavam pelas encostas e beiços de córregos. Os povoadores erguiam suas palhoças de barro batido (sopapo) e pau-a-pique, cobertas de palha ou sapé — guiados pela ocorrência do ouro. Esse aparecia não só no leito dos rios e riachos, como às suas margens e a meia-encosta. Quando no leito do rio, chegaram a desviar o trajeto deste, secando e isolando determinado trecho com paliçadas de madeira, terra e capim, a fim de mais comodamente, retirar o cascalho para bateá-lo. Quando se tratava de trabalhar o barranco do rio, usava-se o desmonte com picaretas e almocrafes, terminando a apuração no fundo cônico da bateia. Essa, no seu movimento rotativo, fazia com que o ouro mais pesado que a água, repousasse no fundo, proporcionando a saída desta água e das impurezas pela superfície. O homem trabalhava com o tronco voltado para frente, acionando a bateia em movimento circular e contínuo, geralmente com água até aos joelhos. Finalmente subiam as encostas e houve o processo de extração denominado *em talho aberto*; eram cortes regulares ao longo da encosta do morro como se fossem curva de nível. Pelo meado do século, canalizavam regos de água nascida na parte mais alta do terreno, a fim de que o minério fosse conduzido, automaticamente, até embaixo, onde encontrava um depósito retangular feito de pedra (verdadeiro tanque) chamado *mundéu*, palavra de origem Africana

À margem das correntes fluviais, o metal estava, geralmente acamado e revestido de terra, areia e cascalho. Por isso, sua extração exigia o seguinte trabalho, chamado desmonte: retirava-se a primeira camada superficial de terra vermelha; atacava-se então a segunda camada de

1-Matriz de Nossa Sra da Conceição. Capela-Mor, com elementos clássicos e do Rococó.

2 - Chafariz de Antônio Dias.

3 - Igreja de São Franscisco de Assis. Fachada. →

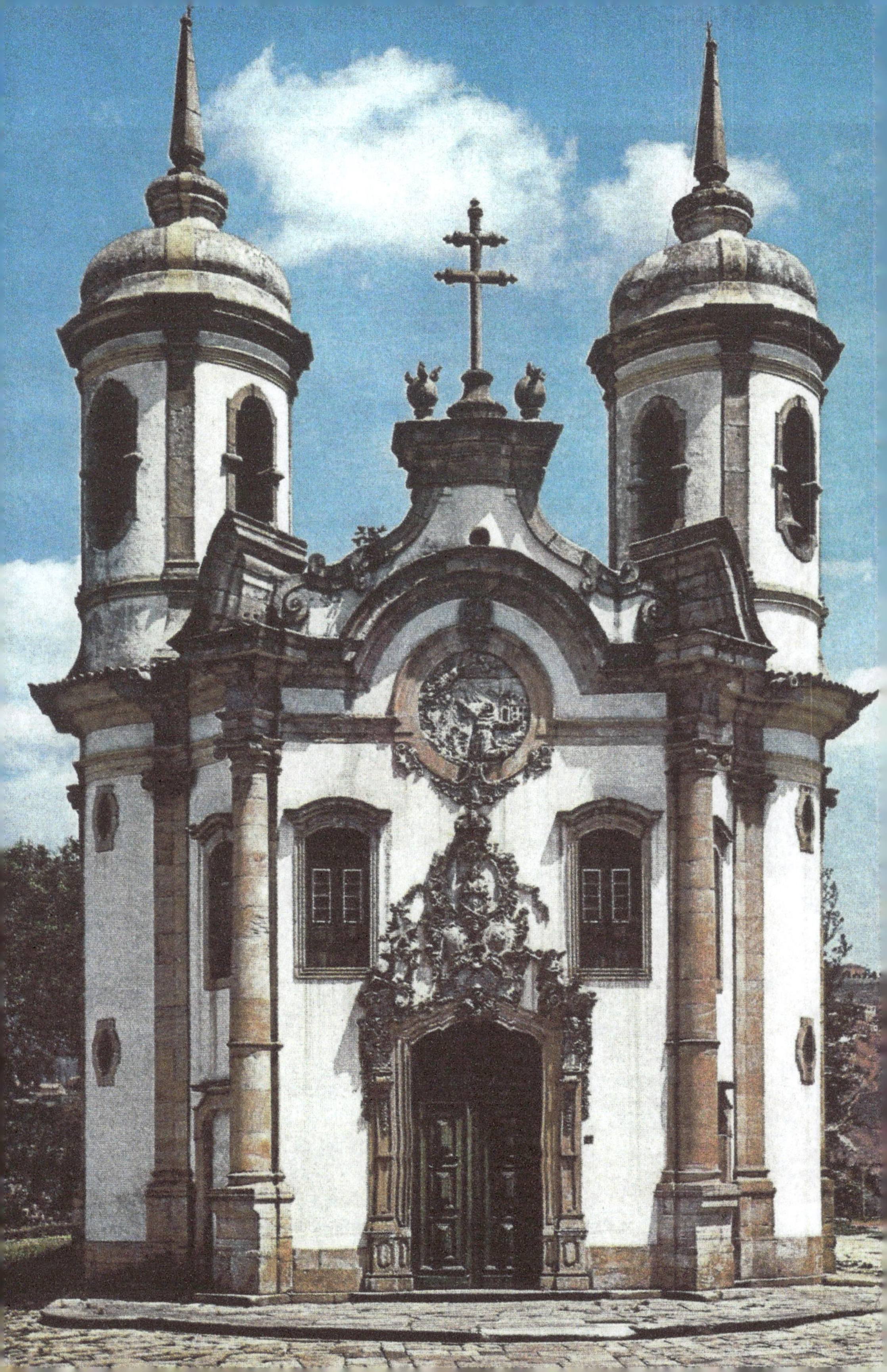

4 - Matriz de Nossa Sra do Pilar. Talha Dourada

5 - Igreja de São Franscisco de Assis. Detalhe da Fachada. →

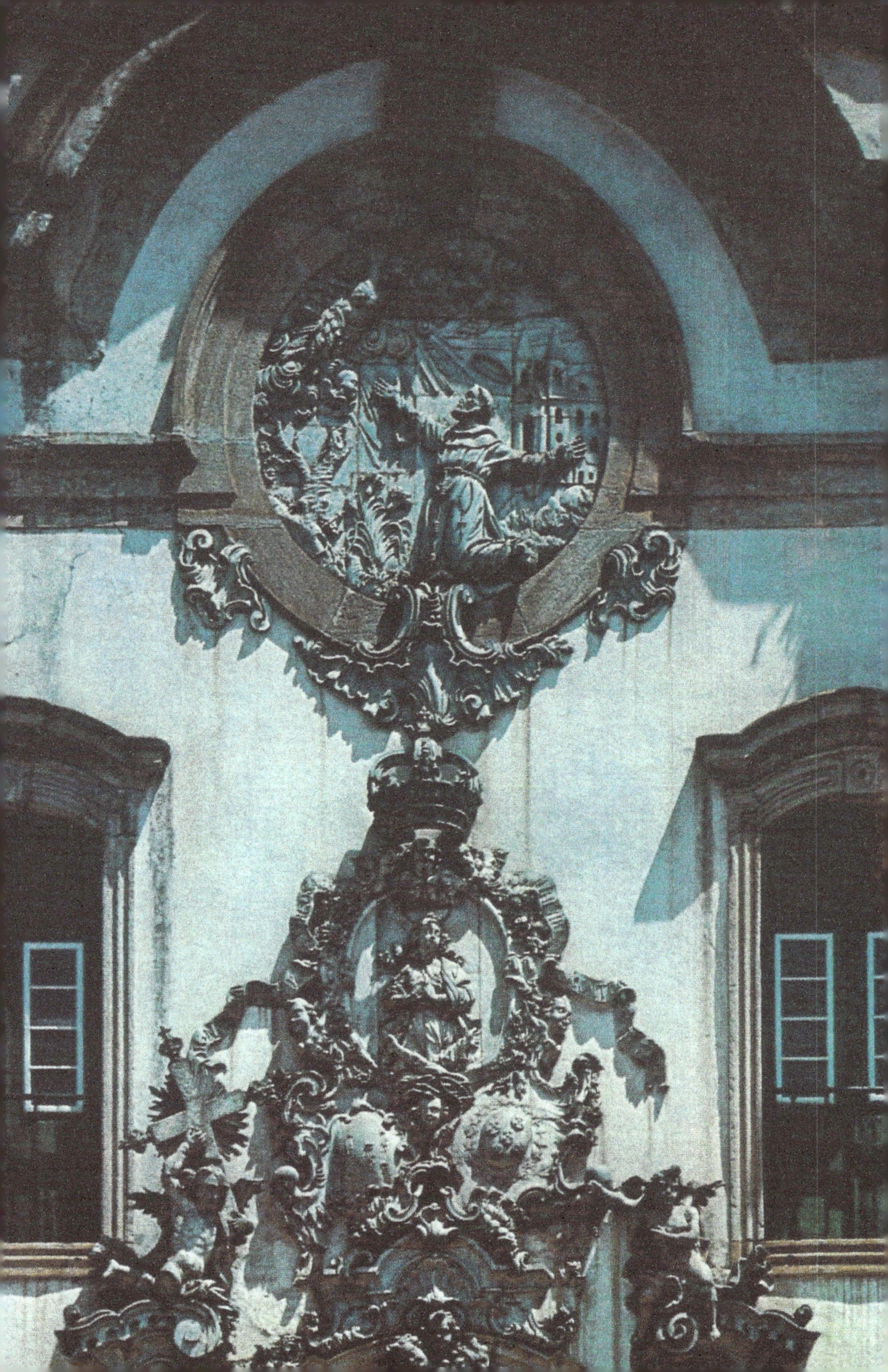

6 - Igreja São Francisco de Assis - Altar interno

7 - Igreja São Francisco de Assis - Sacrifício →

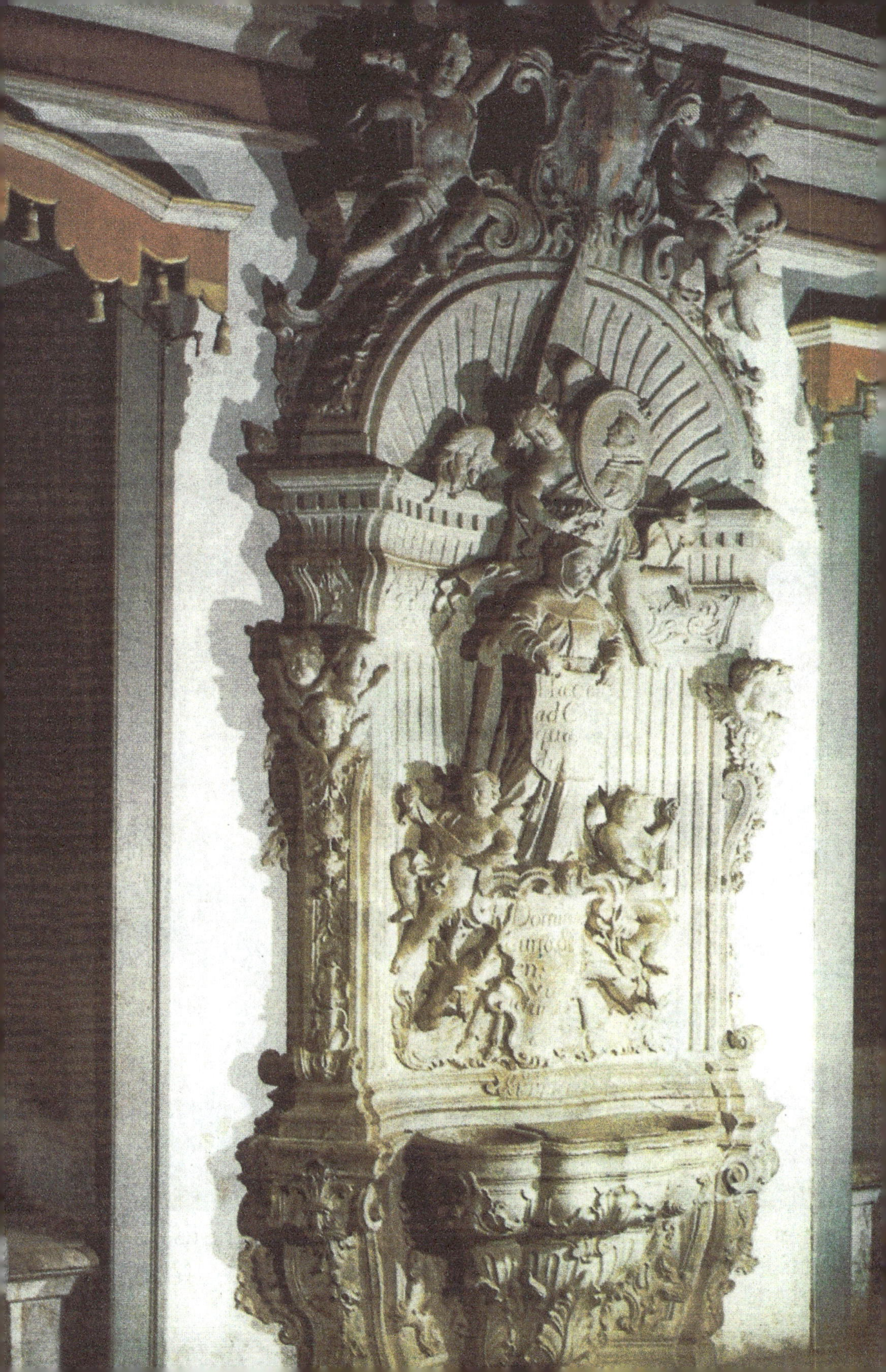

8 - Igreja São Francisco de Assis - Forro de nave. Pintura de Manoel da Costa Ataíde.

cascalho grosso ou seixos rolados (que Antonil chama "pedregulhos"); em terceiro lugar, há nova camada mais fina; afinal encontra-se a piçarra, que é barro amarelado com areia, às vezes de cor esbranquiçada e, depois desta — o ouro.

A água desempenhou várias funções fundamentais durante a mineração. Outro elemento básico foi o escravo. Não havia grandes senhores de escravos, a não ser excepcionalmente, como no caso de Pascoal da Silva Guimarães, que, em certo período, chegou a possuir de 300 homens em serviço. Habitualmente, o minerador trabalhava com quatro ou cinco escravos, espalhando-se, por isso, os pequenos grupos ao longo dos córregos e encostas. As datas eram concedidas pela coroa, sendo a sua extensão "proporcional ao número de escravos, dando duas braças em quadra para cada escravo". Com 15 trabalhadores, uma data de 30 braças. As duas primeiras pertenciam ao descobridor; a terceira a El-Rei e logo após essa, a data do guarda-mor. A seguir a distribuição era feita, teoricamente, por sorte. Como era natural, nessa distribuição os paulistas eram protegidos pelo guarda-mor.

Embora a coroa se tivesse preocupado longamente com a descoberta do ouro e apesar de sabê-lo descoberto definitivamente desde 1694 ou 1696, nenhum plano racional foi feito para a exploração e aproveitamento dessas lavras. O ouro era todo de formações aluvionais espalhadas à margem dos ribeiros e fraldas de serras. Tratava-se, portanto, de uma exploração radicalmente diferente do ouro de jazida, estratificado através de séculos em formações geológicas, e, portanto, de significação ou remuneração econômica muito maior que o ouro de aluvião. Em Minas existiam os dois tipos de formação aurífera, mas a coroa ignorou essa distinção elementar, parece que até a vinda para o Brasil do geólogo alemão, Barão de Eschewege, em 1808, na fase de completa decadência da mineração. Faltavam à colônia elementos com conhecimento técnico ou científico, como faltavam também administradores com um mínimo de senso econômico e até senso comum. Daí, em grande parte, a terrível fome de 1700 e a continuidade da crise caracterizada pelo alto custo de vida e mal-estar coletivo. O conflito de interesses antagônicos entre a metrópole e a colônia, iniciado em 1640 ou 50, acentuou-se em todo o Brasil e particularmente em Minas com a mineração, culminando no fim do século XVIII.

Havia um governador no Rio de Janeiro, com jurisdição sobre São Paulo e Minas e nesta última região o guarda-mor, o provedor e o escrivão, encarregados da cobrança do quinto, isto é, do imposto de 20% pertencente à coroa. Teórica e juridicamente, as lavras descobertas pertenciam aos seus descobridores, os paulistas, segundo a Carta Régia de 18-3-1694. Essa resolução do Rei inspirou-se provavelmente na carta do Governador Paes de Sande, de 8-1-1693, em que sugeria à coroa, como medida de estímulo, que se garantisse ao descobridor a posse das lavras. Afirma o Governador Paes de Sande que os paulistas eram os únicos capazes de tamanho empreendimento, isto é, descobrir e explorar "as célebres minas de prata de Sabarabussu".

Os bandeirantes, porém, se eram altamente indicados para as grandes descobertas que realizaram, não o foram para a exploração constante e meticulosa dessas riquezas. O trabalho da mineração exigia um tipo de atividade citadina e mercantilista e, consequentemente, imprópria aos hábitos, costumes, formação e prepotência dos heroicos mandatários ou potentados da "raça dos gigantes", os bandeirantes. Tanto a sua vivência como o seu comportamento social tornavam os bandeirantes contraindicados para a mineração. A origem das bandeiras, das menos românticas e mais diabólicas que se possam imaginar — era a caça criminosa ao indígena, cujos costumes e hábitos, em certos aspectos éticos — eram mesmo superiores aos costumes dos paulistas. Se escravizavam os seus semelhantes, também os bandeirantes se enriqueciam ao escravizá-los. Por outro lado, os métodos usados pelos bandeirantes eram tão bárbaros, que chegaram a exterminar tribos inteiras, contribuindo, antes, para despovoar a colônia em lugar de povoá-la, finalidade primordial da metrópole. Nesse sentido, foi utilíssima a atividade dos grandes criadores de gado, que penetraram ao longo do S. Francisco com seus grandes feudos, fazendas que eram países, como as do mestre de Campo Antônio Guedes de Brito (de 260 léguas, rio abaixo e 80 rio acima) e Garcia D'Ávila. Tais propriedades se originaram das sesmarias oriundas das capitanias hereditárias.

As bandeiras eram uma organização original: um chefe de grandes posses que tinha a seu serviço, mantida por ele — uma força militar expedicionária. Dos seus atos, não prestava contas nem à justiça comum, nem ao Rei; agia em geral contra (ou fora) da legislação do tempo; portanto, apesar da proibição de escravizar os indígenas, era esta a finalidade das bandeiras durante todo o século XVII. Fernão Dias Paes chegou a assassinar o seu próprio filho, continuando impune. Já o Borba Gato, seu genro, teve que se refugiar algum tempo por ter assassinado ao fidalgo Castello Branco, apenas por ser este um enviado da coroa que deveria penetrar nos seus domínios. Lembra, pois, a Bandeira uma organização de tipo feudal. As grandes sesmarias ganhas pelos bandeirantes, em Minas, também sugerem paralelos com o feudalismo, mas o rápido desenvolvimento das cidades emprestou outra estrutura econômica e social à capitania. Entretanto, convém não esquecer que toda a economia e processo de estruturação da colônia, obedeceu ao interesse da metrópole: produzir para exportar. Pau Brasil, açúcar e depois ouro. Finalmente, café.

Contra os paulistas e suas amenas "caçadas", bateram-se encarniçadamente, no sul do País, os jesuítas que se opunham à escravização dos índios.

Quando da fome de 1700, em consequência da falta de gêneros, a coroa, em lugar de enviar lavradores ou agricultores, os quais, plantando, abasteciam as minas, pelo contrário, proibiu vinda de quaisquer pessoas para a região. Em lugar de abrir estradas para os tropeiros conduzirem os bens de consumo, fechou a única existente, a estrada da Bahia, pois o "caminho novo", em direção ao Rio ainda não existia. Proibiu também o comércio da Bahia, que era a base do abastecimento das minas. O contato com o litoral era feito por Parati.

Em 1701 Artur de Sá era avisado que não deveria permitir a entrada de forasteiros. E pela Carta Régia de 26-6-1702 proibia-se o comércio com a Bahia.

Havia nesta época em Minas, além de Garcia Rodrigues Paes, um Provedor dos Quintos Reais, o mestre de Campo Domingos da Silva Bueno e o Guarda-Mor Manuel de Borba Gato, morador no Retiro da Roça Grande, margem esquerda do Rio das Velhas, no Sabará. Os escrivães trabalhavam sob as ordens do Provedor. Todos receberam ordens para não permitir entrada de viajantes.

Em 1700, Artur de Sá e Menezes, Governador da capitania vem a Minas, nomeia Borba Gato Guarda-Mor e o rei nomeia Superintendente e Administrador Geral ao Desembargador José Vaz Pinto. Esboça-se uma tentativa de ordenar administrativamente a região. Garcia Rodrigues Paes era Guarda-Mor geral para toda a região.

Segundo o interessante relato intitulado "Estrato do Descobrimento de Minas Gerais" (*Revista do Arq. Públ. Vol I, 1896 pág. 454*), Arthur de Sá e Menezes criou também os cargos de escrivães e tesoureiros "com proibição de que pessoa alguma se transportasse para fora de Minas sem guia do ouro que levasse pela qual constasse haver pago o real quinto". À mesma época, Salvador Fernandes Furtado era Guarda-Mor em Vila Rica e Mariana. Em S. João del-Rei, José Portes del-Rei e Ambrósio Caldeira Brant eram as figuras principais.

Essas autoridades estavam subordinadas a Garcia Rodrigues Paes.

Todavia, a renda das lavras é precaríssima. As despesas são maiores que a receita. Segundo documentos conhecidos em 1702, foram arrecadados nada mais que 280 oitavas de ouro em quintos; em 1703, 10.600 oitavas, porém a despesa consumiu toda a receita, segundo informação de Vaz Pinto ao rei. Em 1704 o quinto real rendeu apenas 2.226 oitavas e pouco mais.

Tal rendimento deve ter constituído calamitosa decepção. No futuro, embora conseguissem grandes lucros, outras decepções vieram, quase constantes. O Superintendente José Vaz Pinto entrou em choque com os paulistas, retirando-se para o Rio em 1705. Sua administração fora razoável e eficiente, mas, deixando as minas entregues somente aos bandeirantes, a região voltou ao descalabro. Estes chocaram-se logo com os "forasteiros", conflito que eclodiu na Guerra dos Emboabas. Com a vitória, nesta guerra, dos chamados forasteiros, em 1708, Manoel Nunes Viana, comerciante português, principal líder emboaba, é aclamado pelo povo como Governador. A seguir, é nomeado Governador D. Fernando Mascarenhas de Alencastre, que chega até Congonhas e recua atemorizado pelo "levante dos paulistas". Afinal, em 1709, é nomeado Antônio de Albuquerque Coelho de Carvalho para Governador das Minas, que foram desligadas do Rio, ficando pertencendo a São Paulo. Funda esse Governador as três vilas em 1711, Vila do Carmo (Mariana), Vila Rica e Vila da N. S. da Conceição do Sabará.

Apesar de tudo e contra todas as dificuldades, contingentes consideráveis de pessoas de todas as categorias sociais continuavam abandonando a Corte, o Rio, o Recife e a Bahia, em busca das lendárias montanhas de ouro. As lendas transfiguravam o inferno nascente em alumbrado *eldorado*, terra longínqua e bravia das serras verdes, Itambés resplandescentes, pois que Itambé significa serra da pedra que brilha ao sol. A língua Tupi com suas magníficas imagens poéticas, deveria, com sua contribuição às lendas narradas, excitar ainda mais o delírio das imaginações exaltadas. Homens arruinados pela decadência dos engenhos de açúcar do Nordeste, arruinados ainda na corte de ultramar, ou simples criminosos e proscritos, marginais diversos, subornavam comandantes de navios, ou mesmo abandonavam suas pequenas propriedades agrícolas "à beira-mar plantadas" — para tão longe do mar e da vida, no coração mesmo do mundo, buscar a ressurreição dos seus bens e fortunas. Vinham para renascer e, aqui chegando, o renascimento se lhes deparava como a miragem do deserto. Sol, fome, fogo e água tinham que domar e domesticar. Distâncias e montanhas, tempestades e ventanias, assassinos e déspotas, ouro e mais ouro — negros e índios, correntezas de rios, montanhas de pedra, tudo isso eram as minas gerais. Mas recuar agora, quem poderia?

No entanto, um fato espanta e surpreende o historiador: como essa gente soube e quis construir! Que soma de esforço e luta não gastou para erguer tantas e tão formosas igrejas, tantos e tão alegres vilarejos planados nas encostas e vales, à margem de sussurrantes ribeirões, modestas e funcionais na sua serventia de cidades da mineração.

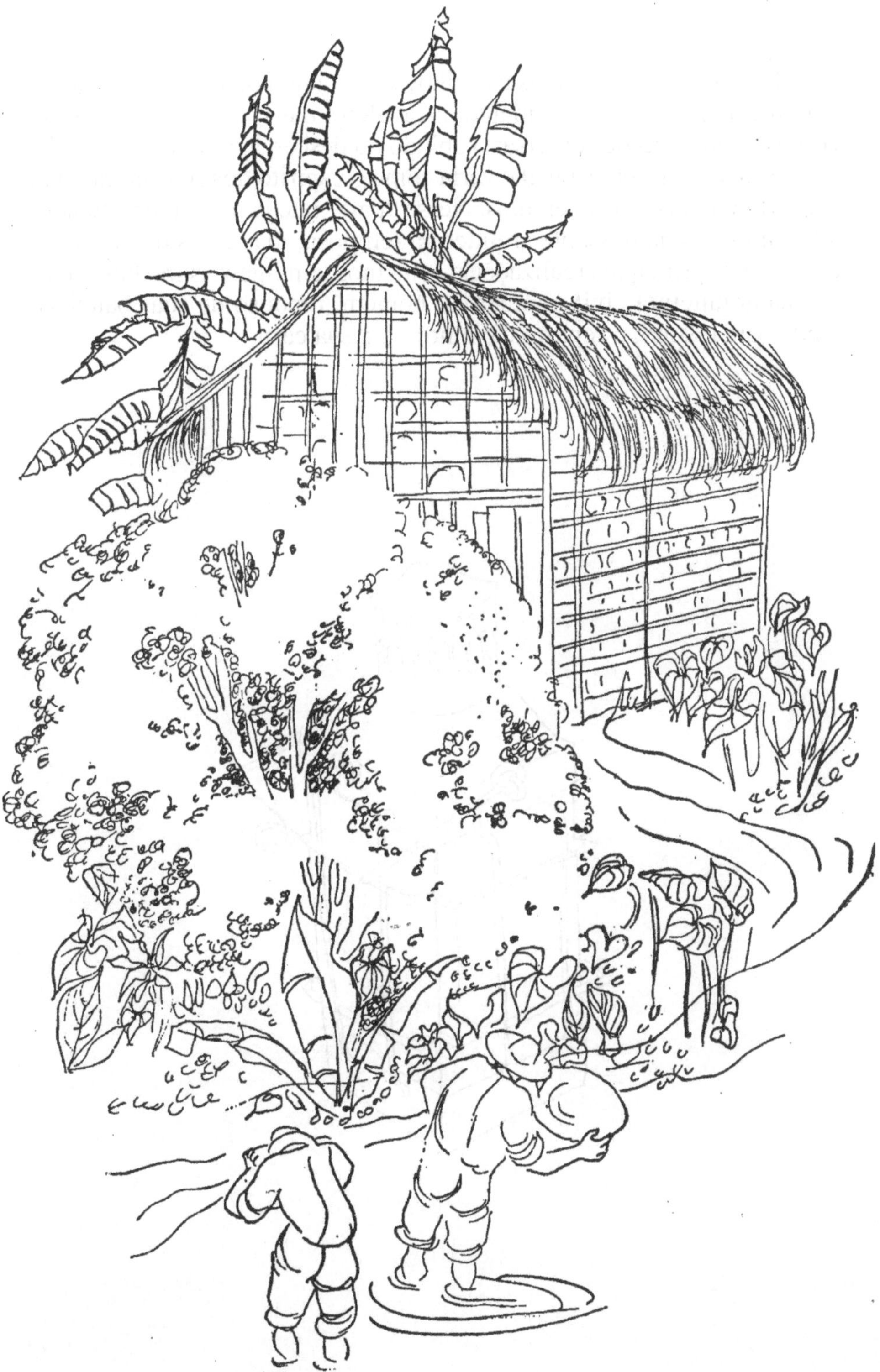

Tão logo eram erguidas as palhoças, tratavam de levantar a capela, geralmente pousada em sítio alto, a cavaleiro das ruelas e becos que se cortavam em direções diversas, subindo ou descendo as encostas e colinas desta topografia instável e vária como o espírito dos seus moradores e a vertigem das suas aventuras. Nesse "país" que já nascia tumultuado, aflorou logo uma possante arquitetura religiosa; mas antes de tentar focalizar suas principais realizações, cuidemos, em ligeiríssimo bosquejo, da sua arquitetura civil, morada do homem, repouso de suas batalhas, tenda para o sono, o repasto e o amor — a sua casa.

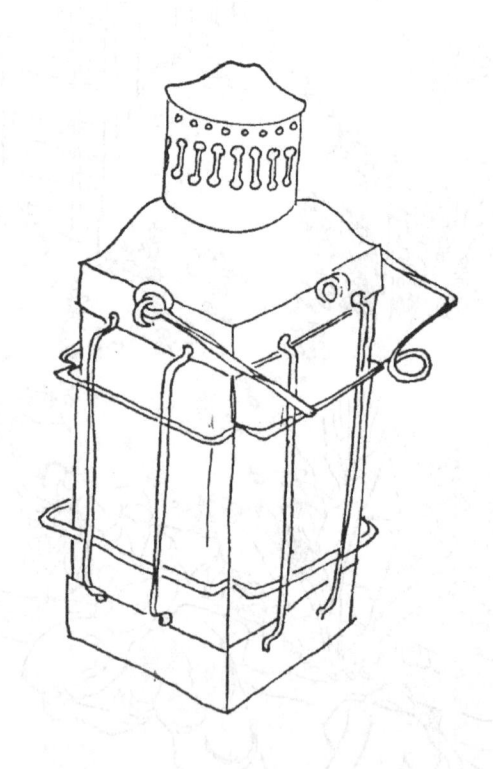

IV — A CASA

Esta é a arquitetura típica ou tradicional de toda a região das minas. Originou-se exclusivamente das necessidades ou imposições funcionais do comércio e da mineração. Certos característicos que hoje se nos deparam incoerentes ou inadequados ao meio e à topografia dessas vilas — como. Por exemplo, as casas geminadas — à luz de uma análise objetiva, encontram todas, ou quase todas, as duas determinantes em fatores diversos.

Devemos considerar a multiplicidade de influências que condicionaram a formação dessa arquitetura. Houve a economia, o clima, a história, as noções de higiene da época, que eram mais primárias e grotescas que quaisquer outros conhecimentos da mesma fase histórica. Embora o cultivo das artes, da literatura, da filosofia e da política fosse dos mais intensos, a medicina era praticamente inexistente. As noções de insolamento e arejamento e sua importância para a saúde humana eram ignoradas por completo. Aliás, consideravam, pelo contrário, o vento uma das coisas mais perniciosas à saúde. As gripes pneumônicas, a chamada pneumonia dupla, principalmente esta última, era fatal. E até hoje em Minas, as famosas "correntes de ar" são consideradas pelas mães de famílias como verdadeiro veneno. Talvez aí esteja uma das principais razões das casas geminadas. Outra causa desse estranho e sem dúvida desagradável partido urbanístico deve ter sido a topografia acidentada de todas as cidades do ciclo do ouro e da região. Aliás, tanto nas residências urbanas como rurais, o aproveitamento do acidente do terreno — determinando dois pavimentos na fachada e apenas um nos fundos — é uma constate em toda a região. Quando se iniciaram as construções, não havia, já estabelecida, uma tradição arquitetônica rígida, a não ser a portuguesa, que, por sua vez, trazia contribuições as mais diversas, tais como a mourisca ou árabe, a espanhola e a oriental ou indiana.

Outro fator que se deve considerar é que a arquitetura em Minas não surgiu e evoluiu lenta e naturalmente como no litoral, mas teve que ser improvisada violentamente pela população que se precipitou para a região em prazo curtíssimo. Não havia tempo para se *pensar* uma casa. Urgia criar logo um abrigo rústico de emergência.

Esse abrigo foi o rancho retilíneo de quatro paredes de pau-a-pique, com a cobertura em duas águas de sapé. Nas palavras de um técnico:

"Quatro esteios de pau roliços, quatro frechais e uma cumieira ao alto; roliços também os caibros que receberão as fibras vegetais da cobertura" (Sílvio de Vasconcelos, "*A Arquitetura Colonial Mineira*" — 1.º S. Est. M. 1957).

Nos primeiros anos do século XVIII, eram desse tipo as casas da então Vila Rica do Pilar de Albuquerque, palhoças espalhadas em arruados irregulares que se estendiam à margem dos principais ribeirões, Tripuí, Ouro Preto, etc. Logo cresceram pela vasta encosta do morro de Ouro Preto, onde Pascoal da Silva criou sua cidadela; um grande bairro nascido da mineração que galgou rapidamente a montanha. Suas ruínas atestam que, a essa época, a arquitetura já evoluíra, o que revela como fora rápido o surto inicial de povoamento.

Passada ou superada aquela fase de aventureirismo inicial, ocorre um princípio de estratificação; o homem começa a se fixar e a casa a crescer: aparece uma saliência aos fundos, o corpo principal em quadra se subdivide. Aos fundos surge a cozinha; pela periferia, os quartos;

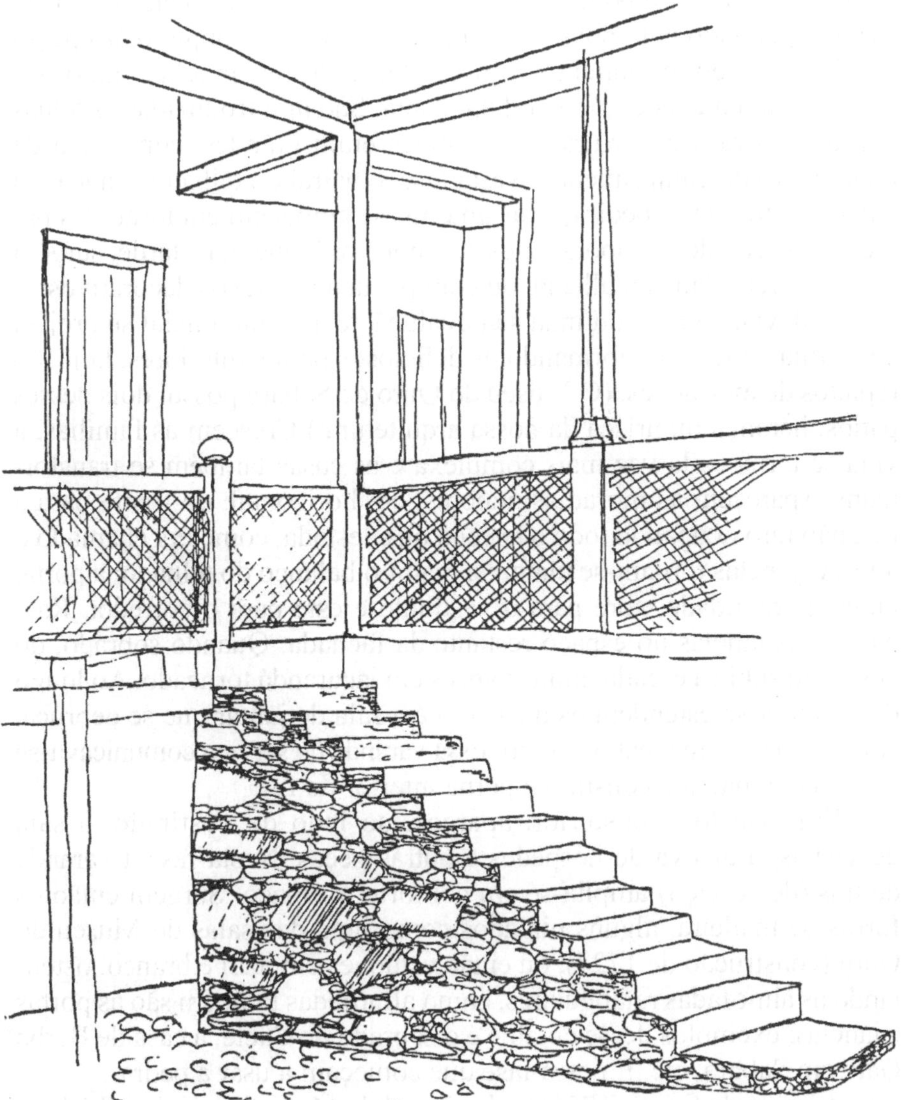

esboça-se uma sala de jantar. É quando a planta inicial se divide em forma de uma cruz deitada no terreno, com o corredor central da rua ao quintal. Surge nesta fase o revestimento das paredes e a pintura a cal, que tanta beleza emprestou a essa arquitetura popular na sua infância. Nascem esquadrias e portais que tomam a cor azul. Ou aquele encarnado escuro apelidado pelo povo de "sangue de boi". No conjunto das peças continua a predominância do quadrado, tanto nas janelas, quartos e salas, como na concepção geral da planta. São aí introduzidas as telhas côncavas para a cobertura. Essas telhas eram grandes, com cerca de meio metro de comprimento. Nesta fase, o beiral do telhado avança em balanço a fim de impedir que as goteiras se empocem em torno das paredes. Os telhados se apoiam nos "cachourros", que mais tarde, surgem com a extremidade entalhada, ou com pequenos relevos decorativos.

Todavia, a casa continua sua evolução e a planta inicial se projeta em forma de L ou U, formando os deliciosos pátios interiores, hoje tão repletos de evocações. (O Museu do Ouro de Sabará possui dois desses pátios, herança mourisca da nossa arquitetura.) Crescem as famílias, a vida se torna cada vez mais complexa e as casas também se transformam. Aparecem as moradias maiores, em horizontal, de frente para a rua, não raro ocupando todo o terreno ou a testada, como era chamado o lote. As janelas tornam-se maiores, maior o balanço do telhado; a porta, numa extremidade, abre para o vestíbulo e este para o corredor. Rasgam-se as janelas no espaço restante da fachada. Quando sobrado, do vestíbulo subia a escada, muitas vezes em jacarandá torneado. Ao longo do corredor se estendem os quartos até a sala de jantar que se debruça, em varanda, sobre o pátio interno. Essa varanda de serviço comunicava-se com a cozinha, que constitui a perna interior do L.

Em fase logo posterior, aparece, ao lado do vestíbulo, a sala de visitas, a alcova de hóspedes e outras peças. Nesta fase a varanda de trás (de serviço) amplia-se em conforto o espaço. Surgem então os forros de madeira, alguns pintados como uma das salas do Museu do Ouro (construção de 1727), ou então estuques em azul e branco, ostentando as almofadas retangulares, como almofadas também são as portas e janelas; exemplos desse detalhe é o sobrado de Caeté, a casa de Barba Gato em Sabará, etc. É nessa fase que começam a usar a pedra.

A igreja de Caeté (1755), cujo risco é de Manoel Francisco Lisboa, foi a primeira de pedra. Apresenta estilo pesado e aportuguesado.

Falávamos, entretanto, das residências particulares. Característica muito curiosa destas casas, quando contempladas hoje, é, que, na análise de muitas delas, percebemos claramente que foram — por assim dizer — crescendo com o tempo e a vida. Isto é, foram recebendo acréscimos sucessivos impostos pelas novas necessidades da família que aumentava. Em certos casos, percebe-se mesmo que peças inteiras apresentam processo construtivo diferente daquele usado inicialmente.

A partir de 1730 ou 40 até 50, Minas floresce na consolidação da conquista dos primeiros decênios. As irmandades religiosas, de tão decisiva significação para a evolução social de Minas, atingem notável progresso, promovendo a construção das grandes igrejas de pedra e cal.

Quando a população começa a criar raízes e a vila se consolida, escasseiam os terrenos e, então, a casa que seguia a linha horizontal, de frente para a rua, passa a se alongar para os fundos, criando um partido vertical à rua, reduzindo a fachada. Essa escassez de terrenos laterais impõe o sobrado. Houve belíssimos sobrados da segunda metade do século XVIII em diante. O material é mais nobre, o acabamento primoroso, e, algumas vezes, requintado. São exemplos típicos desse período: a Casa dos Contos de Ouro Preto, monumento raro, com sua escadaria de pedra e sua magnífica nobreza; o museu de São João Del-Rei, com seus três pavimentos e a amplitude grandiosa de seus salões; o Palácio dos Governadores de Vila Rica, cuja planta é de autoria de Alpoim e a obra de Manoel Francisco Lisboa, arquiteto português e pai do Aleijadinho; a casa da Baronesa, que pertenceu ao Barão de Camargos; o Museu da Inconfidência (Casa da Câmara e Cadeia), toda de pedra, cujo risco é de autoria em 1784. Há ainda, na mesma praça Tiradentes, o prédio Municipal. Onde funcionou a Câmara e a atual Prefeitura. Todos são edifícios de evidente valor arquitetônico. Citemos ainda várias residências da rua Direita, atual Bobadela.

Não são muitas as casas verdadeiramente ricas. A permanente instabilidade econômica de quase toda a população criava uma sensação de perigo constante: todos ignoravam como seria o dia de amanhã. Assim sendo, as pessoas mais abastadas não se sentiam com coragem para inverter grandes capitais na construção de residências luxuosas. Sentiam que dificilmente poderiam concluir tais construções. Estas eram demoradas e a miséria fulminante poderia ocorrer antes do edifício inaugurado. Fortunas nasceram e desapareceram com rapidez espantosa e, nesse sentido, nunca será demais citar o exemplo de Pascoal da Silva, grande líder do motim de 1720, cujo fim, tragicamente diabólico, deveria ter permanecido vivo e dolorosamente na memória de todos.

Mas, por outro lado, a leveza ou a atmosfera efêmera das residências, restringindo a grandeza das ruas ou vilas, deram-lhes graça e frescor, além do seu cunho popular funcional, que constitui, sem dúvida — o encanto marcante das cidades da mineração. A casa de residência não existia para ostentar a riqueza do dono, mas para morada de quem trabalha e vive. E essa casa funcionava de forma perfeita no sentido de abrigar a família, esconder as mulheres graças à divisão racional das peças, proporcionar o repouso aos homens e a alimentação farta e variada a todos. A partir do século XIX, além do vestíbulo externo da sala de jantar e varanda com a rede e o banco, também a cozinha, sempre de grande amplidão — funcionava para que nela se fizessem as refeições cotidianas, ficando a sala de jantar para banquetes e festas, que não eram raras. No inverno, a família se reunia também em torno do fogão de lenha que possuía uma espécie de passadiço em balanço ou plataforma; sobre este eram espalhadas as panelas e gamelas; servia ainda esta plataforma para se acocorar sobre o fogo nas noites de grandes frios, enquanto a lenha crepitava e a canjica com amendoim fervilhava, grossa e cremosa, sobre a trempe de cinco ou seis bocas, a garrafa de café grosso, já adocicado com rapadura, permanecia em todas as horas do dia e da noite.

Os primos e parentes próximos tinham acesso às reuniões familiares à beira do fogo. Os visitantes de cerimônia eram recebidos na sala de visitas (ou salão nobre) que se abria raramente; e os amigos na sala de jantar onde se espalhava o mobiliário maior: Uma mesa grande, de refeições, que servia também para os jogos noturnos de verão, como o víspora e outros, cadeiras e sofás de palhinha, uma ou duas cadeiras de balanço, também de palhinha, e tamboretes. Quase sempre, ao lado da mesa, estendiam-se os dois bancos de madeira, sem encosto, o que ocorria também na mesa grande da cozinha. O mobiliário em geral era de grande funcionalidade. É de se notar as belas coleções deste mobiliário no Museu da Inconfidência e outros museus de Minas.

Sobre a significação funcional profunda dessas mesas longas e sólidas, em torno das quais viveram e cresceram gerações sucessivas, Carlos Drumond de Andrade escreveu uma das obras-primas do nosso idioma, o poema "*A Mesa*".

V — A IGREJA

O Estado absolutista português era ligado à igreja e esta polarizava a vida social na colônia desde os primeiros anos. Tão logo surgia um arruado os simples aglomerado de cafuas, cuidava-se da igrejinha. Em geral, o próprio descobridor encarregava-se da construção dessas capelas iniciais, pois a coroa portuguesa absorvia as rendas, mas não invertia nunca. Segundo a concepção da coroa, administrar significava tão somente espoliar, sendo ela também espoliada pela Inglaterra sem protesto.

Assim, todas as despesas administrativas que se impunham, eram, automaticamente, transferidas ao povo. Não havia estradas nem escolas, nem hospitais. Eram proibidas as novas indústrias ou artesanatos, como também a abertura de novos caminhos. Supunha a coroa equivocadamente que o desenvolvimento dos meios de produção da capitania viria impedir o aumento da mineração e as estradas facilitariam o contrabando. Sabemos hoje que esse contrabando foi imenso e que, talvez, tivesse sido menor com melhores estradas, porquanto estas teriam propiciado melhor fiscalização. A causa principal do contrabando (no plano subjetivo, digamos) foi a corrupção, estimulada pela coroa. No plano mais objetivo, foi a própria política tributária excessivamente extorsiva e a reação nativista — popular. Pela leitura das *"Cartas Chilenas"*, por exemplo, vemos que, no fim do século, essa consciência nacional estava plenamente cristalizada.

Personalidades do mais alto relevo social na capitania, como Abreu Guimarães em Sabará — enriqueceram-se pela prática sistemática do contrabando. Outros que não "trabalharam" nessa "base", arruinaram-se ou foram liquidados pelas revoluções. Lutava-se, pois, contra o fisco de todas as formas, legais ou ilegais, pacíficas ou violentas, e o ódio à coroa perdurou, praticamente, até aos nossos dias. Basta ler os alentados volumes de Pedro Xavier da Veiga, *Efemérides Mineiras*, para se verificar como tem sido radicalmente nacionalista e democrática a tradição intelectual de Minas, marcante em seus principais historiadores. É uma tradição humanista de profundas raízes no lastro cultural originário das batalhas do século XVIII.

Para transferir ao povo as despesas decorrentes da construção dos templos, a coroa procurou, desde os primeiros anos, estimular as irmandades religiosas. Essas corporações promoveram a construção das matrizes e capelas em todo o território das Minas. Portanto, essas igrejas não foram construídas, como as do litoral, pelas grandes ordens religiosas europeias, os Jesuítas, Carmelitas, etc.; o povo, através de suas esmolas às irmandades, fornecia os fundos necessários às edificações, contratava os artistas, etc. Não vieram plantas e projetos do exterior para esses templos, a não ser excepcionalmente e apenas no princípio do século. De resto, em Minas, aquelas grandes ordens religiosas eram proibidas.

Ocorreu, pois, o seguinte processo: os primeiros povoadores organizavam, reunindo os "homens bons" da terra, a irmandade do Santíssimo Sacramento, que se encarregava da construção da matriz. Depois iam surgindo novos agrupamentos sociais que criavam novas irmandades. Eram então erguidos os altares laterais da igreja. Com o desenvolvimento do processo de aglutinação desses grupos, surgiram conflitos e antagonismos constantes; em consequência desses choques, as irmandades abandonam as matrizes, construindo seus próprios templos, que são capelas filiais espalhadas em todas as direções.

Finalmente, fechando o ciclo, a decadência do ouro acarreta o declínio das ordens terceiras e suas capelas, ocasionando o retorno da população às matrizes. É da época final, já no século XIX, de ressurreição das matrizes. É de se notar que muitas capelas foram concluídas já no período da decadência, como a S. Francisco de Paula de Ouro Preto. Esse fato se refletiu na sua arquitetura, pois, concluída sem a fartura do ouro e quando surgia um novo espírito estético, a igreja expressa uma atmosfera já quase completamente desprovida das audácias anteriores, contida e fria, quase acadêmica.

À evolução das irmandades religiosas, suas lutas e conflitos, marcaram e influíram, de forma a mais objetiva, o barroco das igrejas mineiras. Há uma correlação estreita entre o processo de nascimento e estratificação social de Minas — refletido integralmente nas ordens terceiras, confrarias e arquiconfrarias — e a construção das igrejas e capelas. Trata-se de uma relação dialética altamente expressiva, que pode fornecer e tem fornecido várias chaves para o esclarecimento de uma série de detalhes e peculiaridades do portentoso conjunto denominado barroco mineiro.

Partindo da análise básica de Lúcio Costa, que foi o primeiro a assinalar as etapas vencidas pela arquitetura jesuítica no Brasil, vemos que, em Minas, nascendo da pesada, sólida e funcional concepção do jesuítico, o barroco atravessou três períodos fundamentais: o românico (1695-1715); o gótico, de 1720 a 1740, e o barroco mineiro, do 2.° quartel do século, que corresponderia ao "renascentismo" de Lúcio Costa. Isso sem falar no século XIX, quando as igrejas caíram na melancólica serenidade pobre do neoclássico. Foram, portanto, quatro períodos e transições. Esse característico, além de outro, vem revelar a extraordinária vitalidade do barroco em si, que soube exprimir sentimentos e aspirações historicamente as mais diversas, sem jamais deixar de ser barroco. Impressiona esse poder de se renovar, permanecendo. O vigor da variedade dentro da unidade. Foi observando esse fenômeno que um eminente crítico de arte, o Sr. Lourival Gomes Machado, afirmou em seu trabalho sobre Ouro Preto:

> "Todas as mãos podem trazer-lhe contribuições, todas as sensibilidades podem dar-lhe uma interpretação, todas as forças do homem e do grupo encontram maneira de exprimir-se através dessa linguagem poderosa. Haverá nas igrejas de Ouro Preto, um barroco culto, um baixo barroco ou barroco bárbaro, mas a língua é uma só e a mesma, e suas variações ali vivem lado a lado. A mensagem pois não se perderá".

É de se lembrar, por outro lado, a teoria de história da arte que vincula o espírito barroco peninsular à necessidade de expressar o poderio e o esplendor do Estado absoluto. A se admitir tal tese, o barroco seria, com sua vertigem alucinatória, não uma arte racional e, portanto, de fácil apreensão pelo observador, mas antes, uma arte feita para estarrecer esse espectador, intimidando-o.

Outro fato significativo que deve ser considerado é que o barroco não parte da realidade objetiva, ou de concepções estáticas ou racionais, mas cria sua realidade própria, rigorosamente plástica, em verdadeira vertigem estética. Apesar disso, seu vigor é tal que não perde a autenticidade, mas pelo contrário, dentro do seu mundo peculiar — é, talvez, mais autêntico que a realidade mesma. Depois de Antônio Francisco, essa autenticidade ganhou grande energia e uma graça sem similar.

Estimulada pelo processo social que se objetivou nas irmandades, a história do templo mineiro, obedeceu, mais ou menos, ao seguinte esquema:

"Construía-se a matriz, pertencente ao Santíssimo Sacramento, e logo depois a Rosário dos pretos. Na primeira década a população adventícia e forasteira não estava escalonada através dos seus grupos étnicos. Existiam apenas os senhores e seus escravos."

Desenvolve-se a mineração e nasce o grupo dos pardos, consequente das incessantes mestiçagens de reinóis com escravas, ou índios com brancos. Surgem, então, as irmandades dos pardos e dos pretos nativos, Amparo ou Mercês (esta de crioulos). Continua o processo de estratificação e a classe dos comerciantes (a única profissão econômicamente estável) se consolida num status e nascem, então, as Ordens Terceiras do Carmo e São Francisco. Estávamos, já então, entre 1740 a 1750 ou 60.

Esse processo histórico com todos os seus detalhes, tais como choques antagônicos dos grupos e choques intergrupais, se reflete de maneira admirável no movimento das construções das igrejas e até mesmo no valor estético desses monumentos, pois, como se sabe, foi a emulação e a rivalidade entre as grandes irmandades que determinou a construção de algumas obras-primas do segundo quartel do século.

Antes de 1700, ou nos últimos cinco anos do século XVII, os arraiais nasciam do trabalho dos aventureiros paulistas e baianos que se aglomeravam nos locais onde a ocorrência do ouro os seduzisse. A coroa portuguesa procurava estimular os descobertos. Os homens recebiam suas datas, 60 braças de frente por 30 de fundo e começavam a batear. O trabalho era pesado, o clima rigoroso, a ausência de conforto total.

Brotava, então, a capela. Era de taipa e sapé, em quadrado, cumeeira e duas águas. Não tinha torre nem janelas.

Rapidamente, cuidavam de construir uma capela melhor. Ampliava-se o quadrado, com o altar-mor ao fundo e uma torre lateral ou central. Raras vezes ocorre a torre destacada do corpo da igreja, como na do Pe. Faria e na capela do "Ó" de Sabará, cuja sineira central é posterior, pois foi descoberto o alicerce da primitiva. Há um único caso de torre na parte anterior da igreja, Carmo de Diamantina.

A seguir, a planta evolui ganhando as três peças que a caracterizam sempre: nave, capela-mor e sacristia, esta atrás do altar-mor. Surgem os dois corredores laterais que levam à sacristia, ou ao consistório; este, geralmente, colocado ao lado da capela-mor. É de se supor que também essas peças marginais estão relacionadas com a existência das irmandades, porquanto necessitavam elas de locais para suas reuniões mesárias e assembleias.

No seu aspecto exterior, a igreja era simples, apresentando o triângulo invertido da portada dentro do quadrado geral simétrico. Da concepção usual do frontispício afirma Sílvio de Vasconcellos no *A Arquitetura Colonial Mineira*, (1957), pág. 19:

> "Originam-se eles em última análise, como aliás, todo o nosso barroco, da Igreja de Jesus de Roma que, inspirando-se a de S. Roque de Lisboa, permitiria a esta tornar-se em modelo de quase tudo que, depois dela, se fez em Portugal e no Brasil. Um retângulo posto ao alto, três janelas no coro, uma porta de entrada. Em cima o frontão reto."

Deste partido inicial nasceram todas as concepções dos frontispícios das igrejas de Minas com variantes ou sem elas. Sabe-se que a arquitetura religiosa de Portugal tem sido dividida pelos historiadores da arte em duas grandes zonas: a do norte e a do sul, Lisboa e adjacências. Houve aqui grande influência de arquitetos italianos que foram trabalhar em Portugal e aí formaram escolas e discípulos.

Parece fora de dúvida que o primeiro português que trabalhou no Brasil, foi Luiz Dias, *mestre de pedraria*, que aqui aportou com Tomé de Sousa em 1549, tendo construído a fortaleza, Casa da Câmara e Cadeia, Alfândega e outros edifícios, todos na Bahia.

No campo da arquitetura religiosa, um dos primeiros arquitetos portugueses que tivemos foi Frei Francisco dos Santos, autor do risco do convento franciscano de Oliveira (Pernambuco) em 1585. A seguir, em 1590, traçou e dirigiu a execução do convento franciscano da Paraíba. Já a igreja de S. Francisco de Salvador, orgulho da Bahia, é do mestre Manoel Gabriel Ribeiro, que era brasileiro e baiano apesar do característico plateresco daquele monumento. Francisco Frias de Mesquita foi outro arquiteto português que realizou várias obras nos primeiros séculos.

Seria longo e estafante se fôssemos pesquisar todas as raízes históricas do vocabulário arquitetônico fundamental das capelas mineiras, tais como, as torres criadas pelos caldeus que as erguiam para receber a divindade ao descer à terra. Já o frontão é uma herança helênica introduzida pela primeira vez no Foro Romano. Pode-se observar, ainda, em nossas torres, o elemento gótico, as pequenas pirâmides tão sabiamente aproveitadas por Antônio Francisco, que possuía extraordinário gosto para jogar com elementos plásticos diferentes, obtendo deles uma síntese magnífica e sempre pessoalíssima.

Em Minas, as capelas do primeiro quartel do século, ou melhor, do período que vai até 1730 ou 40, pouco mais ou menos — apresentam no interior um conjunto mais pesado; trata-se de uma decorrência da exuberância de talha e ouro; são escuras e majestosas. Espantam e intimidam o visitante. Quanto ao seu exterior é *sempre* portuguesamente pesado. É um período em que os artistas eram portugueses. No segundo quartel, economiza-se o ouro com grandes paredes brancas. Usam-se amplas janelas ou claraboias, pinturas alegres e esfusiantes no teto. Nesse período, os artistas são quase todos brasileiros. Tanto no interior como no exterior, a planta quebra a monotonia do quadrilátero jesuítico, buscando a sinuosidade das curvas voluptuosas, ganhando em leveza e graça. Cria-se uma proporção nova baseada na relação entre o tamanho das torres e a fachada que as suporta. Antônio Francisco lança, então, as portadas profusamente decoradas e rendilhadas. As torres nessa fase não são mais, como as anteriores, quadradas e cobertas de telhas. São curvilíneas e de alvenaria. Exemplo da primeira fase: Antônio Dias, Pe. Faria, em Ouro Preto, matriz N. S. da Conceição e capela do "O", de Sabará, e Pilar, de São João. Exemplo da segunda fase: S. Francisco de Assis e Rosário em Ouro Preto, interior do Carmo em Sabará. Houve casos do risco inicial dentro do partido retilíneo ser transformado por um artista de "gosto moderno", que tratava de suavizar os ângulos retos da planta inicial. É o que se verifica no Carmo de Ouro Preto, cujo risco de Manoel Francisco Lisboa foi corrigido pelo filho, Antônio Francisco Lisboa. É de se notar que a igreja ganhou com as modificações introduzidas. E há também o contrário, como no Carmo de S. João Del-Rei, onde Lima Cerqueira modifica o risco de Antônio Francisco.

Como monumentos da mais alta significação estética da segunda fase, destacam-se as capelas das Ordens Terceiras, S. Francisco de Assis, cujo risco de Antônio Francisco deve ter representado uma revolução para a época (1764) a Carmo e a Rosário (da freguesia do Pilar), esta última pela originalidade da sua planta seccionada em três círculos. Seu risco é de Maneol Francisco Araújo e José Pereira dos Santos e não de Souza Calheiros; como se supunha.

Outra generalidade: as igrejas de Minas eram construídas, ao longo de muitos anos, através de etapas que se concluíam segundo a possibilidades financeiras das irmandades. Estas viviam de esmolas. Assim sendo, erguiam-se, a princípio, a sacristia e a capela-mor com seu altar; entelhado este núcleo ou célula inicial da obra, continuavam, mais lentamente, a levantar as grandes paredes laterais da nave até atingir as torres. Finalmente, retirava-se aquela primeira cobertura e a parede de frente da primeira capela, completando-se a edificação com o grande telhado definitivo. Portanto, em certa fase, havia, praticamente, uma capela dentro da outra, como se pode observar na igreja do Rosário de Sabará, que por ter ficado inacabada — é um documento vivo do processo então praticado.

Em Ouro Preto existem duas matrizes, Pilar e Antônio Dias ambas pertencentes às irmandades do Santíssimo de cada um desses bairros, além das dezessete capelas filiais. Todas estas foram construídas pelas irmandades que iam surgindo no decorrer da eclosão dos grupos sociais. A capela de S. João passa como sendo a mais antiga e, dizem, aí exerceu suas funções sacerdotais o Padre Faria. Foi erguida pelos bandeirantes. Também a capela do Bom Sucesso, que pertencia a uma irmandade de pardos, era das primeiras, localizada no arraial do Ouro Fino.

Matriz de Antônio Dias
A matriz de N. S. da Conceição de Antônio Dias é das mais antigas, sendo sua capela primitiva construída por Antônio Dias em 1699. Em 1727 inicia-se a nova construção que se prolonga por várias décadas.

Entretanto, no seu interior, vários e belos altares, assim como a pintura, pertencem à primeira fase. É uma igreja que reflete, em sua decoração interna, a vertigem barroca com vigor e atmosfera autêntica. Sua talha é magnífica.

Em frente ao seu altar lateral (da Boa Morte), foi enterrado o gênio máximo das Minas, Antônio Francisco Lisboa. A pintura oriental dessa matriz ficou por muitos anos encoberta, tendo sido revelada por paciente restauração realizada, há anos, pela Diretoria do Patrimônio Histórico e Artístico Nacional.

No seu conjunto, bem considerado o seu interior, a matriz de Antônio Dias se reveste de singular e grave majestade. É ampla e profunda; sua austeridade se expande na exuberância expressional do barroco meio românico e sempre pleno daquela inquietação alucinatória da forma que jamais conhece o repouso sereno do equilíbrio. Tais igrejas parecem querer lembrar — por sua grandeza — a insignificância dos seus crentes, ao mesmo tempo que proclamam, com todas as forças, o vigor do seu poder.

Há documentação da autoria de poucos dos seus trabalhos artísticos. Notem-se, nos altares laterais, evidentes diferenças de épocas, o que, como já dissemos, é uma constância nas matizes de Minas. Sua coleção de imagens é de inegável valor e suas pinturas das mais curiosas sendo também dignas de destaque as pias talhadas em pedra-sabão. O altar-mor é de Antônio Francisco Pombal, artista de muita significação no decorrer do primeiro quartel do século e tio de Antônio Francisco Lisboa. A sua talha foi arrematada em 1764 por Felipe Vieira, mestre e artesão habilíssimo. Já Pombal, que teve evidente influência na construção da matriz de Antônio Dias, é também um dos prováveis mestres e orientadores, juntamente com João Gomes Batista e Manoel Francisco Lisboa, do grande gênio do século XVIII, o Aleijadinho. Tanto Manoel Francisco como seu irmão, Pombal, tiveram saliente participação na construção da matriz de Antônio Dias. Outro artista e alta relevância que trabalhou nessa igreja foi Felipe Vieira, já citado, mestre de talha, que era português.

Matriz de N. S. do Pilar de Ouro Preto
A construção dessa matriz sofreu uma série de interrupções, acarretando uma diversidade de épocas e fases no conjunto dos seus aspectos. Sua importância maior decorre da qualidade da talha erudita que reveste toda a nave e capela-mor, constituindo impressionante exemplar da plenitude do barroco em Minas. Toda a riqueza extraordinária dessa matriz, esteve durante muitos anos, completamente encoberta por pintura falsa. A Diretoria do Patrimônio, em longo e exaustivo trabalho de restauração, retirou completamente todo aquele revestimento, revelando a magnificência do ouro e da talha. Essa é de Francisco Xavier de Brito, artista singular, autor da talha da Ordem Terceira da Paciência, do Rio.

A construção da matriz primitiva de um dos bairros mais importantes da vila de outrora, o Ouro Preto, foi arrematada por João Francisco de Oliveira, em 1720. O risco era do engenheiro Pedro Gomes Chaves, figura e relevo da época, pois tem sido considerado como "o primeiro profissional formado" que veio para Minas, segundo Diogo de Vasconcellos e outros. Foi construída de taipa e adobes, processo este precário e frágil, o que acarretou constantes e radicais reconstruções que desfiguraram por completo, ao longo dos anos — a feição primitiva do templo. Era nessa matriz que os governadores tomavam posse quando chegavam às Minas. Sua inauguração ocorreu no ano de 1733, ensejando acontecimento singular e raro na vida de Ouro Preto durante o primeiro quartel do século XVIII, o tão citado e faustoso *Triunfo Eucarístico*, procissão religiosa cantada e decantada há dois séculos por todos que trataram da história dessa região. Concorreu para essa celebridade o fato da irmandade do Rosário (de Ouro Preto, uma das suas promotoras) ter contratado um intelectual da época para fazer um relato descritivo do acontecimento. Nesta matriz trabalhou José Coelho Noronha, em trabalhos de reparos e consertos, e Francisco Xavier de Brito, que em 1746, arrematou, por 15.000 cruzados, "a obra de talha e Zimbório da capela-mor tudo na forma do risco e condições". É dele a traça de todo o retábulo do altar-mor segundo documento conhecido. Era entalhador e escultor, pois recebeu em 1747, da irmandade do Rosário do Alto da Cruz, 270 oitavas "de fazer a escultura para a obra". Francisco Xavier de Brito faleceu em Vila Rica em 24 de dezembro de 1751.

É hoje fato mais que provável terem as duas matrizes, a de Antônio Dias e a do Pilar, assim como a matriz de Bom Sucesso de Caeté, exercido pronunciada e fecundada influência no desenvolvimento posterior da arte de entalhador e escultor de Antônio Francisco Lisboa. Todas essas igrejas tiveram as suas principais obras realizadas durante — pouco mais ou menos — a adolescência do grande gênio. Além disso, os principais artistas e arrematantes delas eram não só personalidades ligadas ao então jovem aprendiz, como também verdadeiros mestres do seu tempo. Manoel Francisco Lisboa foi fiador de José Coelho

Noronha, no contrato da talha do retábulo da matriz de Caeté. Eram, portanto, amigos e companheiros de trabalho. O próprio Aleijadinho realizou nessa igreja, posteriormente, um altar lateral e uma imagem de Nossa Senhora do Carmo, obras da mocidade.

O trabalho principal de Noronha, em Caeté, foi arrematado em 1758. Tinha o Aleijadinho 20 anos. É provável que seu trabalho aí tenha sido executado em 1760 ou pouco mais. Também em Morro Grande, risco de Noronha, trabalhou Antônio Francisco, provavelmente, em 1765, fazendo a imagem de S. João do frontispício, e talvez algumas modificações no risco (torres) e na mureta do adro. A obra teve duas fases. Parece que ambas contaram com a colaboração do Aleijadinho. Mais tarde, em 1785, novamente, o toreuta esteve em Morro Grande atuando como louvado. Trabalhou ainda Noronha, ao lado de Manoel Francisco, no retábulo da matriz da Vila do Carmo. Pois bem, também aí há uma Samaritana (chafariz), hoje no Seminário Maior; essa peça é unanimemente atribuída a Antônio Francisco. Parece não estar longe o dia em que se verificará que os principais mestres do Aleijadinho foram: Manoel Francisco, arquitetura; João Gomes Batista, desenho e heráldica; José Coelho de Noronha, talha e escultura.

As duas matrizes da antiga Vila Rica estão íntima e profundamente ligadas à vida e ao crescimento da cidade. Tanto no ponto de vista político, como no social, artístico ou cultural, foram dois focos poderosos da vida, dos anseios e esperanças do povo, da sua alegria e das suas preces humildes, guardando, no seu aconchego, as lembranças e vaticínios das gerações do ouro.

Capela do Padre Faria

A Capela do Pare Faria é um dos mais expressivos exemplares de arquitetura religiosa das primeiras décadas. Pode mesmo ser incluída no grupo das primeiras igrejas de Minas, embora tenha sofrido várias modificações e acréscimos no decorrer do tempo. Seus portais de cantaria, por exemplo, são obra muito posterior à construção. Sua história está mesclada à lenda relativa à interdição da Capela bandeirante do arraial do Bom Sucesso. Essa igrejinha, segundo Diogo de Vasconcellos, pertencente aos pardos mamelucos que vieram constituindo a tropa dos primeiros bandeirantes, foi fechada em virtude de um padre aí ter sido assassinado quando celebrava. Em consequência, seus fiéis, os pardos, se transferiram para a capela do Padre Faria. Trinta anos mais tarde, ou seja, em 1733-34, ocorre grave conflito no seio da irmandade do Rosário do Alto da Cruz. A ala expulsa pelos pretos desloca-se para a Pe. Faria, onde a antiga irmandade dos pardos entrara em decadência. Realiza-se, então, uma série de obras e reconstruções na capela que adquire novo aspecto. De fato a talha do Pe. Faria é das mais requintadas e ricas de Ouro Preto. O retábulo do altar-mor é admirável, revelando o que foi a fase inicial, ou o primeiro quartel do barroco em Minas. Acentua Lourival Gomes Machado que a evidente riqueza da talha desta capela não possui aquele característico ostentatório da Matriz do Pilar, mas apresenta certa austeridade sóbria, além de perfeita unidade decorativa.

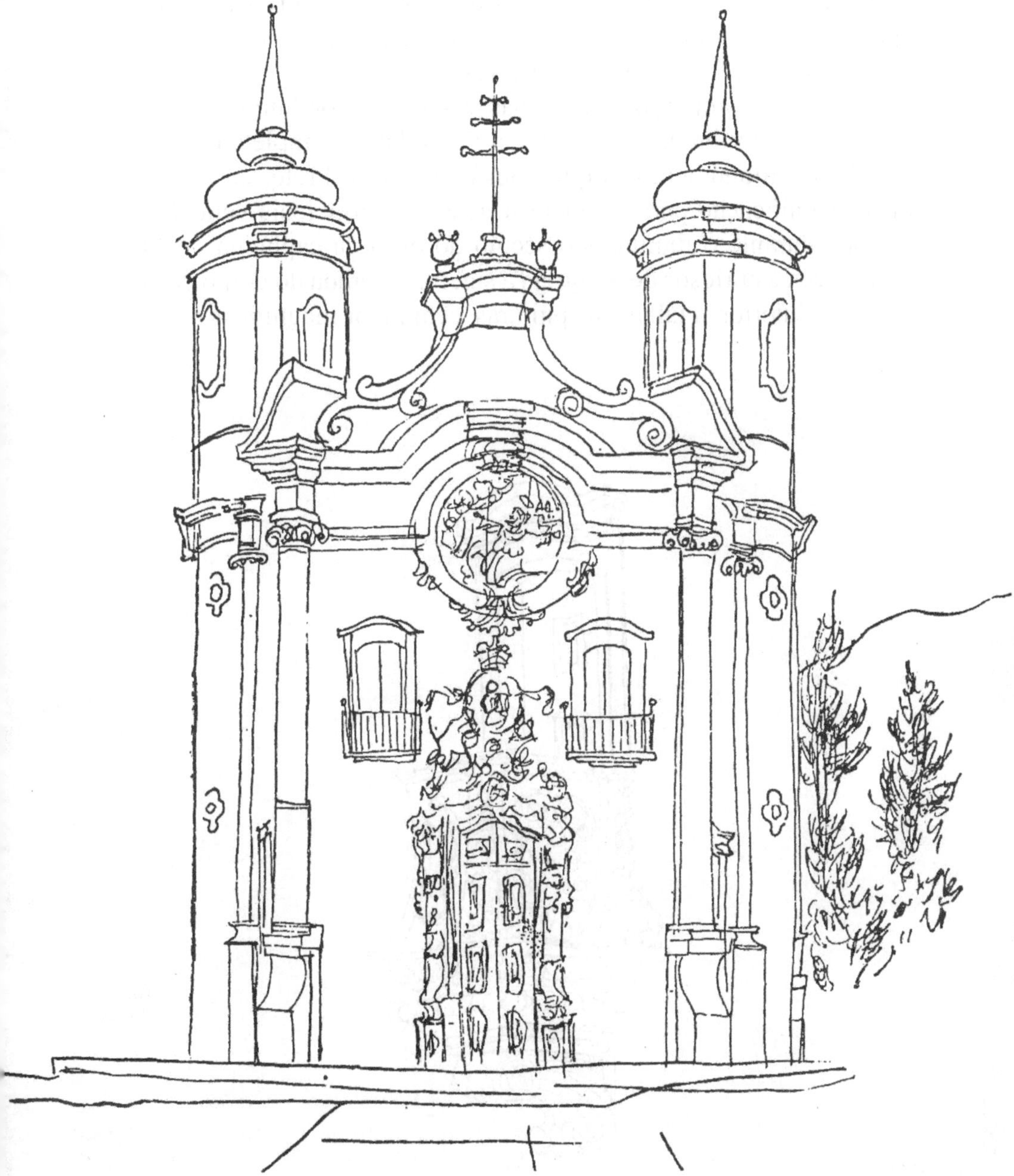

Também a sua pintura, tanto no teto, como nas paredes laterais da capela-mor, embora muito danificada, ainda revela características interessantes. Nota-se a pintura o teto da capela mor, de motivação arquitetônica, os azulejos e os quatro painéis a óleo representando os episódios da história de Maria Santíssima, a Visitação, a Anunciação, o Nascimento e a Adoração dos Pastores.

Nas suas proporções pequenas e seu exterior humilde, modesta no conjunto e sábia na decoração, a Padre Faria completa e enriquece a série dos monumentos arquitetônicos de Ouro Preto, como peça da maior significação para se analisar as etapas principais vencidas pelo barroco durante o tumultuado século do ouro da capitania de Minas. São aspectos curiosos dessa igreja a sineira separada do corpo da capela e, no seu interior, a talha e as pinturas, sem favor magníficas.

VI – GUERRA DOS EMBOABAS

Transferindo-se para o Rio em consequência das ameaças que lhe fizeram os paulistas, o Superintendente Vaz Pinto não o fez sem levar seus bons cabedais, segundos nos informa o douto Antonil; como, porém, o governador era proibido de perambular muito pelas Minas, a região ficou entregue ao muim citado Senhor Tenente Coronel Manoel de Borba Gato, que acumulou as funções de superintendente e guarda-mor. Em Ouro Preto pontificavam Garcia Rodrigues Paes, Salvador Furtado e Bartolomeu Bueno Feio. Em S. João Del-Rei, mais ou menos em 1702, fixou-se Tomé Portes del-Rei, taubateano, exatamente no local do porto ou passagem do Rio das Mortes, região de bela paisagem, caminho de São Paulo para as Minas de Cataguás.

Depois de Artur de Sá (1697 a 14 de julho de 1702), governou as capitanias reunidas de Minas, S. Paulo e Rio, D. Álvaro da Silveira até 1705. Esse governador entrou também em conflito com Vaz Pinto. Afinal, foi a vez de D. Fernando Martins Mascarenhas de Lencastre, de junho de 1705 até 1709, quando entregou o governo a Antônio de Albuquerque Coelho de Carvalho, que, por vez, chegou a Minas em setembro desse ano, fim da guerra dos emboabas.

A região estava, portanto, até 1780, completamente entregue aos bandeirantes paulistas, aos quais D. Fernando prestigiava.

O doutor desembargador José Vaz Pinto até que não foi mau administrador, embora diligente no ganhar. Governou, praticamente, as Minas durante dois anos, de 1703 a 1705, quando foi para o Rio. Viu que os paulistas dificultavam o desenvolvimento econômico da região e que a proibição de vir mais forasteiros era danosa à exploração das lavras, pois faltavam braços escravos para o trabalho e pessoas idôneas para a distribuição das datas. Os paulistas, porém, não desejavam a entrada de outros contingentes povoadores que viriam — fatalmente, como vieram — destruir seu completo domínio sobre a região. Vaz Pinto, todavia, pensava o contrário, e passou a permitir a entrada dos forasteiros, contrariando assim, não só as determinações reais como o interesse dos paulistas. Além disso, sugeriu à metrópole algumas modificações no Regimento das Minas. Tinha razão o Desembargador. A Coroa aceitou algumas dessas propostas, como se pode constatar em documentos publicados na obra de Isaias Golgher, *A Guerra dos Emboabas*, e em Pedro Taques. Golgher apresenta um quadro real e correto da conjuntura social e histórica do movimento revolucionário. Outro trabalho interessante, com tese oposta ao primeiro, é o do Sr. Soares da Cunha, *A Guerra dos Emboabas* que se coloca no ângulo da defesa dos paulistas e dos seus interesses, estribando-se, porém, em boa documentação.

A palavra "emboaba" significa, segundo a versão mais aceita, ave de calças, ou pinto calçudo. Foi aplicada aos forasteiros porque usavam botas, ao contrário dos demais. "Forasteiros!" Eram portugueses, baianos e todos os oriundos de Pernambuco, Rio, etc., considerados pelos paulistas como intrusos que lhes vinham tomar o que lhes pertencia. Cáudio Manoel da Costa no "*Fundamento*", falando sobre essa fase histórica, usa a expressão *Buabá*, grifando-a. De resto, Cláudio é inteiramente favorável aos paulistas. Soares da Cunha afirma que "emboaba" significa forasteiro.

Os bandeirantes acusavam os adversários de serem comerciantes ávidos, contrabandistas, responsáveis pela carestia da vida, exploradores enfim do povo. O interessante, porém, é que as camadas populares formavam ao lado dos forasteiros.

É que o desenvolvimento fulminante da região, com o pronto nascimento do comércio e o célebre desenvolvimento do poder aquisitivo, teria que determinar os altos preços do custo de vida. Provocou também o nascimento de um grupo social aparentemente heterogêneo, com traços acentuados de classe média, mas que se identificava no denominador comum do interesse econômico. Esse grupo se chocava com o interesse dos antigos bandeirantes.

Antonil e outros autores estimam a população de Minas, em 1705, em cerca de "50 mil almas, sendo trinta mil livres".

Com as liberalidades do Desembargador Vaz Pinto permitindo a entrada de forasteiros, contra a vontade do Governador Álvaro da Silveira, a população cresceu vertiginosamente e os paulistas ficaram em grande inferioridade numérica frente aos emboabas, embora continuando a ocupar os postos de comando administrativo e a distribuição das datas, podendo concedê-las ou sonegá-las

À época, a capitania estava, praticamente, dividida em três zonas geográficas: as minas do Rio das Velhas, as minas gerais (Ouro Preto, Mariana e adjacências) e o Rio das Mortes, compreendendo Ibituruna, Porto Real, S. José del-Rei, Arraial da Ponta do Morro, etc.

A região do Rio das Velhas, que foi descoberta em primeiro lugar, tinha em Sabarabuçu onde residia Borba Gato (em Roça Grande) seu maior núcleo populacional. Aí chegavam as grandes levas baianas, entroncamento de caminhos, barra de rio e cidadela dos emboabas e do contrabando que o Borba, sempre implacável, tentava reprimir.

Da mesma maneira, em Caeté, onde explodiu o levante, predominava a população *baience*, como dizia Borba. Residia aí, talvez colocado propositadamente pelos paulistas, Jerônimo Pedroso de Barros, sobrinho de Borba Gato, e, portanto, personagem ilustre.

Entretanto, as condições econômicas exigiam o trânsito intenso dos comerciantes e boiadeiros vindos do norte que fora adensando cada vez mais as hordas forasteira. Já os mineradores, em sua maioria, uniram-se a estes últimos, naturalmente contrariados com a distribuição das datas feitas pelos paulistas e sua política de hostilidade radical a todo "intruso".

Em um resumo esquemático vemos que, na conjuntura geral, dois fatos se destacam como principais determinantes do conflito armado:
- A) os erros administrativos da coroa, caracterizados pela feição impraticável do Regimento das Minas, a proibição da vinda dos Governadores, e a imprevidência e indecisão que, no fundo, proporcionavam o aumento da violência e prepotência paulista;
- B) no outro plano, temos a essência da conjuntura, isto é, o conflito antagônico de interesses em choque.

Durante os anos de 1705, 6, 7 e 8, os crimes, assassinatos e roubos, as prisões, justas ou injustas, sucediam-se em todos os arraiais. Estes, porém, cresciam, a população começava a se estratificar e o processo social se cristalizava. Em 1708 havia já o amadurecimento da força econômica nascente — os comerciantes ou forasteiros. Documentos dos desacertos da coroa são numerosos e dos mais idôneos. Afirmou, por exemplo, o venerando e sábio André João Antonil que viu com seus próprios olhos e que, como poucos, sabia ver: "Sobre essa gente, quanto ao temporal, não houve até o presente coação ou governo algum bem ordenado, e apenas se guardam algumas leis que pertencem às datas, e repartição dos ribeiros" (Ob. cit., pág. 514)

Tendo crescido a população forasteira de forma considerável, isto determinou o aparecimento entre a mesma de muitos homens ricos, dotados de espírito de iniciativa e capacidade de liderança. Sendo uma força nova, soube encontrar logo formas superiores de organização política para o meio, como se pode verificar em documento escrito pelo próprio Borba Gato. Este afirmou que os emboabas se comunicavam por meio de senhas, como se vê:

"quando querem fazer um motim ou levantamento, para isto tem elegido cabos neste distrito e dado senhas que não há mais que dá-la, um para todos estarem juntos". (Isaías Golgher, ob. Cit. Pág. 87).

O trecho é da carta de Borba Gato ao Governador D. Fernando denunciando os emboabas.

Padres e frades, que afluíram às Minas em grande número, se uniram aos emboabas, em sua maioria. Comerciantes ou mineradores enriquecidos no decorrer do "rush", se destacavam por sua maior capacidade de iniciativa econômica, ou mais ampla visão dos problemas gerais.

Entre estes elementos apareceu, então, a figura singular de Manoel Nunes Viana, principal líder emboaba, português vindo da Bahia e que de lá trazia grandes boiadas. O tráfego comercial era proibido com aquela capitania, porém a coroa abrira exceção para o gado vacum que abastecia de carne a região.

    Manoel Nunes Viana possuía grandes fazendas no São Francisco. Todavia, conhecemos bem pouco da sua biografia, ou por outra, o que se conhece são apenas os episódios da Guerra dos Emboabas que fizeram dele, durante um ano, governador de Minas aclamado pelo povo. Simboliza, portanto, Manoel Nunes Viana, o primeiro governo legítimo do Brasil, porquanto eleito (por aclamação) pelo povo. É de se notar que a bela revolução ocorrida no Recife, com alguns pontos de semelhança com os emboabas, e que tomou o nome de "Guerra dos Mascates", é de 1711, quando Manoel Nunes Viana já havia deixado o poder em Caeté, passando-o ao Governador Antônio de Albuquerque (1709). Foram, portanto, os emboabas os primeiros que instalaram um governo legítimo e democrático no Brasil, embora, infelizmente, efêmero.

O pouco que se sabe de Nunes Viana pode ser resumido em algumas frases: nasceu em Viana do Minho, Portugal, em data ignorada; filho de uma família pobre, do campo, enriqueceu-se nas minas a partir de 1705, residia em Caeté, onde eclodiu o movimento. Revelou ser dotado de um espírito excepcionalmente superior para a época; possuía invulgar capacidade política e poder de liderança; era generoso, o que, em parte, talvez tenha sido apenas sabedoria tática, mas que, nem por isso, deixa de atestar seu alto nível intelectual. Foi também considerado Mecenas, amigo dos homens de espírito, o que é comprovado por documento de há muito conhecido. Afirmou que não permitiria nenhuma vingança contra os paulistas e, ao cumprir a promessa, chegou ao excesso de, após cada batalha, libertar os prisioneiros feitos durante a mesma, prendendo os emboabas que se aproveitavam da situação anormal para se vingar dos paulistas. Foi hábil no tratamento para com estes, evitando que fossem injustiçados e chegando mesmo a atrair alguns paulistas para sua causa. Sabia, como poucos, transigir sem perder a energia da decisão fundamental para o momento que vivia. Exemplo notável desse traço foi seu golpe tático contra D. Fernando, o que, por certo, evitou verdadeiro morticínio. Em 1705 lhe foi concedida, pela coroa, a patente de Capitão-Mor da Freguesia de N. S. do Bom Sucesso, Bahia. Sua indicação para esse cargo partiu do Governador desta Capitania, D. Rodrigues da Costa. A funções desse cargo eram: prestar assistência aos juízes dos sertão e zelar pelos caminhos, livrando-os de ataques dos índios e salteadores. A nomeação diz: *Manoel Nunes Viana por ser pessoa de valor e suficiência.*

Ao entrar em Minas em 1709, o Governador Antônio de Albuquerque Coelho de Carvalho, Nunes Viana entregou-lhe o governo, transferindo-se para suas fazendas do sertão e isolando-se dos acontecimentos políticos.

O fato de os emboabas terem-se negado a entregar o poder ao governador D. Fernando, concordando em entregá-lo a Antônio de Albuquerque, é claro: o primeiro apoiava os paulistas e o último tendia para os emboabas. Estes não pretendiam manter um governo independente de Portugal, mas sim desalojar os bandeirantes do poder, o que conseguiram.

Os emboabas só perderam a posição conquistada em 1708, dez anos depois, no governo do Conde de Assumar, em 1717. Contra a tirania de Assumar, Nunes Viana voltou a lutar arduamente, com habilidade, mas sempre tenaz e firme. Assumar destruiu grandes personalidades da

9 - Ouro Preto ao amanhecer - Matriz de Antônio Dias

10 - Portada da Igreja São Francisco de Assis - Detalhe

11 - Igreja São Francisco de Assis - Painel Lateral do altar de Manoel da Costa Ataíde →

Restitue Abimele-
h Sara a Abrahão
o premea.

12 - Museu da Inconfidência

13 - Comemoração de *Corpus Christi* →

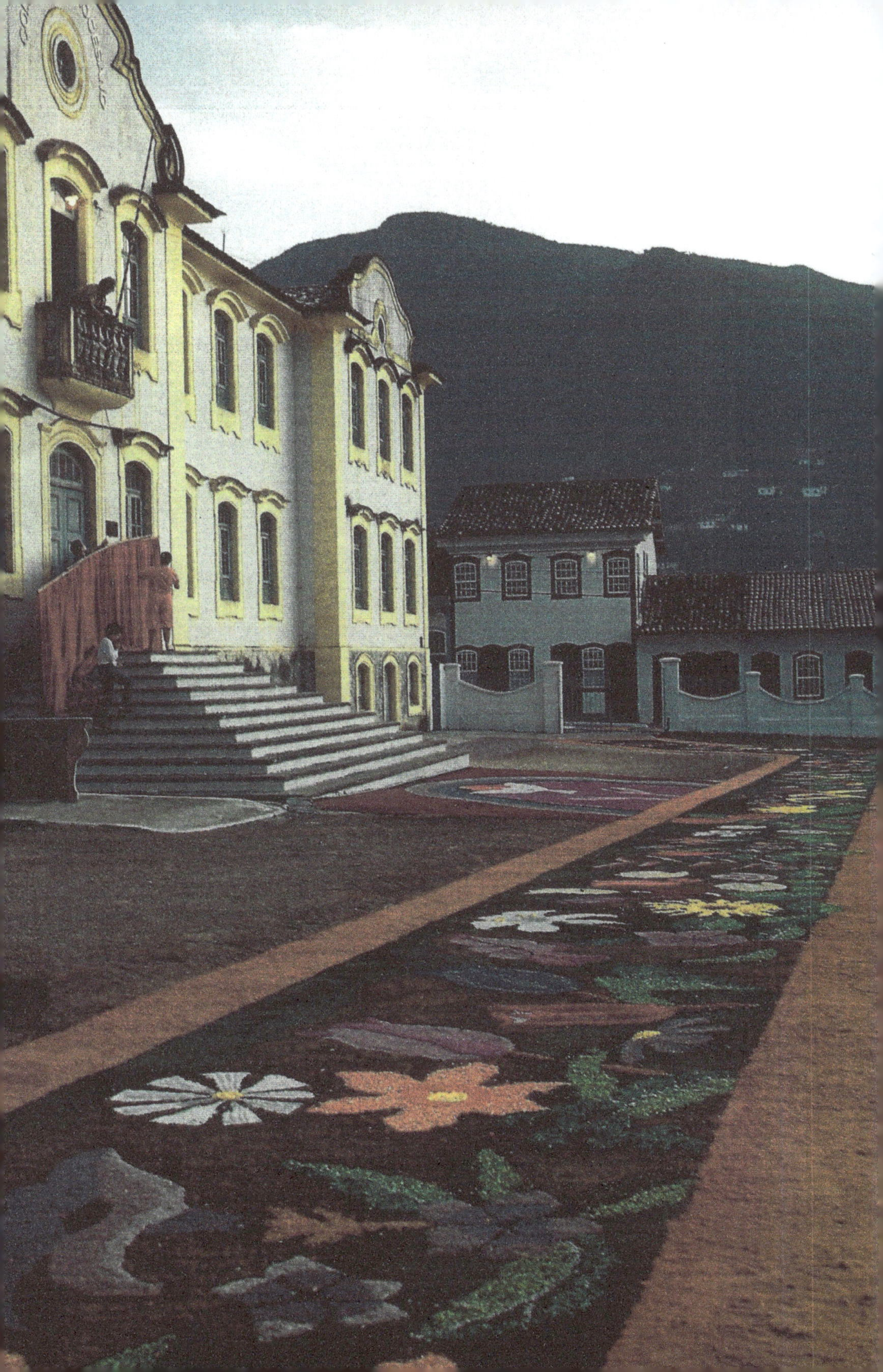

14 - Vista da Serra de Ouro Preto

15 - Procissão de *Corpus Christi* →

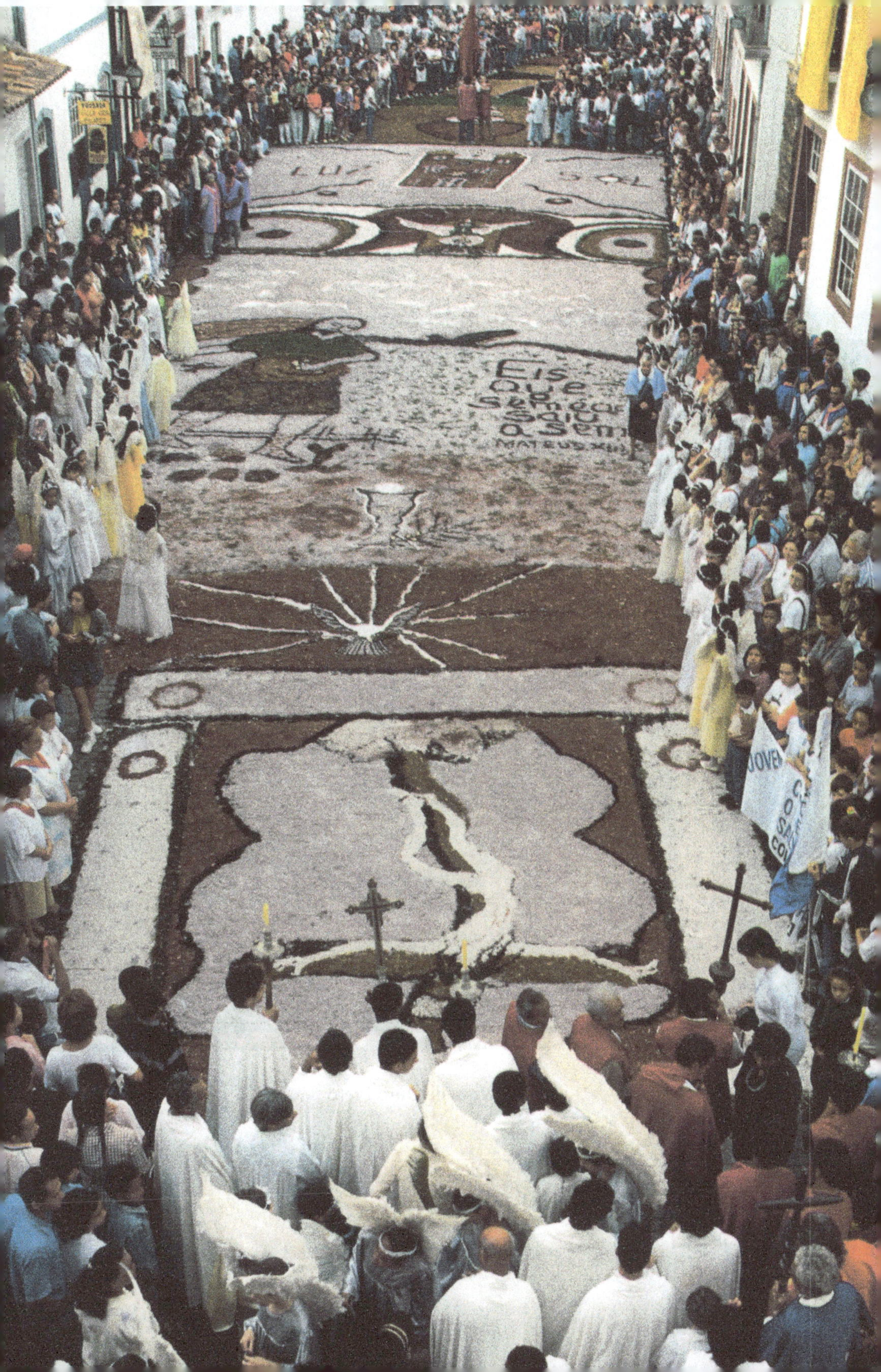
Eis
Que
Saiu
MATEUS XIII

16 - Vista de Ouro Preto

vida econômica de Minas de então, mas perdeu a batalha política contra Nunes Viana.

Através de todo esse processo de lutas, verifica-se que as personalidades principais do reino, também formavam suas correntes divergentes, uma apoiando determinado grupo, a outra servindo à corrente adversária. O Conselho Ultramarino, por exemplo, como era o aparelho fiscalizador dos governadores, divergia destes com frequência. O rei procurava sempre, e de forma sistemática, estimular essa divergência, aparentando sábia e serena imparcialidade. Manoel Nunes Viana, por seu lado, aproveitava o choque das altas esferas, tirando vantagens táticas. Assim, na luta contra Assumar, Nunes Viana jogava com o apoio do Vice-Rei da Bahia, que conseguiu derrotar o próprio Conselho Ultramarino no caso dos favores e honrarias concedidas a Nunes Viana em 1727.

Como vimos, a partir de 1705, toda região da mineração, entregue quase que exclusivamente a Borba Gato e Garcia Rodrigues Paes, ficou sob o domínio dos paulistas. Estes, com seus hábitos de bandeirantes independentes e patriarcais, com um conceito de justiça puramente pessoal e unilateral, ainda por cima com seus interesses ameaçados, desencadearam uma campanha de perseguição aos forasteiros e às suas tentativas constantes de burlar a proibição de transitar com gêneros e outros artigos comerciais da Bahia para Minas. Usavam, para isso, do estratagema de misturar, em meio à boiada, cargueiros com as mercadorias proibidas. Borba Gato era implacável e brutal, confiscando, sempre que podia, tais carregamentos, o que embora feito em nome do rei, constituía erro. Criou-se, então, um clima violento de ódios e antipatias que se foi avolumando sempre e contribuindo para acelerar o processo de antagonismo entre os dois grupos, polarizando-os cada vez mais.

Os conflitos pessoais se repetiam com frequência. Até que um destes ocorreu com o já citado Jerônimo Pedroso de Barros, em Caeté, onde residia, assim como Manoel Nunes Viana, que estava presente à provocação do paulista. É até provável que Jerônimo Pedroso tivesse feito a provocação contra o forasteiro que passava pelo adro da igreja, exatamente visando a pessoa de Manoel Nunes, sabendo que este reagiria, como de fato reagiu. Daí à guerra foi um passo.

O ato de Pedroso em si, foi de evidente futilidade: tentou tomar à força uma espada ou clavina de um forasteiro pobre que passava, alegando que este lhe devia certa quantia, ou que a arma lhe pertencia. Nunes Viana impediu que o fizesse censurando-o. Antes disso já haviam matado um forasteiro em Rio das Mortes e, em Caeté, assassinaram o paulista José Pardo, por ter açoitado dois "bastardos" que haviam assassinado um forasteiro. Logo depois do acidente no adro da igreja, mataram dois escravos de Manoel Nunes.

Em consequência, Borba Gato, usando o *Regimento das Minas*, decretou a expulsão de Manoel Nunes Viana da capitania em 24 horas; Alegou, para isso, que ele era contrabandista e agitador, "cabeça de motins" que, portanto, perturbava aquela paz beática, seio de Abraão em que viviam, sob o seu guante, as Minas Gerais. Nunes Viana repeliu sua decisão, negando-se a obedecê-lo e o Borba Gato instituiu, publicando o segundo *Bando* (ou Edital) com a mesma exigência: saída em 24 horas.

Tendo a população, em sua maioria, ocorrido à casa de Nunes Viana para hipotecar-lhe solidariedade, Borba Gato lança o terceiro edital, agora contra quem fosse solidário a Nunes Viana. Os emboabas organizaram logo um exército de dois mil homens e Manoel Borba Gato sofreu a maior derrota dos seus tão proclamados quatrocentos anos de vandalismo.

Eram vários arraiais, dos quais os principais estavam situados ao longo do Rio Sabará e Rio das Velhas, com meia légua, precisamente, entre um e outro, a saber: Gaia, Pompeu, Tapanhoacanga, Igreja Grande, Barra do Rio das Velhas e Santana do Arraial Velho. Na saída da Barra (chamado assim porque estava na junção do Rio Sabará com o das Velhas), ganhando-se a margem esquerda descendo meia légua, encontra-se Roça Grande, onde residia o Borba. E à esquerda, porém pelo rio acima, em direção a Raposos, havia o Arraial Velho. A disposição destes povoados foi por nós citada, adotando-se a perspectiva de quem vinha do Caeté, como veio Nunes Viana com suas tropas, negros e índios. Os arraiais estendiam-se ao longo do vale formado pelo "L" em dois rios. Esse vale é, até hoje, completamente cercado por uma série regular de morros paralelos. Parece fora de dúvida que o mais antigo povoamento do local ocorreu no Arraial Velho, como seu próprio nome indica, a meia légua da Barra. Nesse primitivo núcleo, houve grande mineração que se estendeu pelas duas margens do rio. Mineração que, depois de chegar à Barra, foi-se estendendo pelo Rio Sabará acima, até à igreja grande, depois, Pompeu e Gaia, já no caminho para Caeté.

Os paulistas se prepararam para receber o ataque frontal nos arraiais do Gaia e do Pompeu, próximos um do outro, colocando-se sua retaguarda na Barra, de costas para o rio das Velhas.

Os emboabas, simulando o ataque frontal esperado, nos primeiros arraiais, distribuíram outras forças pelos flancos, atacando de rijo esse flanco e a retaguarda. Para isso galgaram a linha serrada de morros que contorna o local à esquerda do Rio Sabará (caminho no morro Vermelho) e destas alturas, lançaram setas inflamadas sobre as palhoças, que se incendiaram rapidamente. O ataque foi à noite e a rua que recebeu seu impacto maior, ficou para sempre, se chamando — a rua do Fogo. Onde este se extinguiu, chamou-se rua do Fogo-Apagou.

É de se imaginar aquele ambiente de pânico, homens e mulheres, negros e mamelucos, espavoridos entre gritos e fogos, ladeiras e morros e choças em chamas.

Essa alta habilidade tática dos emboabas estabeleceu a confusão entre os paulistas, que não resistiram muito, caindo no rio ou fugindo pelos matos e grotas. Desta maneira, todos os ricos arraiais do Rio das Velhas, que eram o centro administrativo da região, caíram nas mãos dos emboabas. Estes realizaram logo depois uma assembleia ampla, com representantes de todos os arraiais ocupados e também com elementos daqueles ainda sob o domínio paulista. A assembleia aclamou Nunes Viana governador das Minas, até que viesse outro nomeado pelo rei. Manoel Nunes Viana foi, portanto, o primeiro governador, na América do Sul, eleito pelo povo, ao qual governou com brilho e acerto até então inéditos. Seu governo durou um ano: setembro de 1708 a outubro de 1709.

Os arraiais tomados compreendiam, além dos citados, ainda em Sabará, o Mãe Domingas, Tapanhuacanga, arraial do Piolho, arraial João de Souza Nero, Morro, Igreja Velha, Igreja Nova, Lucas Rodrigues, José Leite; e fora de Sabará, o Morro Vermelho, Roça Grande, Raposos, Curral del-Rei e Caeté. A região compreendia uma área vasta e rica.

A segunda parte da luta emboaba, compreendendo a tomada dos chamados arraiais da serra acima, e das minas gerais, onde aliás, era maior o número de paulistas, é controvertida. Alguns historiadores se referem, com detalhes, a uma grande baralha ocorrida em Cachoeira do Campo, logo nas proximidades de Ouro Preto. Combate este que teria sido decisivo para a ocupação dos arraiais dessa localidade. Outros, porém, apoiados no fato de não se ter encontrado até agora documento algum referente a tal evento, e mais, de se ter amplo conhecimento de um relatório escrito por Bento do Amaral Coutinho, comandante emboaba da ocupação de Ouro Preto, em que este lugar-tenente de Nunes Viana, não faz a menor referência à batalha de Cachoeira, estão convencidos que o referido combate não ocorreu, sendo apenas mais uma lenda, entre muitas, existentes sobre os emboabas. Todavia, Bento do Amaral Coutinho poderia não ter narrado essa passagem por qualquer motivo. Seu interesse maior, naquele documento, era retratar a prepotência paulista, justificando perante o Governador o movimento emboaba.

Os que acreditam na existência do episódio apoiam-se na tradição oral, ou, talvez, em alguma referência hoje desaparecida e na afirmação de Diogo de Vasconcellos, que escreveu sobre o assunto.

Da mesma maneira, a famigerada passagem ocorrida, também com Bento do Amaral Coutinho, em S. João del-Rei e que tomou o romântico título de "capão da traição", introduzindo-se até mesmo em obras didáticas, como sendo verdade histórica comprovada — tem sido posta em dúvida por vários autores.

Há certos espíritos que têm necessidade inconsciente e incontrolável de identificar sempre — com propósito ou sem ele — todo movimento dinâmico do progresso humano à crueldade. A transformação histórica do velho em novo sempre se lhes deparou como um fato cruel e ditatorial. Em todas as revoluções, tais espíritos procuram descobrir o seu "lado cruel", do contrário, qual seria o consolo e principalmente a justificativa daqueles que nas "suas infinitas senrazões" — se opuseram a ferro e fogo à revolução?

Bento do Amaral Coutinho foi o "lado cruel" dos emboabas. Já que Nunes Viana era generoso e justiceiro; já que realizou excelente governo; já que o movimento também se caracterizou por vários aspectos positivos — urgia encontrar a tragédia grega no bojo da epopeia, a sempre sonhada crueldade. Como Bento do Amaral Coutinho era homem de poucas complacências e radical nos seus conceitos sobre os paulistas — alguns historiadores descobriram nele o Calígula dos emboabas. Quanto a Assumar, por exemplo, esses mesmo historiadores consideraram-no ótimo administrador. Incendiar bairros inteiros até que não é cruel, mas ato administrativo fecundo e feérico.

Para que se possa constatar o paroxismo romântico a que chegavam os historiadores de antanho, veja-se como Sebastião da Rocha Pitta se refere ao "capão de traição":

"... porém, assim como se lhe apresentarão rendidos, e entregarão as armas (oh ferina crueldade, indigna de humanos peitos) gritou que matassem aqueles, etc., etc. (Efemérides, pág. 236 ou História da América Portuguesa).

Há alguns anos, o historiador paulista Taunay descobriu e pôs em circulação a narrativa do português J. Álvares de Oliveira, emboaba de S. João del-Rei, que ali combateu, e que afirma ter ocorrido o episódio do capão. A narrativa em questão foi publicada em jornal carioca e reproduzida em periódico de S. João del-Rei.

Entretanto, suponhamos que, amanhã ou depois, alguém venha a descobrir novos documentos provando ter ocorrido de fato o massacre de paulistas desarmados por Bento do Amaral Coutinho. Ainda assim, em nada o episódio poderá transformar o conceito que se faz da guerra dos emboabas; em nada poderá influir na essência desse movimento que retirou do poder uma casta, colocando em seu lugar — um grupo social contrário àquela casta, destruindo um poder econômico já superado pelas circunstâncias, os bandeirantes, e entregando esse poder aos comerciantes baianos e portugueses. E mais: se houve o tal episódio, ele não poderá anular ou diminuir as grandes vantagens decorrentes da vitória emboaba: a paz e a ordem estabelecidas nas minas, o aumento da produção de ouro, e sua inegável influência na formação política do século XVIII.

São esses fatos que definem uma situação histórica e não os processos mais ou menos cruéis de se guerrear. De resto, toda guerra é cruel, ontem como hoje.

Quando ocorreu a vitória do Rio das Velhas, estabelecido o governo emboaba, foragidos os paulistas, castigaram-nos com sequestro das duas datas (principal fonte de descontentamento emboaba) e dos seus escravos. Borba Gato retirou-se para sua fazenda em Paraopeba, e esse segundo exílio, como da primeira vez, consequência de ser mais impulsivo e violento que racional ou analista, não lhe deve ter sido ameno, embora muitíssimo mais suave que aquele dos bravíssimos tempos de após Sumidouro. Ninguém incomodou o Borba depois da sua derrota. Pensou que venceria uma guerra inteira só com editais resolutos. Perdeu-a e esperou melhores dias. Sempre teve que esperar por melhores dias e sempre os conseguiu. Sem dúvida nenhuma, um figurão esse Borba.

No entanto, apesar de o novo governo já ter se consolidado, Ouro Preto continuava sob o domínio paulista. Aqui havia sido nomeado oficial do crime o emboaba Francisco Amaral Gurgel. Os bandeirantes, porém, vetaram sua nomeação, que tinha sido feita por D. Fernando, o cauteloso, o qual, sempre na linha da cautela, aceitara o veto. No seu lugar ficou Bartolomeu Bueno Feio, também Provedor dos Defuntos e Ausentes. Garcia Rodrigues Paes e outros tornaram-se donos do fornecimento da carne que pertencia a Frei Francisco Menezes, emboaba. Donde se conclui que nem sempre o comércio repugnava tanto aos filhos dos gigantes homéricos. Garcia Rodrigues Paes, construtor do caminho novo para o Rio, cunhado do Borba, era filho do grande Fernão Dias Paes. Fora Garcia quem conseguira o perdão do rei para seu cunhado e companheiro no Sumidouro. Entre os bandeirantes, era figura de proa e ressonâncias históricas, homem de grande ação e, como os outros, vasta experiência sertanista.

Afirma Amaral Coutinho que os paulistas, logo que souberam da vitória emboaba, entregaram-se, em Ouro Preto, a atos de vandalismo, tais como o de incendiar um arraial inteiro. Informa ainda que, segundo declaração do paulista Valentim Pedroso, o autor do incêndio foi Fernando Paes, pertencente à grei ilustre.

Rumaram então para Ouro Preto os emboabas, comandados por Bento do Amaral Coutinho. Há quem diga que Manoel Nunes Viana fora ferido na batalha de Cachoeira do Campo, passando o comando a Coutinho. Este conta apenas o seguinte sobre os paulistas:

"e entregaram voluntariamente as armas, que foram entregues a um recebedor para dar delas satisfação."

A propósito da sua participação nos fatos ocorrido escreveu:
"e a mim indignamente me elegeram no posto de cargo de Sargento Maior de Batalha de Ouro Preto e todo o seu distrito..."
(Ob. Cit. Pág. 126)

Conta ainda o Sargento Maior que foram eleitos pelo povo capitães de infantaria, sargentos, mestre de campo, "criando-se um terço nos arraiais de Ouro Preto, Antônio Dias, Rocha Faria (deve ser lapso, queria dizer, Padre Faria) e Ribeirão do Carmo e outro no campo pela numerosa gente que nele habita".

Faz várias referências ao "Motim e Rebelião do Rio das Velhas", explica que Nunes Viana era o *Capitão Major, primeiro reparador da liberdade*.

Os paulistas retiraram-se para S. João del-Rei, região do Rio das Mortes, caminho de S. Paulo, onde houve, posteriormente, a junção das forças punitivas vindas do Rio com D. Fernando Lencastre e os paulistas. Esta expedição tinha a finalidade, segundo declaração de D. Fernando Martins Mascarenhas de Lencastre, o temeroso, de esmagar os emboabas e recolocar no poder os paulistas. Manoel Nunes Viana venceu-o a 8 léguas de Ouro Preto, vizinhança de Congonhas do Campo, apenas com habilidade e coragem bem conjugadas.

O episódio é dos mais pitorescos de toda a campanha emboaba. D. Fernando desde janeiro de 1709 ameaçava e se preparava para *pacificar* as minas. Supunha porém que paz somente a paulista. Entretanto, demorou excessivamente nos seus preparativos, dando tempo aos emboabas de se consolidarem no poder e no seio do povo.

Finalmente, saiu do Rio de Janeiro, 3 de março de 1709, época em que as estradas (ou a única estrada) deveriam estar em lastimável estado, em consequência das chuvas torrenciais de dezembro, janeiro e fevereiro. Sua comitiva era numerosa e pesada, pois, trazia tropas, armamentos, soldados e civis em quantidade. Sabia também o Governador que lhe seria feita resistência, mas disse que enfrentá-la-ia com armas, valendo-se para isto, dos paulistas.

O programa "pacificador" de D. Fernando: prender os cabeças, recolocar os paulistas nos postos chaves; limpar as minas de forasteiros, expulsando-os; construir uma cadeia à custa de um imposto novo e formar uma força militar.

O avanço deve ter sido lento e penoso. É fácil concluir-se que a expedição deve ter levado, pelo menos, dois meses para se aproximar até 8 léguas de Ouro Preto. Antonil afirma que em 1705, a jornada, já pelo caminho novo, levava 15 dias, marchando-se somente pela manhã, até o meio-dia. Mas D. Fernando deu longa volta a fim de passar por S. João del-Rei.

Durante a marcha, D. Fernando possivelmente foi espionado longamente. Os índios usavam um processo de comunicação por meio de fogos acesos no cume das serras, através de longas distâncias. Assim, Nunes Viana soube perfeitamente o momento exato em que D. Fernando se aproximava. Convocou, então, a maior quantidade de combatentes que lhe foi possível e, sem nada dizer, esperou tranquilo. Passaram-se dias e noites, o Governador eleito aguardava, as convocações aumentavam. D. Fernando foi-se aproximando e eis que os últimos avisos deram a sua posição como próxima de Congonhas. Nunes Viana, à noite, rumou para lá deslocando seu exército, calculado em mais de seis mil homens, pois a população de Ouro Preto quase toda tinha sido mobilizada. D. Fernando estacionara na frente de uma colina. Do seu lado oposto chegou, à noite, Nunes Viana, dispondo suas últimas providências. E no silêncio frio da noite das montanhas de pedra, o povo emboaba com seu general, a poucos metros do inimigo — esperou o nascimento do sol.

Madrugadinha fria, D. Fernando Martins Mascarenhas e Lencastre, levantando-se, chegou à porta e viu o imenso exército postado em linha de combate: a cavalaria pelos flancos, a infantaria no meio e no lugar próprio, Manoel Nunes Viana com seu estado-maior. Houve o cuidado de se colocar a tropa armada bem na frente para que D. Fernando pensasse que todos estavam assim municiados. O armamento disponível, porém, não seria suficiente para armar tanta gente.

O pacificador cauteloso sentiu, estarrecido, toda a utilidade da cautela. Jamais suponha encontrar tamanha demonstração de força. No mesmo instante mandou "um próprio" perguntar a Manoel Nunes o que significava aquela beleza de exército. Nunes Viana, então, enviou um representante seu (alguns dizem ter sido Pascoal da Silva) a parlamentar com o fidalgo.

Lá foi o Pascoal da Silva e o que parlamentou não se sabe. Entretanto, conclui-se que a conversa não deve ter sido das mais gentis, porquanto, D. Fernando Martins de Mascarenhas e Lencastre disparou em tão breve retorno que todos se espantaram pelo contraste entre a lentidão do avanço e ligeireza do recuo. Escreveu a propósito, o melodramático mestre Rocha Pitta: "Porém, o Governador D. Fernando apoderado de um temor justo"...

A batalha cruenta ficou nas intenções do nosso rico fidalgo. Não houve um tiro; o único estampido mais alto foi um viva a Nunes Viana, ao romper da aurora, para espantar o fidalgo. E não mais se falou em punições pacificadoras.

Foi notável a contribuição emboaba à formação de uma mentalidade independente e democrática da gente mineira. Era um povo que apenas estava nascendo e já visionava seus caminhos. Já distinguia o democrático do prepotente, o interesse do grupo e do todo, a justiça coletiva e a imposição de uma minoria que domina. Povo que, na sua infância, já possuía espírito cívico e que no dizer do seu mais sangrento inimigo, o Conde de Assumar: ... *na gente das minas muito têm por brio o entrar voluntariamente em motoins. (Efemérides, vol. II, pág. 466).*

Os mineradores e comerciantes, portugueses, pernambucanos ou baianos, eram um grupo social novo, uma força nascente que se opunha à força antiga dos bandeirantes. Minas nasceu, portanto, de uma economia citadina e mercantilista e não rural ou agrária, como Pernambuco, por exemplo, cuja base eram os engenhos de açúcar e sua aristocracia rural. Isso determinou, nas Minas Gerais, a formação de uma classe média citadina peculiar e prevalecente na formação cultural e política de toda a província. É uma classe média visceralmente democrática, antiautoritária, irreverente, que não crê no excesso de autoridade nem no preconceito de nobreza sanguínea.

A luta dos emboabas e paulistas teve influência decisiva nesta cristalização cultural de Minas. Mesmo durante o século XIX, quando a infraestrutura econômica se desviou da sua destinação industrial, permaneceu, predominante no homem mineiro, seu perfil democrático, sua postura irreverente, seu mal-estar frente à prepotência ou à autoridade. O partido liberal foi, no século XIX, a maior expressão política da gente mineira.

A raiz histórica desse espírito democrático está nas epopeias emboabas. Seus interesses eram citadinos e mercantilistas e, por isso, seu comportamento social era superior àquele dos paulistas. Os emboabas invocavam as leis, a justiça, o direito dos pobres, a paz social. Os paulistas invocavam a própria autoridade, a glória, a força, o direito de posse sobre as lavras (concedido pela coroa), o passado épico e heroico, a vontade do poder. Ambas as facções disputavam qual das duas serviria melhor ao rei. Nas suas respostas aos editais de Manoel de Borba Gato, Nunes Viana criticava, argumentava, repelia. O Borba jamais argumentou. Mandava. Viana falava nas *infinitas senrazões* dos paulistas. O bandeirante respondia que lhe confiscaria os bens. Nunes Viana escreveu —*vossamicê não pode fazer isso, não tem apoio legal para fazê-lo*. O outro respondia que faria muito mais.

Borba e Viana, duas figuras, dois valores, duas tendências, tese e antítese, dois mundos na mesma época, na mesma conjuntura. Até hoje, no *mellée* da política nacional, da política mundial, vemos a todo instante — a ressurreição dos dois homens, dos dois meridianos, dois pólos que se chocam e se ferem no referver da incessante construção humana.

Impressiona a sagacidade política de Nunes Viana, comprovada também posteriormente, na luta contra Assumar. Quanto a Francisco Menezes, apesar de condenado pela justiça da corte foi enviado a Lisboa como representante emboaba, conseguindo excepcional vitória diplomática. Morreu juntamente com Bento do Amaral Coutinho, em 1711, no Rio, combatendo a invasão francesa.

Quando Assumar, alguns anos depois, desencadeou sua luta tremenda contra Minas e os mineiros, Viana entrou em choque com ele. Nessa fase histórica, sua ação contra o tirante foi realmente notável. Assumar tentou confiscar os seus bens. Nunes Viana respondeu mandando que os fazendeiros do S. Francisco pagassem seus impostos na Bahia e não em Minas, aproveitando-se de uma disputa entre Assumar e o vice-rei em torno desses tributos. Com isso, deu um golpe mortal em Assumar, conquistando mais ainda o prestígio do vice-rei. Assumar arma-lhe novo ataque. Nunes Viana, então, pede aos fazendeiros que suspendam o fornecimento do gado às minas, que ficam ameaçadas de nova fome. Diante disso Assumar se rende covardemente, como sempre fazia quando acuado, e chega a homenagear Nunes Viana em Mariana. De Viana, disse Assumar, escrevendo ao rei:

"... *advirto a V. M. que por parte deste governo será impossível prender um semelhante homem*". (*Códice S. G. 11, Arq. P. Min.*).

Isso depois de afirmar que o povo obedeceria muito mais a Nunes Viana que ao próprio rei.

Nunes Viana teve sete filhos embora não tendo se casado. Recebeu, por empenho do vice-rei, Marquês de Angeja, várias homenagens da coroa, como o Hábito de Cristo e a nomeação para Escrivão da Ouvidouria do Rio das Velhas, em 1727. Todos esses favores e outros, foram concedidos contra a vontade expressa e unânime do Conselho Ultramarino. Um dos seus filhos, Miguel Nunes de Souza, formou-se em Coimbra, tendo herdado, por testamento, a fazenda da Tabua, no S. Francisco. Morreu assassinado em S. Romão, em 1780. Outro, Manoel Nunes Marinho, recebeu em testamento, a ouvidoria de Sabará, tendo ali vivido longos anos. Das mulheres, parece que as três foram irmãs de caridade na Bahia. Seus quatro filhos varões foram: Miguel, Manoel, Vicente e Inácio.

Manoel Nunes Viana, um dos mais altos espíritos cívicos e o primeiro estadista das Minas Gerais, faleceu no dia 28 de janeiro de 1738; não se sabe ainda que idade tinha quando morreu; deve ter atingido os setenta anos, embora alguns historiadores sugiram sessenta.

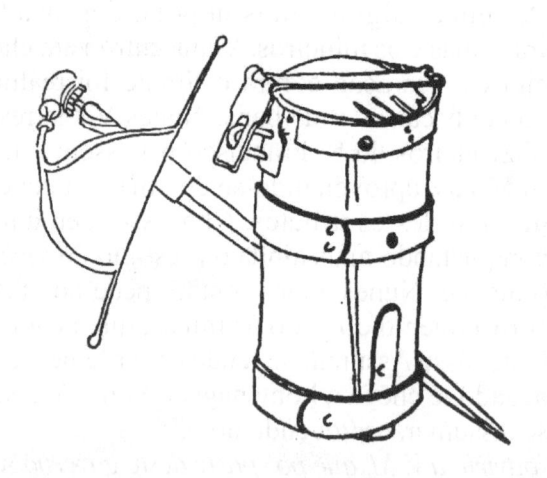

VII - MOTIM DE 1720 — INSTALAÇÃO DA VIA DE NOSSA SENHORA DO PILAR

Em 1710 ou 1711, inicia-se em Vila Rica, uma vida nova, mais ordenada e urbana, mais civilizada mesmo, pois a ordem administrativa, imposta primeiro pelos emboabas, projeta-se numa harmonia hábil entre o poder de ultramar e a vontade do povo que almeja paz para o trabalho e sossego para seus lares. Estes já não são mais apenas palhoças primitivas de aventureiros. Dez anos haviam-se passado, iniciara-se a estratificação social. A rede de interesses e contatos comerciais, sentimentos e afetivos, estende suas raízes, ligando homens, os escravos e problemas. A experiência começa a se impor à aventura. A região fora desmembrada do Rio, tornando-se capitania de Minas e São Paulo. Recebendo o governo das mãos cautelosas do nosso rico D. Fernando Martins, etc., no Rio, a 6 de julho de 1709, o novo governador, Antônio de Albuquerque Coelho de Carvalho, viaja para Minas no dia 20 de julho do mesmo ano. Certamente já sabe ele do Triunfo administrativo do governo emboaba: estabelecera este a ordem nas Minas, aumentara o rendimento do real quinto, promovera a paz, reduzira a criminalidade. E saberia o novo governador de sua majestade que Manuel Nunes havia enviado a Lisboa, como seu embaixador, Frei Francisco Menezes? Sem dúvida que o sabia. De qualquer maneira, Antônio de Albuquerque teve ainda uma conferência com outro enviado do governo emboaba, Frei Sebastião Ribeiro. Viana escolhera-o para o primeiro encontro com o novo governador pelo fato de ter sido esse religioso secretário de Antônio de Albuquerque, quando do seu governo do Maranhão. Dessa maneira, ficou Viana conhecendo as intenções de Albuquerque, aliás inteiramente favoráveis aos emboabas. A coroa, que havia insistido na punição dos cabeças do motim, Nunes Viana e Amaral Coutinho, movida pelos argumentos de Frei Francisco Menezes, recuou logo, concedendo a anistia geral. Albuquerque, porém, já havia agido nesse sentido, antes de receber a carta régia a respeito, pois conservara, em todos os postos da administração, os funcionários colocados por Nunes Viana. Este entregou-lhe o governo em Caeté, retirando-se para o rio S. Francisco.

A população dos arraiais já se polarizara em grupos sociais, as primeiras irmandades estavam em funcionamento nas matrizes e capelas, algumas figuras haviam consolidado seu prestígio social e econômico. Muitos desses homens eram *nouveaux-riches* bisonhos, como Henrique Lopes, dono do chamado Palácio Velho, que hospedou Assumar em 1717. Outros eram indivíduos de alta argúcia e muita audácia, com inegável poder de liderança ou iniciativa. É o caso da simpática personalidade de Paschoal da Silva Guimarães. Com ele, que era o *principal da vila*, hospedara-se Albuquerque. Havia também outros mineradores enriquecidos e vários comerciantes. O comércio constituía atividade altamente rendosa.

No rol dos impostos pagos, por essa época, Paschoal da Silva comparecia como minerador de mais alta contribuição. Em 1708 já possuía 300 escravos em serviço, segundo documento bastante divulgado. É número muito expressivo, porquanto raramente um minerador ostentava mais de doze homens. As grandes lavras exploradas por dezenas de escravos são do fim do século, o princípio do século XIX, fase Eschewege.

Para completar o quadro, devemos citar também os tumultuosos e tão criticados sacerdotes. Autoridades, tanto da coroa como eclesiásticas, protestavam sem cessar contra os clérigos e sua vida dissoluta. Inútil. Proibidos de vir para Minas, chegavam constantemente. Parece que a terra possuía não só minas de ouro, como também minas de padres. Nada menos que quatro governadores sucessivos -- Albuquerque, Braz Balthazar da Silveira, Assumar e Lourenço de Almeida -- solicitaram e obtiveram ordens régias da maior energia proibindo a entrada de clérigos. Por que tanto clamor contra os pastores de Deus, únicos homens que, àquela época e naquele meio, possuíam uma educação intelectual superior?

Em 1711 a coroa envia ao governador carta Régia sobre expulsão dos padres, reclamando que o Bispo do Rio de Janeiro não estava observando as ordens anteriores sobre o assunto. Em 1723, outra ordem diz: " para que faça executar inviolavelmente as reais ordens que há sobre a expulsão dos religiosos que andam espalhados nas terras das Minas"... (*Efeméride*, vol. II, pág. 278). E em 1732, a Coroa, dirigindo-se ao então Governador D. Lourenço de Almeida, Declara a *"grande perturbação que fazem nas minas os clérigos e frades"*. (Ob. cit. vol. I, pág. 197).

É tal o empenho manifestado sempre pela coroa evitar a vinda de clérigos, que ficamos logo desconfiados, isto é, a favor desses últimos. Seriam tão terríveis como supunha o governo e — ainda mais — sem o menor protesto de grandes números de historiadores brasileiros tão acentuadamente católicos? A história nos apresenta sempre essas curiosas interrogações.

Desde o princípio do século XVIII, encontramos, em Minas, padres de alto valor como sacerdotes, mas são sempre pouco citados. Manoel Braz Cordeiro, por exemplo, tudo indica — deveria ter sido um sacerdote modelar, ocupando o cargo de primeiro vigário da vila do Ribeirão do Carmo (Mariana)...

O primeiro Bispo que veio a Minas foi Frei Antônio de Guadalupe, em 1726. Antes deste, a região era visitada pelos enviados (Provisores — Visitadores) de Frei Francisco de S. Jerônimo, fundador de várias irmandades. Este instituiu um vigário da vara em cada comarca, proibindo aos demais padres de oficiarem. O primeiro vigário da vara da comarca de Vila Rica, Antônio Cardoso de Souza Coutinho, foi logo assassinado quando celebrava, tragédia narrada por Diogo de Vasconcellos (*Hist. Antiga*).

No entanto, parece evidente que o grande empenho do governo absolutista em impedir a vinda de padres, não era em absoluto, a tão proclamada moralidade ou zelo pela religião ou pelos costumes. A coroa nunca se preocupou com nenhuma moralidade. Não possuía a menor rigidez, nem mesmo com relação às suas próprias decisões. Aquele era um mundo calcado na opressão e na corrupção permanente. Logo, não havia razões objetivas para tanto rigor contra os clérigos.

A causa da luta contra estes estava na sua participação nos motins e os movimentos de protesto. Em virtude do acordo entre o Estado e a Igreja, os padres não podiam ser condenados à morte pela justiça comum, isto é, possuíam imunidades. Isso fez com que muitos processados por participação nos motins fossem ordenados às pressas para se livrarem das prisões. E quanto à justiça eclesiástica, embora fosse violenta, não podia prender por motivos políticos. Foi assim que, no levante de 1720 um dos condenados, Tomé Afonso, provou que era clérigo, não podendo ser condenado à morte.

O Governador Antônio de Albuquerque, em 12 de outubro de 1710, queixava-se ao Rei "de quem os clérigos revoltosos, omissos nos deveres do estado, ambiciosos, simoníacos e rebeldes ao direito dos quintos, pedra esta de escândalo, que deu causa a tantos outros defeitos". (Diogo de Vasconcellos, *História da Civilização Mineira*, pág. 23-27).

Em 1711, Albuquerque recebe carta régia na qual o rei lhe consultava sobre o comportamento do vigário de Vila Rica, Cláudio Gurgel do Amaral. Motivo da consulta: "por ter sido no Rio de Janeiro autor de algumas revoluções, em que sucederam mortes". O Governador respondeu, em 1712, seguindo-se ordem ao Bispo do Rio para que removesse aquele sacerdote das minas.

Antônio de Albuquerque Coelho de Carvalho trazia muitas tarefas administrativas de relevo: instalar a casa da Intendência e Fundição; criar três vilas onde achasse melhor; pacificar a região; organizar um regimento de infantaria com um máximo de quinhentas praças. Os oficiais eram nomeados pelo Governador, exceto o Coronel, cuja escolha cabia ao Rei.

Devemos louvar, sem dúvida, o grande talento político de Antônio de Albuquerque, que, realmente, pacificou a região. Essa paz conseguida só foi perturbada no governo Assumar, graças à sua brutalidade e cinismo. Antônio de Albuquerque procurou restabelecer o respeito à autoridade reinol, através de processos que, na época, eram, realmente, os mais democráticos: tomando sempre a posição da maioria emboaba, procedendo às eleições sem interferência nem suborno. Isto é, para exigir respeito à coroa, Albuquerque respeitou e "protegeu" realmente o povo contra os paulistas. Assumar fez sempre o contrário: defendeu o fisco contra todos e jogou os paulistas contra os emboabas, transformando os heróis da raça de gigantes em delatores.

Em 8 de junho de 1711, Antônio de Albuquerque convocava as principais figuras do arraial do Ouro Preto, para lhes comunicar que seria criada "hua nova povoação, e Villa para que seus moradores, e os mais de todo o distrito pudessem viver arregalados, e sujeitos com toda alva forma às Leys da Justiça, como S. Mag. manda".

Devemos convir que se este povo nem sempre viveu tão *arregalado*, não se deve isso a Sua Excia. Aliás, ele mesmo viu que o lugar não era dos mais "acomodados". Mas escolheu-o, "pois era Sítio de Maiores convivências, que os Povos tinham achado para o Comércio".

Nesse mesmo dia, como se pode verificar no Códice do Arquivo Público Mineiro (n.º 6, S. G. verso da folha 21), realizou-se a eleição dos primeiros oficiais do Senado da Câmara. Foram eleitos dois juízes, três vereadores e um procurador, no total de 6 camaristas.

O pessoal burocrático em 1714, compreendendo "escrivães, tabeliães, inquisitor, alcaide, porteiro, tesoureiros e meirinho", distribuídos no Senado da Câmara e na Ouvidoria, completava vinte pessoas. O ouvidor, juiz formado na corte e o vereador mais velho (juiz ordinário), eram as principais autoridades judiciárias. O alcaide, a autoridade policial e o almotacé, fiscalizava a observância das regras que as residências, calçadas e quintais, deviam obedecer, assim como, fiscalizava "estercos e imundícies" nos terreiros, ruas, ou becos. "E aos almotacés compete também embargar, a requerimento da parte, qualquer obra de edifício, que se fizer dentro da Vila, ou seus arrabaldes, pondo a pena que lhes parecer"... (Ordenações e Leis do Reino de Portugal, Liv. 1— Lisboa, 1747).

Às nove da noite o sino da Casa da Câmara e Cadeia dava o sinal de recolher e os guardas noturnos apressavam os retardatários, nem sempre de forma muito cordial. Entretanto, em 1711 não estava construída a Casa da Câmara.

O termo de ereção diz que todos desejavam que fosse mantida a devoção de N. S. do Pilar e que o nome da vila fosse Vila Rica de N. S. do Pilar de Albuquerque. A eleição era indireta, tendo sido escolhidos, primeiramente, os seis eleitores entre "os principais do lugar". A seguir, estes elegeram os seis oficiais do Senado da Câmara. As personalidades indicadas como eleitores foram: o "Coronel Antônio Francisco da Silva, o mestre de Campo Paschoal da Silva Guimarães, Felix de Gusmão, Fernando da Fonseca, Manoel de Figueredo e Manoel de Almeida".

Estes seis escolheram os oficiais ou vereadores seguintes: "para juiz mais velho, coronel José Gomes de Melo e para juiz mais moço, Fernando da Fonseca e Sá; vereadores: Manoel de Figueredo, Felix de Gusmão e Mendonça e Antônio de Faria Pimentel; Procurador, capitão Manoel de Almeida Costa."

Seguiu-se o juramento e posse dos oficiais eleitos para o Senado da Câmara. Essa estrutura municipal, que se originara das "Ordenações Filipinas", depois confirmada pela "Ordenações Manuelinas", caracterizou durante quatro séculos, a administração das colônias portuguesas. Constituía o único aspecto mais positivo do absolutismo português. O primeiro vereador era o juiz ordinário, em substituição ao Juiz de Fora, que era formado na corte. Durante todo o século XVIII, em Minas, houve o juiz ordinário eleito e o Ouvidor, formado em Coimbra e nomeado pelo rei, que era a maior autoridade judiciária.

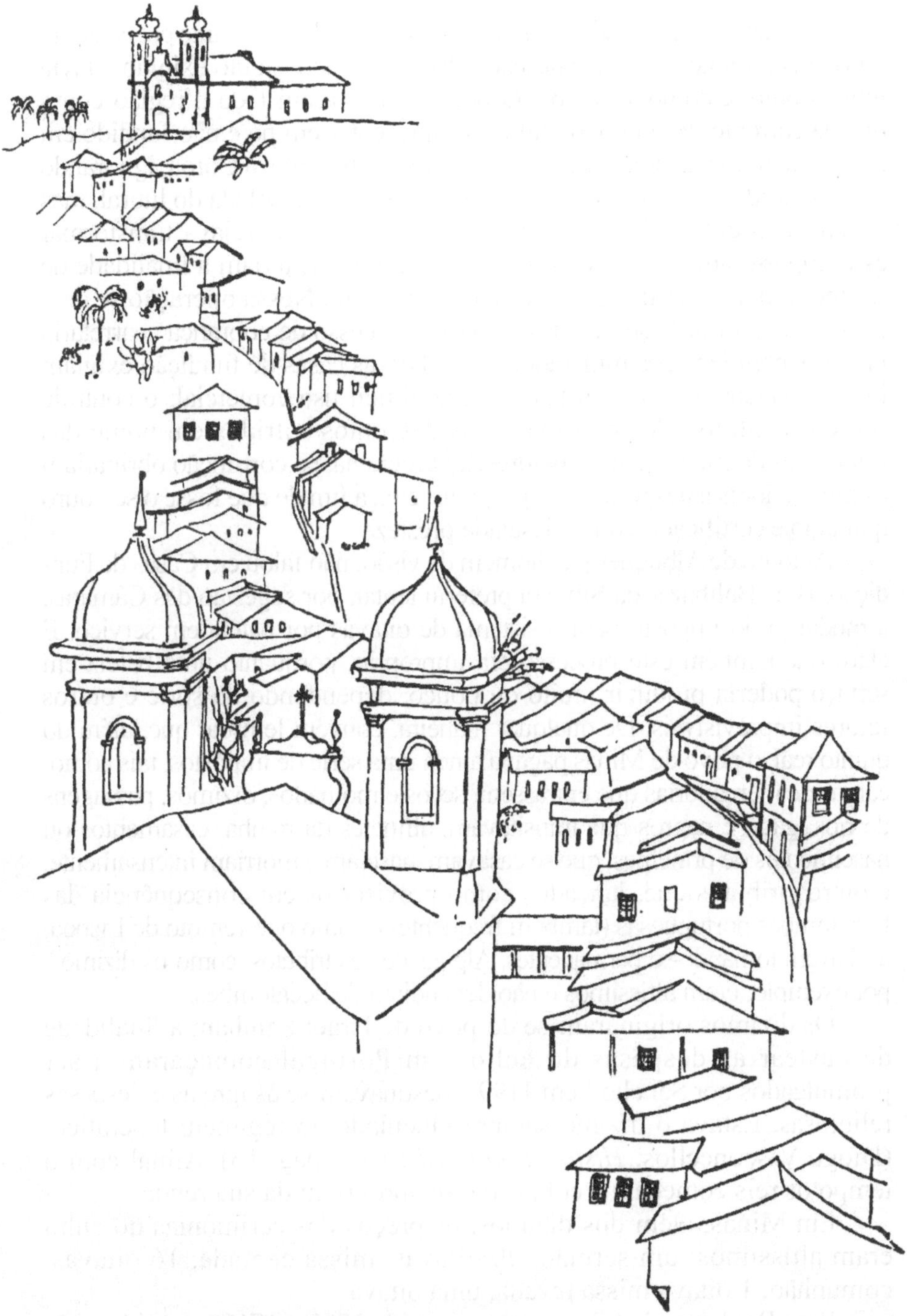

A princípio era cobrado o imposto do quinto real, isto é, vinte por cento do ouro era entregue à coroa. Mas este não era o único tributo exigido. Havia muitos outros, como veremos. O ouro circulava em toda a região como moeda corrente. Portanto, o fato de se apresentar em pó e não fundido em barras, facilitava a vida comercial em geral. Entretanto, a Coroa, ignorando as peculiaridades econômicas da capitania nascente, isolada do litoral, mas dependendo dele e dos seus produtos, desde 1710 desejava transformar esse imposto através das Casas de Fundição. Estas teriam a finalidade de receber o ouro, fundi-lo, marcá-lo e certificá-lo. Nessa operação se descontaria o quinto. Já se vê que esse novo processo de cobrança acarretaria imensos prejuízos aos mineradores, a saber: as casas de fundição exigiam longas viagens; o ouro em barra era de difícil uso comercial; o controle sobre o contrabando seria maior, os descontos sofridos em nome das impurezas do metal seriam maiores, a burocracia e a corrupção obrigariam os mineradores a despesas com propinas, etc., a fim de que fosse o seu ouro quintado e certificado com a desejada presteza.

Antônio de Albuquerque, homem de visão, não falou em Casas de Fundição. Braz Balthazar da Silveira preferiu tentar, por sugestão das Câmaras, a mudança do imposto para o sistema de oitavas por bateia em serviço. É claro que também este processo era impróprio, porquanto uma bateia em serviço poderia produzir muito ou pouco, dependendo da sorte e outros fatores imprevisíveis. De qualquer maneira, convém lembrar que, além do quinto real, o povo de Minas pagava ainda uma série de impostos, tais como: cargas de mercadorias que entrassem, secos e molhados, dízimos, passagens de rios, gado e negros que transitavam, alfinetes da rainha, casamentos ou nascimentos de príncipes, que se casavam, nasciam e morriam intensamente, e outros tributos que, lançados como provisórios em consequência das hecatombes portuguesas (também frequentes), como o terremoto de Lisboa, acabavam tornando-se permanentes. Alguns desses tributos, como os dízimos, por exemplo, eram altíssimos e não dependiam de hecatombes.

Os dízimos originaram-se do povo de Israel e tinham a finalidade de custear as despesas do culto. Em Portugal começaram a ser promulgados por Sancho I em 1199 e destinavam-se às igrejas e despesas religiosas. Estava o dízimo sempre vinculado ao regimem teocrático. (Diogo Vasconcellos, *História da Civilização*, pág. 16). Afinal com o tempo os reis começam a cobrá-lo e se apropriam da sua renda.

Em Minas, além dos dízimos, os preços das cerimônias do culto eram altíssimos: um sermão, 20 oitavas, missa cantada, 16 oitavas, comunhão, 1 oitava missa rezada, uma oitava.

Braz Balthazar da Silveira (governou de 1713 a 1717), considerando a sua exorbitância, consegue da Coroa a redução desses preços. Em consequência, estabelece o rei a "côngrua" para os padres, (ordenado anual de 200 mil réis). A intenção do monarca era reduzir os preços das cerimônias religiosas, mas não o conseguiu. Somente D. Manuel da Cruz, em 1745, instalando-se em Mariana, como Bispo, fixou nova tabela de preços para aquelas cerimônias e ofícios.

O governador Braz Balthazar da Silveira, tentando modificar o processo de cobrança dos quintos, estabelece 10 oitavas por bateia em serviço. Levanta-se o povo do arraial de Morro Velho, Caeté e Sabará em motim (1715) contra essa modalidade fiscal. Vai o governador a Sabará e, em contato com representantes dos amotinados, resolve recuar, desistindo das dez oitavas. As Câmaras, porém, sabendo da decisão da Coroa de instalar as Casas de Fundição, resolvem propor uma contribuição de 30 arrobas por ano, cabendo a Vila Rica, 12 arrobas, supondo que com isso evitariam a instalação das referidas Fundições.

A princípio a coroa não aceita a proposta, mas a seguir volta atrás aceitando-a. Finalmente, essa contribuição é reduzida a 25 arrobas, contra a vontade do Conde de Assumar (posse em 1717). Este seria um imposto fixo e geral, que incidiria sobre a mineração, o gado, o comércio, etc. Foi uma tentativa desesperada das Câmaras para evitar o mal maior pretendido pelo rei.

Todavia, essa solução encontrada pelas Câmaras é superada pela lei de 11 de fevereiro de 1719 e publicada pelo *Bando* de 11 de julho do mesmo ano, governo Assumar. Essa lei manda construir Casas de Fundição nas vilas de Vila Rica, Sabará e Serro Frio,

Em consequência, o paulista Domingos Rodrigues do Prado, em Pitangui, lidera um motim que é sufocado. Morre em combate, lutando contra outro paulista célebre, Valentim Pedroso.

Motim de 1720

Vinte e cinco dias antes da data marcada para que entrasse em execução a nova lei, o povo de Vila Rica, liderado por Paschoal da Silva Guimarães, Felipe dos Santos, Tomé Afonso, Frei Vicente Mosqueira, Dr. Manoel Mosqueira Rosa e outros, inicia a revolta, assaltando pela madrugada a casa do Ouvidor Martinho Vieira, odiado por todos e até mesmo pelo próprio Assumar. O Ouvidor fugiu para Mariana, onde residia o Governador, deixando sua amante ("a concubina do Ouvidor") nas mãos dos rebelados, que depredaram a casa. Escolheram esse início para o movimento, a fim de atrair o povo para o mesmo; como o Ouvidor era odiado, começaram por ele, conquistando assim a simpatia geral da população.

A rebelião foi perfeitamente organizada, desfechada com decisão e de forma imprevista. As descrições que lemos dos contemporâneos do acontecimento, embora escritas por escribas oficiais e pelo próprio Assumar (as únicas que chegaram até nós) — ainda hoje, nos despertam o mais vivo e autêntico entusiasmo cívico. Participaram do movimento as personalidades de maior relevo social e econômico, ao lado de homens do povo, grandes e pequenos mineradores: Frei Francisco Monte-Alverne, Frei Vicente Botelho, Sebastião da Veiga Cabral — ex-governador da colônia do Sacramento e, portanto, figura da cúpula social de então, — lutaram ao lado de Felipe dos Santos e Tomé Afonso, homens que embora não fossem vagabundos ou párias, como desejaram ardentemente fazer crer certos revisionistas tendenciosos – revelaram-se verdadeiros agitadores populares. Um fato maior surpreende ao primeiro contato com a documentação histórica deste magnífico conflito: a bravura e a dignidade com que todos, grandes e pequenos, se conduziram durante a luta e frente à derrota. Esta foi o fruto trágico da ingenuidade dos revolucionários que confiaram na palavra do tirano Assumar. À primeira vista é inexplicável que tendo vencido o Governador plenamente e em toda linha, na primeira ação decisiva, tenham-se descuidado os revolucionários de forma completa do contra-ataque, traiçoeiro e fatal, do governo. Assumar, por seu lado, atingiu todos os paroxismos de crueldade e despotismo concebíveis. Foi covarde e pusilânime frente ao perigo e violento até à loucura quando vencedor.

Desceram os revolucionários o morro do Ouro Podre, mascarados e armados. E alguém, a mandado de Assumar, escreveu em documento conhecido com o título de *O Discurso Histórico*, que, com tochas acesas pela escuridão das ladeiras, mascarados e revoltados — eles gritavam um só e poderoso grito:
— *Viva o povo ou morra!*
Cercaram e penetraram na casa do ouvidor Martinho Vieira, estabeleceram o comando revolucionário no alto de Sta. Quitéria, onde é hoje a igreja do Carmo e, como corria o mês de junho, fizeram, com toda a probabilidade, as fogueiras que, em certas fases do ano, sempre iluminaram, em Minas, as alturas maiores. Foi aí, no alto do morro, que prepararam a grande marcha sobre a Vila do Carmo e seu palácio, onde imperava Assumar. Dizem os cronistas que, nas reuniões do morro de

Sta. Quitéria, Felipe dos Santos foi incansável, discursando e conclamando. Foi aí que redigiram as reivindicações que levariam ao governador, longas e honestas, esquematizadas em quinze itens.

No dia 2 de julho, como a Câmara de Vila Rica vacilasse, prenderam todos os vereadores e com eles prisioneiros, marcharam sobre o Ribeirão do Carmo. Eram dois mil homens, segundo depoimento do Governador, que, sabendo da marcha, mandou preparar a cavalhada no pátio do palácio para o caso de uma fuga estratégica. Quando o povo se aproximou do alto do Rosário, entrada da vila, Assumar enviou, para contê-lo, um grupo de padres e "homens bons" da terra.

Os "homens bons" de Mariana nunca foram de muitas bravatas. A tradição dessa vila, não se sabe por que, é bem mais oportunista que a de Vila Rica ou Sabará. Encontrando a multidão, o grupo foi levado de roldão e não teve lá muito tempo para suas habituais artimanhas.

Os revolucionários marcharam sobre o Palácio, cercaram-no e destacaram uma comissão para apresentar, por escrito, ao Conde, as suas reivindicações. Estas são muito longas para serem transcritas aqui, mas já foram publicadas por Xavier da Veiga e outros e podem ser lidas com facilidade por qualquer leitor interessado. Nas *Efemérides* (pág. 453 vol. II) foram transcritas na íntegra; são objetivas e claras, atingindo todos os problemas concernentes aos abusos fiscais em geral, exploração ou esbulho dos encarregados da cobrança, etc. O item primeiro dizia:

Que não consentem em casa de fundição, cunhos e moedas.

Item terceiro:

Que não consentem que se pague o registro da Borda do Campo (Barbacena) pelo incômodo que dá.

O item quarto:

Querem assegurar a Sua Magestade, a quem Deus guarde, as trinta arrobas, lançando-se somente a cada negro oitava e meia, e no caso que este não chegue, se obrigam a enteirar-lhos, para o que contribuirão lojas e vendas.

O item quinto exige que o preço dos escravos arrematados em praça pública seja mais alto e avaliado por "dois louvados de sã consciência" "... o que também se observará em propriedades e casas".

Reclamam ainda contra as vexações do Senado da Câmara contra o povo e "que as calçadas das ruas, onde forem necessárias, se façam à custa da câmara e não do povo"...

E logo no item número onze:

Querem que as companhias de dragões comam à custa dos seus soldados, e não à custa dos povos.

Podemos concluir através da leitura dessas reivindicações, que, além do problema fiscal-tributário, isto é, da motivação principal do levante, que era a Casa de Fundição, a administração Assumar era corrupta ao permitir explorações e extorções diversas por parte dos cobradores dos impostos, criando um ambiente de suborno e injustiças. Devemos considerar ainda que, por esta época, os paulistas já haviam voltado aos postos chaves da administração em virtude da carta régia de 27 de março de 1715, que determina a preferência em cargos públicos dos paulistas sobre os reinóis. Vê-se, pois, que o predomínio emboaba chegou até 1715 e que a luta destes continuou durante todo o governo Assumar. De resto, os paulistas atuaram contra os revolucionários de armas em punho, mas delatando-os. Atuaram como policiais a serviço da coroa, do fisco e do conde. Esse comportamento repelente dos paulistas (isto é, dos ex-bandeirantes, casta social opressora existente nas Minas e que não deve nem pode ser confundida com o povo paulista), foi comprovado, inclusive por eminentes historiadores da Pauliceia; Pedro Taques de Almeida Paes Leme, no livro *Nobiliarchia Paulistana*, e Azevedo Marques, *Apontamentos históricos sobre a província de São Paulo*, dão exemplos deste fato. São, ambas, obras fundamentais ao estudo do bandeirismo e da vida política e social do século XVIII em Minas.

O conde de Assumar, D. Pedro de Almeida, recebendo as reivindicações dos revolucionários em palácio, segundo tudo indica, movido por um *pavor justo*, imaginando, provavelmente, coisas terríveis e premido pelos áulicos, paulistas ou não — concede tudo que lhe foi pedido. De repente virou revolucionário também. Se mais pedissem, mais lhes teria concedido. É de se imaginar, portanto, o pavor em que estava: não fez a menor restrição a nenhum dos itens apresentados. Assinou o acordo integral, lavrou ata do ocorrido e proclamou o perdão a todos.

E é nesse lance que espanta a ingenuidade dos revolucionários. É claro que deveriam ter expulsado o Governador, colocado um substituto provisório e enviado Sua Excia. preso, até ao Rio, como ocorreu ao tempo dos emboabas. As distâncias eram imensas e, quando viesse a reação da coroa, meses depois — já teria havido o resfriamento da situação, e, portanto, haveria condições para uma *pacificação* geral e mesmo conciliação dos interesses em choque.

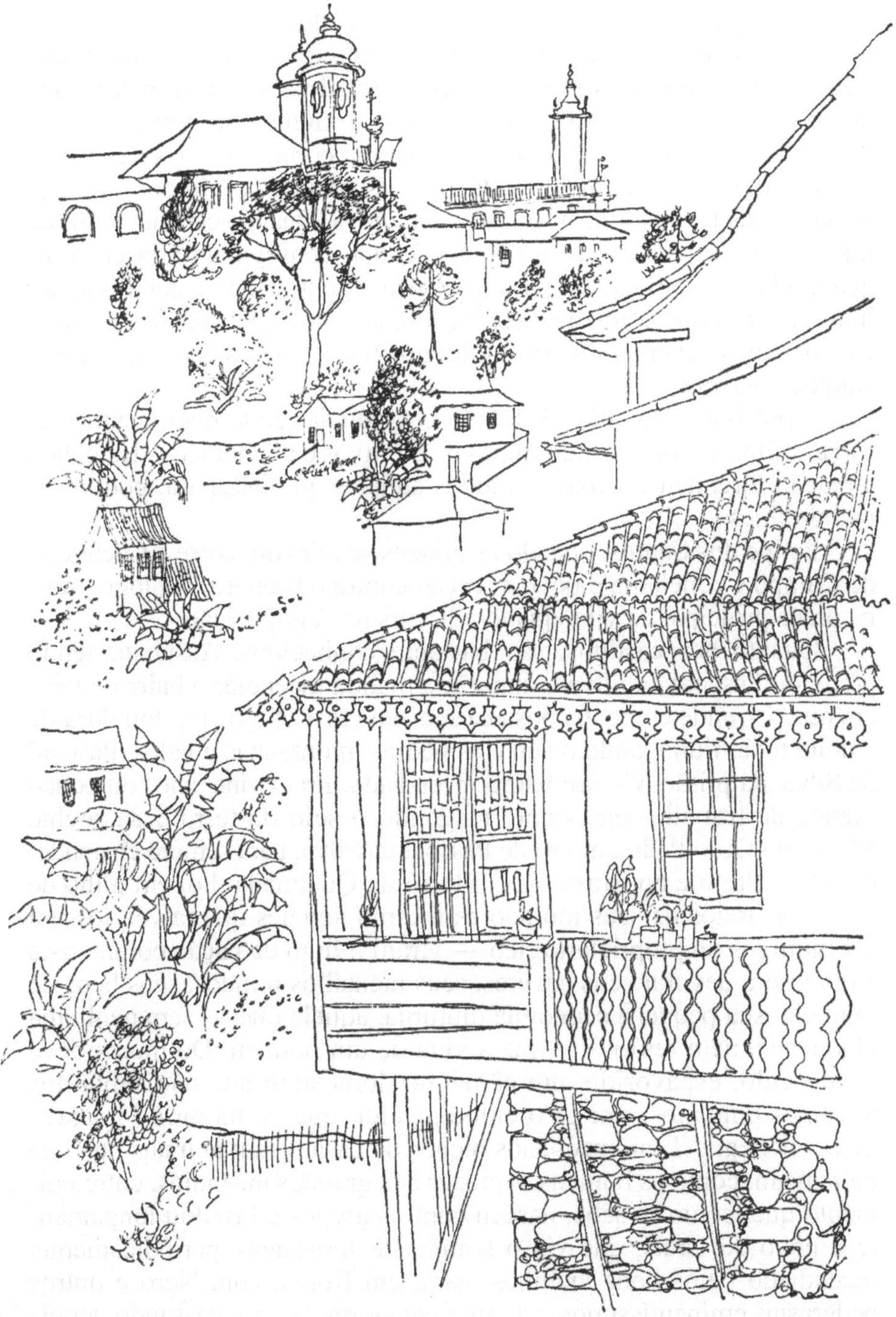

A realidade, porém, foi bem diferente. E devemos considerar, à guisa de explicação para tamanha ingenuidade dos rebelados, o seguintes fatores: não possuíam nenhum conhecimento teórico da política e suas táticas; não conheciam nenhuma teoria revolucionária: a experiência que possuíam ela limitada e recente, isto é, tinham apenas doze anos de luta, se considerarmos a vitória emboaba como o início do processo revolucionário que assinalou toda a vida social do século do ouro. Lutavam, portanto, de forma instintiva ou intuitiva. Quando encontravam um líder de gênio político, como Nunes Viana, conseguiam vencer. Mas, quando falhava o líder, eram levados pela ingenuidade — que é a maior inimiga de todas as revoluções. Nenhuma revolução poderá apoiar-se em conceitos generosos sobre o inimigo. Toda generosidade neste caso, significa derrota.

E por isso, já no dia 13 de julho, Assumar, tendo reagrupado suas forças militares, organizado tropas de escravos e mamelucos, desfechou a reação. Prendeu em massa a todos aqueles que indultara, poderosos ou humildes.

Felipe dos Santos, quando as prisões se iniciam, corre a Cachoeira do Campo e conclama o povo à reação contra o tiranete. Foi logo preso na praça principal da vila, quando discursava à população.

Quanto aos castigos, são bastante conhecidos. Assumar, tendo prendido Pascoal da Silva Guimarães, manda incendiar o bairro inteiro em que o grande emboaba possuía suas lavras. O fogo crepitou durante a noite toda, iluminando o céu e as pedras, montanhas e vales. Pascoal da Silva, da prisão, viu seu bairro incendiado. Eram vinte anos ou pouco menos de trabalho incessante rasgando o seio da terra e da rocha. Morro do Ouro Podre, morro de Pascoal da Silva, para sempre chamado, em Ouro Preto e no Brasil — O Morro da Queimada. Foi em julho de 1720 que todos os seus moradores mesmo aqueles que talvez fossem até inimigos do proprietário rico — viram o fogo da nação colonialista e opressora devorar seus haveres, seus utensílios miúdos, seus bens de todo dia, sua pequena economia diuturna, aquela que — sem nenhuma eloquência nem retórica — faz a vida de um homem. Do morro deve ter descido, espavorido, um cãozinho doméstico que não sabia dos negócios humanos; um gato enlouquecido que de há muito gostava de aconchegos. Eram pequenos bichos de casa. Eram animais que não cultuavam, como os homens, o prazer dos grandes incêndios, entretenimento que, como se sabe, nasceu com os gregos e brindou longamente o povo de Israel, que via o templo de Jerusalém, periodicamente, incendiado pelos bons vizinhos, para, em Roma, com Nero e outros pederastas eminentíssimos, atingir a categoria de arte, passando depois pela Idade Média, quando Joana D'Arc foi torradinha na praça pública, juntamente com milhares de "herejes". Em nosso tempo, abandonamos tais processos artesanais, eis que Hiroxima e Nagasáqui exprimem o nosso poder de coletivisar tudo, inclusive esse ameno esporte. Grandes e nobilíssimos exemplos históricos não faltaram ao nosso conde de Assumar. Aliás, gostava ele, como poucos, de referências clássicas e exibições eruditas, citando mais gente que Montaigne, em espaço menor.

E hoje, em Ouro Preto, austero e mudo nos seus negrumes, vemos ainda o esqueleto do bairro incendiado. Ali permanecerá para todo o sempre, afim de que nenhum historiador vindouro possa dizer, algum dia, que não houve incêndio. Ninguém sabe tudo que poderão dizer, um dia, os homens.

Ignora-se o destino dado a Pascoal da Silva. Assumar, que tanto escreveu sobre o movimento, escondeu esse fato com perícia. Os documentos oficiais afirmam que, exceto Felipe dos Santos, todos os cabeças foram enviados presos a Portugal. Durante muitos anos, os historiadores em geral pensaram ter sido esse o destino de Pascoal da Silva. Entretanto, é bem provável que tenha sido assassinado. Os que, baseados em documentos oficiais, redigidos pelos secretários de Assumar, presumem que somente Felipe dos Santos foi condenado à morte, enganam-se pelo menos num ponto: também Tomé Afonso havia sido condenado à mesma pena. E isso só chegou ao conhecimento dos contemporâneos por um acaso; é que o condenado alegou, em sua defesa, que não podia sofrer tal punição por "ter ordens menores". Em virtude disso, Assumar fez uma consulta jurídica ao Ouvidor de São José del-Rei e é através desse documento que ficamos sabendo ter havido, ao lado de Felipe dos Santos, outro condenado à morte, seu companheiro Tomé Afonso. Não se sabe se o Governador acabou executando este último, ou se atendeu à sua condição de clérigo.

Todos os documentos conhecidos sobre o motim de 1720 foram escritos pelo próprio Assumar ou seus funcionários. Ora, o tom geral e o espírito mesmo desses documentos é o de justificar a atitude e as represálias do Governador e não agravá-las, ou caracterizá-las como atos de ferocidade. É que Assumar, levado pelo medo e a covardia, exorbitou-se, praticando atos que não estavam em sua alçada, e quem o afirma é o próprio Conde em carta ao Rei, de 21 de julho de 1720:

> "Eu, Senhor, bem sei que não tinha jurisdição para proceder tão sumariamente, e que não podia fazer sem convocar os ministros da comarca; mas uma cousa é experimentá-lo e outra ouvi-lo, porque o aperto era tão grande que não havia instante a perder". (*Efemérides*, vol, II, pág. 466).

Essa é uma simples desculpa mas não reflete a verdade, porquanto o "aperto" citado ocorreu no dia do levante, 2 de julho e o assassinato de Felipe dos Santos, muitos dias depois, ou seja, no dia 15 de julho.

Devemos lembrar que a luta continuou em Vila Rica, contra o fisco e o Conde até a sua saída do governo. Afirmou ele, em documento conhecido, que os meses passados em Minas, depois do conflito, foram os mais terríveis da sua vida e que nada se compara às angústias e preocupações constantes que assinalaram esse período. Deixou o governo em 1721 e a instalação das Casas de Fundição foi adiada por cinco anos.

Fato que expressa com eloquência o espírito e a consciência política da população, naquele período, foi a ordem dada por Assumar, permitindo a qualquer pessoa atirar e matar os mascarados encontrados pelas ruas. Apesar de existirem dezenas, ou talvez centenas, de criminosos e assassinos em Vila Rica, jamais alguém atirou em mascarados. Estes tinham, portanto, o apoio da população. Essa ordem do Conde, por outro lado, vem demonstrar o conceito que ele fazia da ordem pública e do crime. Se cumprida uma tal determinação oficial, desenrolar-se-ia verdadeiro morticínio pelas ruas e becos de Vila Rica. No entanto, o respeito que os revolucionários inspiravam a todos, inclusive aos bandidos e párias, impediu a nova calamidade pública promovida pelo Conde de Assumar.

Durante muitos anos, como a história de Minas não era feita à base de documentos, mas de ilações e conclusões mais ou menos alienadas, afirmaram vários autores que Felipe dos Santos era um homem pobre, um marginal, etc. Queriam com isto desvalorizar o seu heroísmo e sua contribuição à tradição revolucionária de Minas e do Brasil. Trata-se de uma tolice de evidente reacionarismo. Se pobre, maior valor teve ele e seu movimento. Lamentável seria um Felipe dos Santos milionário, como Pascoal da Silva. Entretanto, como está documentado e publicado nas *Efemérides*, Felipe dos Santos pegou imposto por três escravos de sua propriedade, não sendo, pois, completamente desprovido de bens.

Pelo cálculo de Eschewege, vemos que, tendo Manoel Nunes Viana aumentado o rendimento do real quinto, este sofre pequeno declínio em 1713, para logo aumentar consideravelmente. Assim, de 1700 até 1714, a produção de ouro foi de 1.224 quilos. De 1715 a 1725 temos 22.934 quilos, para atingir no decênio de 26-35 a cifra de 36.693 quilos.

Há outra estimativa (de Dermeval Pimenta) que calcula a produção de 1725 – 1735 em 97.500 quilos. Sabemos ainda que o quinto render de 1714 a 1718 a soma de 30 arrobas de ouro. E só o confisco chegou a 1.713 a 7.106 oitavas.

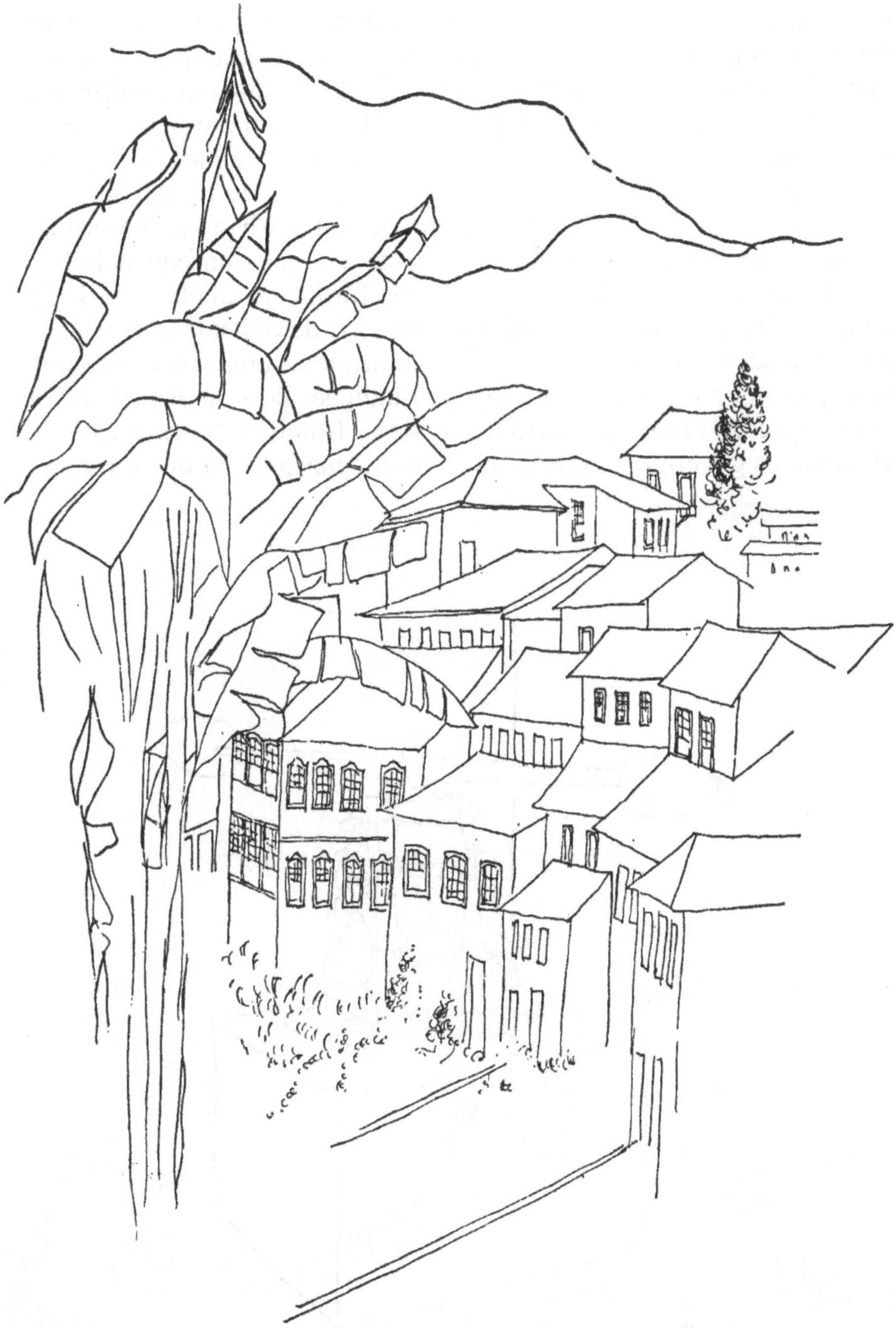

Como se pode concluir dos dados expostos, não faltaram aos Governadores, a não ser depois de 1770, período da decadência, meios financeiros para as obras públicas necessárias. O que faltou foi uma verdadeira visão administrativa. O Conde de Assumar era um militar com a deficiência de sua formação profissional, sem o espírito público necessário a um governador. Por outro lado, o depoimento de portugueses eminentes que escreveram sobre o episódio de 1720, como J. J. Teixeira Coelho, são incisivos em culpar Assumar e o ouvidor Martinho Vieira como principais culpados pelo levante e suas consequências.

Finalmente, as Casas de Fundição foram instaladas em 1725, começando a funcionar e acarretando uma série de embaraços e prejuízos aos mineradores. Funcionaram até 1735, quando a coroa volta ao sistema de capitação, para, depois, retornar às fundições pois, no Brasil, ontem como hoje estando o governo em Lisboa, Londres, Nova Iorque ou Brasília, os governantes nunca sabem o que fazem e por que o fazem.

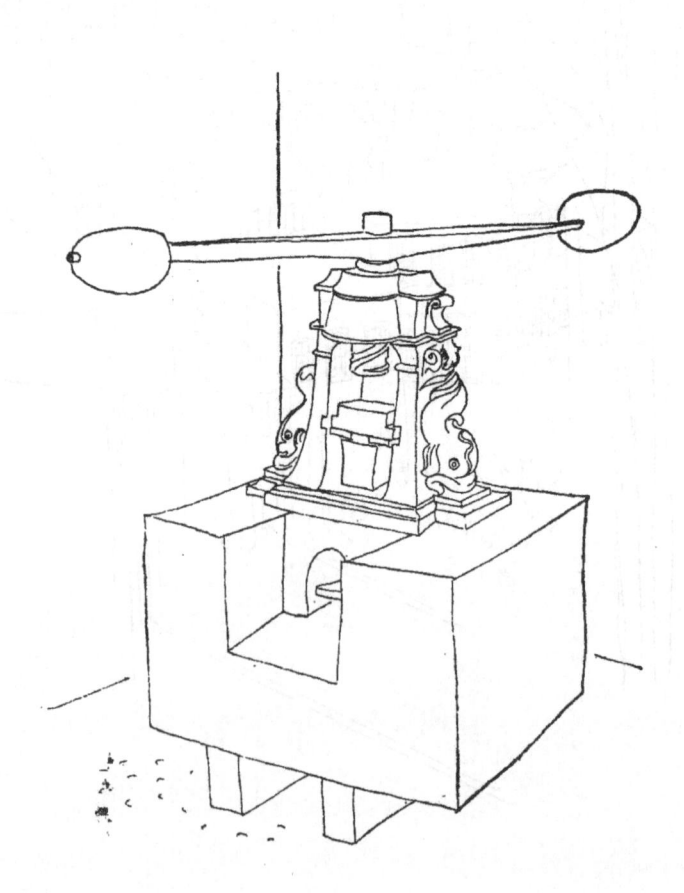

VIII — O ESPLENDOR DE VILA RICA — 1730-1750
**Gomes Freire de Andrada. O Triunfo Eucarístico.
Os Quilombos**

Esta foi a grande festa do ouro, período compreendido entre 1730 a 1750. Tudo era esperança neste povo que nascia, na vila que se tornava cidade, na frutificação do trabalho ao atingir sua plenitude, sem os sacrifícios trágicos da descoberta épica, mas com a produção farta e bem distribuída pela coletividade. Época de folguedos e danças, noitadas e alegrias. *Arregalado* estava o povo que trabalhava e amava, folgava e sonhava. Da confiança desse período nasceram os monumentos que ficaram, austeros e puros, cravados nas ladeiras empedradas da topografia imprevista.

Não se pode compreender a magnífica eclosão artística e arquitetônica do segundo quartel do século, sem que se considere e analise essa fase da bonança que preparou o terreno e as fortunas para aquele grande surto final do fim do século. Depois de tantas batalhas e tantas vicissitudes, o povo já podia confiar no dia de amanhã.

A coroa, porém, recrudesce nas suas exigências tributárias, inutilizando, em parte, o grande esforço dos mineradores.

Os mulatos já cresciam para o trabalho livre, os escravos se multiplicavam, a sociedade se estratificava e se subdividia nos seus grupamentos inter-étnicos. Os brancos achavam desonra o trabalho manual. Os serviços pesados eram dos escravos, ficando os afazeres artesanais para os pardos, pois a vila precisava, e muito, de artífices, oficiais e arquitetos. Por essa época, os ourives foram proibidos; exatamente nessa fase de boa produção aurífera, a coroa proíbe o exercício da ourivesaria. Artistas portugueses eminentes ou medíocres chegavam de Portugal, ou do litoral, para o trabalho das igrejas e capelas. Nasciam novas irmandades que refletiam os novos testamentos sociais. Eram muito grandes as possibilidades de trabalho para diversas profissões. As duas matrizes já estavam praticamente prontas. A Pilar, inaugurada em 1732, motivara o "Triunfo Eucarístico", do qual falaremos adiante e que tão bem exprime a idade de ouro que a Vila Rica do Pilar de Albuquerque atravessava.

Antes, porém, de abordarmos o movimento artístico desse período, recordemos, ligeiramente, a evolução dos acontecimentos, digamos, administrativos, de Vila Rica, evolução que antecedeu à grande época dos construtores.

Ao Conde de Assumar, sucedeu D. Lourenço de Almeida, que governou a capitania de 1721 até 1731. A partir de 1720, a vila tornou-se o centro administrativo da capitania, desmembrada de S. Paulo, passando a ser a residência do Governador.

Foi D. Lourenço de Almeida que, em 1725, conseguiu estabelecer e pôr a funcionar as quatro Casas da Intendência para fundição do ouro e cobrança do quinto. A renda tributária subiu consideravelmente e, apesar disso, em 1728, as Câmaras ainda ofereceram, *voluntariamente* — 125 arrobas de ouro para dotes dos "sereníssimos" príncipes portugueses, além do quinto.

A seguir governou André de Melo e Castro, Conde de Galveas, de 1732 a 1735. Foi quando a coroa achou pequena a renda que vinha obtendo e resolveu suprimir as casas de Fundição, pelas quais tantas lutas e tanto sangue havia exigido, para tentar novo processo tributário, mais violento ainda. E o interessante é que conseguiu, de fato, inventar algo pior: a capitação das indústrias que espantou ao próprio governador.

Este, muito espertinho porém, fez um jogo hábil: deu a impressão que ia acabar com as fundições, atendendo às Câmaras, quando atendia à coroa. A carta régia de abril de 1732 revogava lei anterior. No ano de 34 esse governador reuniu os "homens bons" e senadores de Vila Rica, propondo o estabelecimento da capitação por escravos e censo das indústrias. Os homens bons reunidos acharam loucura a proposta e, para evitá-la, ofereceram 100 arrobas, caso as Intendências não atingissem essa quantia na cobrança do quinto. É que a coroa sabia ser muito grande o descaminho do ouro pelo contrabando e, com a capitação, pretendia oprimir toda a população indistintamente, evitando a evasão da renda.

O Conde de Galveas, em 1734, recebeu outra carta régia exigindo que executasse a capitação, mas achou absurda a medida e não a realizou.

É assim que chegamos ao florescente governo do general Gomes Freire de Andrada. Conde de Bobadela. O governo deste sofreu duas interrupções: a primeira por apenas um ano, quando em 1736, foi substituído por Martinho Mendonça de Pina e de Proença até fins de 1737. Mais tarde, em 1752, o general Gomes Freire vai ao sul do país, passando o governo, interinamente, ao seu irmão, José Antônio Freire de Andrada, até o ano de 1761. Voltando ao executivo da capitania nesse ano, Gomes Freire permanece à frente do governo até 1763, quando faleceu. Dirigida ao seu irmão, escreveu Bobadela uma *Instrução* e *Norma*, isto é, uma orientação geral para o governo das Minas. Nesse documento, sem dúvida preciso (*Rev. Arq. Publ. Min.*, pág. 727 e seguintes do vol. de 1837) o Conde, prevenindo o irmão, externa sua opinião sobre o caráter e a capacidade das autoridades civis, militares e eclesiásticas da capitania. Por aí podemos verificar qual era o ambiente reinante no seio do grupo dirigente das quatro principais vilas. Não é melhores o conceito que Bobadela fazia dos chamados homens bons ou principais, ourives, clérigos e militares. Podemos concluir através desse documento, que Bobadela era realmente homem honesto e sensato, o que constitui exceção entre os governadores. Não parece um espírito muito brilhante, mas objetivo e metódico. Ostenta o general Gomes Freire de Andrada sólida e sincera convicção religiosa, temperamento sereno e constante. Por esse documento, ficamos ainda sabendo do programa de trabalho diário de um governador, em Vila Rica, no ano de 1750.

Desde Cláudio Manoel da Costa e outros, até aos nossos dias, tem sido Gomes Freire, o primeiro Conde de Bobadela, elogiado pelos historiadores. Sendo honesto, quando a maioria não o era e tendo realizado grande número de obras públicas, seu governo destacou-se dos demais. Todavia, como acentua Lúcio José dos Santos em sua obra clássica, *A*

Inconfidência Mineira, escudado na autorizada opinião de J. J. Teixeira Coelho, Desembargador do Porto, foi Gomes Freire de Andrada que aplicou contra Minas a lei da capitação e censo das indústrias, contribuindo para o colapso econômico do fim do século. A capitação geral, aplicada por esse governador em 30 de junho de 1735 (tomou posse em março do mesmo ano), contra a oposição da Junta da Fazenda e Câmara, signficava, segundo o Regimento da Capitação (1934), o seguinte:

"Cada homem livre pagava "por cada negro, escravo ou forro, 4 oitavas e meia; cada ofício, o mesmo; cada loja grande 24 oitavas; cada loja medíocre ou venda, 16 oitavas, cada loja inferior, 8 oitavas; os mascates, 8 oitavas, as boticas, 16 os matadouros, 16". (Dados de Lúcio José dos Santos, ob. cit. pág. 33. Xavier da Veiga, *Efemérides*, vol. II, pág. 182 da edição de 97 — O. Preto).

Iniciou-se a capitação que foi cobrada, pela primeira vez, em julho de 1735. A renda tributária subiu vertiginosamente, o que não impediu que, galgando o poder em 1754, quando morreu D. João V subindo ao trono D. José, o Marquês de Pombal achasse pequena a renda do quinto, suprimindo a capitação e voltando às Intendências. Isto é, na sua ânsia tributária, sem o menor senso econômico-administrativo, a coroa não sabia nunca como administrar a capitania, ignorando suas possibilidades e dificuldades. Era um governo alienado, que explorava mas não resolvia os problemas fundamentais.

Teixeira Coelho critica objetivamente a Gomes Freire pela capitação. Não querendo negar o espírito realizador desse governante, devemos constatar que sua rigidez na execução das ordens régias foi altamente prejudicial a Minas durante todo o segundo quartel do século XVIII. Em Diamantina, o peso da tirania, nessa época, foi terrível.

Não possuía Gomes Freire de Andrada a flexibilidade intelectual indispensável à assimilação da problemática econômica e tributária de então, com sua peculiaridade colonial. Ou, se percebeu esse caráter da conjuntura da época, achou que seu dever era, antes, cumprir à risca as determinações reais, em lugar de esclarecer sua majestade, aliás, sempre insensível a tais esclarecimentos.

Bobadela promoveu também derramas e fintas, acertando sempre, rigorosamente, as contas e débitos. Quanto ao lado positivo e muito louvável da sua administração, consiste no grande número de obras públicas realizadas. Neste particular, não se lhe pode negar elogios. É verdade que a produção aurífera aumentara muito, mas, nem por isso, os mineradores deixaram de viver e sofrer os seus dramas, pois as necessidades da coroa eram sempre ilimitadas. Gomes Freire promoveu a construção de belos chafarizes, pontes e calçamentos de ruas e praças, muitas obras de interesse coletivo evidente, e construiu também o Palácio dos Governadores, todo em pedra e cal, obra de singular importância. Para promover o progresso da região, trouxe Bobadela para Minas vários profissionais competentes, como Fernandes Pinto Alpoim e o próprio João Gomes Batista, artista notável a quem deu o rendoso emprego de abridor de cunhos da Casa de Fundição, de Vila Rica.

O Conde tomou posse na matriz de Antônio Dias, e não na do Pilar, como era costume. À mesma época, a Câmara da vila apresentava um grupo de vereadores, que, parece, eram homens de certo valor, a saber: — Domingos de Abreu Teixeira, Fernando Leite Lobato, Luiz de Moura e Castro, Manoel de Souza Pereira e Sebastião de Souza Sandoval.

Já em 1741, havia nova Câmara, que era a seguinte: Manoel Matheos Tinoco, juiz ordinário, José de Araújo Correa, Pedro Gomes de Lima, Manoel da Silva Couto, João da Silva e Almeida. Foi essa Câmara que, nessa data, fez dramático apelo do rei contra a asfixia a que o fisco submetia os povos de Minas, não encontrando a menor compreensão por parte da coroa.

Entretanto, a produção aumentara bastante de 1730 a 40 e com ela o ouro saído para Portugal, nessa fase, atingiu cifras impressionantes. Sabemos que de 1735 a 1751, a arrecadação do real quinto atingiu 457 arrobas de ouro, que significam 34.275 quilos do precioso. Portanto, podemos falar em 2.141 quilos, mais ou menos, extraídos por ano. Se calcularmos essa quantia ao preço atual da grama-ouro, chegaremos à espantosa importância de um bilhão de cruzeiros. E não computamos acima o metal saído por contrabando; entretanto, alguns autores estimam esse ouro em quantidade quase igual àquela saída legalmente. A monarquia portuguesa poderia, portanto, se tivesse mais visão, ter construído uma colônia riquíssima, invertendo parte desse capital dilapidado em realizações reprodutivas. Com isso, Portugal poderia ter-se transformado numa potência colonialista, como a Holanda, por exemplo, que conseguiu situação invejável. A coroa portuguesa, porém, incorreu no grave erro de não inverter este ouro nem mesmo no próprio reino, mas transferi-lo bisonhamente à Inglaterra. O instrumento suicida foi o tratado de Methuen (1703), pelo qual Portugal se comprometia a comprar todo e qualquer produto têxtil e manufaturado dos ingleses, pagando-lhes em ouro. O Marquês de Pombal cita cifras astronômicas sobre o ouro recebido pela Inglaterra. E Jaime Cortezão afirma, que de 1730 a 40, as exportações de Portugal para a Inglaterra atingiram 400.000 libras anuais e a importação, um milhão.

Esse metal foi inteligentemente usando pelos ingleses, que criaram a siderurgia a carvão mineral no segundo quartel do século XVIII, o que poderia ter sido feito pelos portugueses, tanto no Brasil, como em Angola, na África. Nesta colônia, por volta de 1800, a coroa portuguesa tentou criar a siderurgia a carvão vegetal, aproveitando-se dos serviços do inconfidente, José Álvares Maciel, então degredado na África, verdadeiro cientista para o seu tempo e que pode ser considerado o primeiro engenheiro siderúrgico de Minas e o maior precursor da indústria do aço no Brasil. Homem de pesquisa e tenacidade invulgar, honesto e audacioso, teria criado a siderurgia no África, não fosse a cegueira mental da corte de D. Maria, e tê-la-ia criado em Minas (a carvão vegetal) se vitoriosa a Inconfidência. É da maior significação verificarmos que, desde o século XVIII, a solução dos problemas fundamentais do nosso progresso dependeram essencialmente, dos revolucionários, cientistas e patriotas brasileiros, no que sempre foram obstados pelo nosso grande "amigo protetor" e "paternal", a potência estrangeira que nos domina economicamente.

As Artes Plásticas

Como dissemos, foi grande o número de artífices e artistas notáveis que chegaram a Ouro Preto nesse período da sua história. Focalizaremos apenas os principais, que exercem influência marcante na evolução da arquitetura, da talha e da escultura.

Manuel Francisco Lisboa deve ter chegado ao Brasil por volta de 1724, ou pouco antes, porquanto nessa data obteve a primeira licença para exercer o ofício de carpinteiro em Vila Rica. Havia nascido ele em Avidelas, distrito de Lisboa. Em 1727 há grande movimento para a construção da nova matriz de Antônio Dias. Aí trabalhou tanto Manuel Francisco como seu irmão Francisco Pombal. Já em 1728, Manuel Francisco foi preso por não ter dado garantias do débito de 100 oitavas; pagou também o imposto profissional nesse mesmo ano. O segundo vereador de Mariana, Joaquim José da Silva, em 1790, ao escrever sobre a arte na região, afirma que Manuel Francisco é o autor do risco da matriz de Antônio Dias. O fato é controverso. De qualquer maneira, trabalhou ele nessa igreja longamente. Recebe aí, em 1733, duzentas oitavas de ouro; quantia que só poderia ser paga por trabalhos de algum vulto.

Em 1734, novamente entra em conflitos com a justiça por ter-se envolvido com uma tal Francisca Alves da Costa. Em 1739 ou 40, recebe mais 300 oitavas de ouro pelo forro da sacristia da matriz de Antônio Dias. E em 1741 contrata com o governo a construção do Palácio dos Governadores; o risco, como já se disse, é de José Fernandes Pinto Alpoim. Este redige as condições e especificações dentro das quais o palácio deveria ser realizado. Anteriormente, não foram construídos edifícios de pedra e cal, com o aproveitamento de itacolomita e do quartzito. Foi Manuel Francisco o primeiro a trabalhar tais materiais, tanto no palácio como, logo depois, na matriz de Caeté, onde teve a colaboração valiosíssima de José Coelho Noronha nos trabalhos de talha.

Outros grandes artistas da época: Pedro Gomes Chaves, Antônio Francisco Pombal, Antônio Souza Calheiros, José Ferreira dos Santos, Francisco Xavier de Brito, Felipe Vieira e muitos outros. Eram entalhadores, escultores, arquitetos, douradores e pintores. A pintura foi tão desenvolvida que Minas se dá ao luxo de exportar grandes artistas, como José Joaquim da Rocha que fundou, no litoral, a "escola baiana".

De todos esses artistas, quase todos portugueses, três se destacam: José Coelho Noronha, entalhador notável; Xavier de Brito é o autêntico artista plástico de formação erudita; João Gomes Batista, que fora, na Europa, discípulo de Megin e do maior pintor do seu tempo em Portugal, Vieira Lusitano. Ainda em 1730, João Gomes Batista trabalhava com Megin; era filho do ourives e gravador português João Batista. Entrou para a Casa da Moeda de Lisboa ainda adolescente. A administração da Fazenda mandou que fosse ele discípulo de Antônio Megin. Depois, de 31 a 33, gravou e fundiu desenhos para as moedas com a efígie de D. João V. Em 1735, ainda em Portugal, é promovido ao cargo de ajudante do gravador geral e logo depois, em Lisboa, se envolve num escândalo, ainda pouco esclarecido, fugindo para o Rio de Janeiro com nome suposto. No Rio, procura Gomes Freire de Andrada, ou é descoberto por este, que resolve aproveitá-lo na Fundição de Vila Rica em 1751.

Como era João Gomes Batista? Quase nada se sabe, por enquanto, das suas características físicas, pessoais ou temperamentais. Viveu muitos anos em Vila Rica, feliz e prestigioso, até 1788, quando faleceu. Pertencia Batista à nata da sociedade local, pois era professor na Ordem Terceira de S. Francisco. Seu testamento foi publicado no *Anuário do M. da Inconfidência*, Ano III — 1954, pág. 125. Foi sem dúvida o principal mestre e orientador de Antônio Francisco Lisboa e esta é a sua maior glória. Homem ilustrado, percebeu o gênio do mulato alegre, filho do mestre Lisboa com sua escrava Izabel. Teria, por certo, falado ao pai ou talvez a Noronha, sobre os extraordinários dotes do menino ou do adolescente Antônio Francisco, que, assim, desde cedo, foi, olhado pelos mestres e familiares com o devido respeito que se deve às vocações excepcionais. Desde muito jovem, é quase certo, Antônio Francisco trabalhou com o pai. E então, parodiando o poeta inglês — foi deixando suas asas crescerem. E elas cresceram tanto que hoje ainda estão cobrindo o chão de toda a América do Sul, que tem nele, seu primeiro filho de projeção universal, seu primeiro artista realmente soberano.

Já Francisco Xavier de Brito, mestre escultor segundo o vereador J. J. da Silva, tendo trabalhado na Ordem Terceira da Penitência do Rio de Janeiro, vem para Vila Rica, onde se encarrega da talha da capela de Santa Efigênia do Alto da Cruz. E José Coelho Noronha, depois de colaborar no retábulo da matriz de Mariana em 1751, passou também pela Pilar de Vila Rica em 1754, arrematando o trabalho de talha — um dos mais famosos de Minas — por 16.000 cruzados. Também a talha e douramento da matriz de Bom Sucesso, de Caeté, foi arrematado por ele em 1758. Aí trabalhou ao lado de Manoel Francisco, que parece como seu fiador no contrato da obra do altar-mor. Felipe Vieira foi outro artista de renome nessa época. É o autor da talha da matriz de Antônio Dias (1764-65), entalhando também altares no Alto da Cruz (S. Efigênia). Foi seu colaborador aí Jerônimo Felix Teixeira. Todas essas realizações dos artistas citados estão hoje amplamente documentadas. (Ver a propósito — *Antônio Francisco Lisboa* — P.H.A.N. Mês — Rio n.º 15 — 1951).

Observando-se os dados até agora conhecidos sobre a vida de Manuel Francisco Lisboa, vemos que o pai do Aleijadinho atravessou longo período de ascensão profissional e social: a princípio tinha dívidas e se envolveu algumas vezes com a justiça, que era sempre arbitrária e violenta. Não raro de uma violência gratuita. Com o tempo, porém, foi Manuel Francisco obtendo contratos e empreitadas cada vez mais rendosos, o que revela ter-se projetado e conquistado renome e prestígio. Assim, verificamos que, em 1741, assina o contrato para a construção do Palácio Novo por 4.000 cruzados e logo depois arremata a obra da Casa da Câmara e Cadeia (que não foi realizada), para, em 1755, transferir a Antônio da Silva Herdeiro, o contrato da execução do chafariz de Antônio Dias. Pelo códice do Arq. Público Mineiro (n.º 75 D.F., pág. 83), ficamos sabendo que em 55 realizou reparos no encanamento d'água da Casa de Fundição e a partir de 56, no encanamento do Palácio. Em 1764 arremata as obras do interior do Palácio dos Governadores, bancos e suas molduras. (Cd. 75 D.F. pág. 158 — A.P.M.). Em 1766 Manuel Francisco Lisboa arremata "as novas obras da Casa da Junta da Contadoria". E já em 1735, havia sido eleito juiz para o ofício de carpinteiro. (Cd. M.O.P. pág- 36, fls. 86). É de se notar ainda que em 1759 colocaram um enjeitado (Jacinto) à porta de Manuel Francisco. Sua situação, portanto, não poderia ser muito precária. Já possuía nessa época vários filhos e o Aleijadinho, nascido em 38, deveria ter 13 anos de idade. Em 58, Manuel Francisco presta informações, juntamente com João Alves Viana, a pedido da Câmara, sobre as "imperfeições em que se acha o chafariz que se mandou fazer no Ouro Preto". Cede também a Miguel Gonçalves de Oliveira o contrato de construção de dois chafarizes em Ouro Preto.

Manuel Francisco realizou ainda, como uma das suas obras importantes, a Casa da Misericórdia, além de trabalho significativo no Carmo de Mariana, onde teve, o que parece evidente, a colaboração do filho. Tendo trabalhado na cidade dos bispos, era, com toda probabilidade, amigo dos irmãos Aroucas, que, já então, possuíam notável organização construtora na antiga Vila do Carmo.

A grande realização de Manuel Francisco, que chegou ao nosso conhecimento, foi o risco da igreja da Ordem Terceira do Carmo de Vila Rica, que, não teria sido, de forma alguma, entregue a um profissional bisonho. Foi feito por Manuel Francisco em 1766, mas acontece que ainda não chegou o momento de falarmos na capela carmelita, uma das obras-primas da nossa arquitetura religiosa. Para essa irmandade ingressou Manuel Francisco, recebendo o hábito da ordem em 1746. Entretanto, esta só o admite como irmão oito anos depois. Essa demora de oito anos terá sido causada pelo fato de Manuel Francisco não ter atingido, em 46, a posição social condizente com a Ordem Terceira, o que foi conquistado posteriormente? É bem possível. Àquela irmandade só pertenciam pessoas abastadas. Em 1738, quando nasceu Antônio Francisco, sendo libertado pelo pai na pia batismal, pois nascera escravo, Manoel Francisco casou-se com Antônia Maria de São Pedro, da qual pouco se sabe. Teve com ela vários filhos. Vivesse ainda em 46 com Izabel, mãe de Aleijadinho e não teria vestido o hábito da Ordem Terceira. Com sua segunda mulher, teve vários filhos e filhas, entre os quais o Padre Felix, que era também escultor. Diz Bretas que o Aleijadinho (a julgar pela tradição oral) zombava amigavelmente dos trabalhos do irmão sacerdote. O testamento de Manuel Francisco revela que ele morreu pobre. Entretanto é possível que não o fosse tanto.

Foi Manuel Francisco Lisboa o arrematante do chafariz do Alto da Cruz, junto à igreja de Santa Efigênia. Entregou então, o que não está documentado, mas parece evidente, a Antônio Francisco, ainda jovem, a escultura do busto feminino desse chafariz. Não se sabe como era, ou de quem era o risco desse chafariz. O fato é que o Aleijadinho, pleno então de mocidade e energia criadora, rompeu com o peso de um puritanismo milenar, ao talhar o busto feminino da mulher dos seus sonhos, isto é, um colo exuberante e os ombros nus de luminosa carnadura. O escândalo não deve ter sido pequeno. Sua Excia. o Governador — catolicíssimo — deve ter feito o sinal da cruz, ao contemplar aquela luxúria sedutora, nascida, com tantas quenturas, da frieza da pedra. E como era bela a mulher sonhada pelo grande mágico através de Rubens. De Rubens porque, para o Aleijadinho, nada mais arte que a vertigem das curvilíneas. Amava e cultuava as curvas. Delas extraía música, sonho, desejos, visões. Era o Aleijadinho num Brasil que nascia.

O fato serve para mostrar como desfrutava Antônio Francisco, mesmo na juventude, de inegável liberdade criadora. Respeitavam-no por seu imenso poder criador. Evidentemente, Manuel Francisco sabia, antes da realização, da intenção irreverente do filho, e permitiu que ele a realizasse, enfrentando o risco das consequências.

Grandes realizadoras, em todos os sentidos, foram as irmandades. Minas não seria o que foi, não fossem essas corporações religiosas de ampla utilidade social e da mais fecunda funcionalidade. Não se pode compreender a história de Minas, sua dinâmica e seu processo, sem, primeiro, estudar a contribuição das confrarias e ordens religiosas à vida pública, social e profissional dos séculos XVIII e XIX. A irmandade era não só associação religiosa, como também organismo de classe, e nisso reside sua ação singular no processo de evolução social ocorrido durante o ciclo do ouro.

Nos primeiros anos do povoamento, eram fundadas pelos "homens bons" de cada arraial ou lugarejo, às vezes pelo vigário local, as duas associações correspondentes aos pólos sociais existentes então, a Santíssimo Sacramento, dos ricos, portugueses e descobridores, e a irmandade de N. S. do Rosário, que englobava os negros escravos. A partir de 1710, 15 e 20, surgem novos agrupamentos sociais que criam novas irmandades. Estas, porém, se hospedam, por assim dizer, na própria matriz, vivendo sob a proteção paternal da S. S. proprietária da igreja. Construíam então os altares laterais com suas inovações prediletas e seus estilos, que variavam conforme a época em que eram construídos. Vejamos um fato que ilustra essa afirmativa, ocorrido precisamente em 15 de dezembro de 1738, segundo ata da reunião da mesa da irmandade de N. S. da Conceição, padroeira da matriz de Antônio Dias. Essa igreja fora construída pela S. S., fundada em 1717. Aquela data (1738) resolveu-se construir a sacristia do templo, o que se deduz pelo seguinte:

> "Para essa construção a irmandade N. S. da Conceição entrou com 100 oitavas, a Fábrica com 50, as irmandades de S. Gonçalo e das Almas com 50 cada uma e as de N. S. do Terço e S.

Sebastião com 20 cada uma". (Furtado de Menezes, A *Religião em Ouro Preto*. in Bi-centr. pág. 292).

Até essa época, pouco mais, ou pouco antes, as irmandades, tanto as de Antônio Dias como aquelas do Pilar, viviam cordialmente com as respectivas S. S. Realizam reuniões conjuntas onde deliberam sobre as obras das igrejas, sendo que, não raro, chegam a se cotizarem para essas obras. A partir desse período, porém, a estratificação social da sociedade através do processo econômico vai criando novas camadas, ou grupos, que já possuem interesses antagônicos, e então surgem os conflitos cada vez mais agudos. A corporações, consequentemente, abandonam as matrizes e começam a construir suas próprias capelas. Daí o grande número de templos em cada cidade. Além disso, surgiam também novos grupos que aspiravam a novas irmandades, indo buscá-las nas invocações diversas e mais queridas do catolicismo. Invocações que já possuíam suas grandes ordens na Europa ou no litoral. Neste último caso estão as Ordens Terceiras, do Carmo e de S. Francisco, criadas no meado do século XVIII pela classe mais poderosa, economicamente falando, da região. Essas duas grandes corporações tiveram ação decisiva na evolução da arquitetura religiosa em todas as cidades da mineração.

A Ordem Terceira do Carmo de Vila Rica realizou sua primeira reunião na capela de Sta. Quitéria, no dia 4 de novembro de 1753. Era, pois, filial do Pilar. O Bispo D. Manoel da Cruz, a 19 de agosto de 1754, permitiu a sua instalação e o Padre Mestre Fr. Francisco de Santa Maria Quintanilha, "Doutor na Sagrada Teologia, consultor da Bula da Santa Cruzada, Definidor Geral dos Religiosos da Puríssima Sempre Virgem Maria do Monte do Carmo" — (o que significa ser este o chefe supremo da ordem no Brasil, residente no Rio), deu-lhes compromisso ou Estatuto, de acordo com o mesmo do Rio, em data de 1.º de abril de 1755. O Papa Benedito XIV confirmou a existência da Ordem em Vila Rica e também proibiu a existência de outra "num circuito de 60 milhas". Dessa proibição nasceram conflitos e originaram-se também as chamadas *presídias*, isto é, filiais que a ordem criava em várias outras cidades.

Já os primeiros anos da existência da Ordem Terceira de S. Francisco, que reuniu em seu seio tantas figuras ilustres do tempo, foram algo tumultuosas, como veremos adiante.

A partir do meado do século acentua-se de tal forma o processo social, que os conflitos antagônicos entre as irmandades tornam-se violentos através das demandas judiciárias que se sucedem e se prolongam por dezenas de anos. E foi exatamente neste período quando já havia certa estratificação da camada rica da sociedade (camada que fundou as duas ordens terceiras), que arquitetura religiosa de Vila Rica alcança proporções magníficas. Foram essas duas corporações na sua competição, ambas querendo construir os mais belos templos — as estimuladoras das artes plásticas, da música e da cultura geral das Minas Gerais.

O Triunfo Eucarístico

Para que se possa fazer uma ideia do grande fausto e requinte da vida social e religiosa de Vila Rica nesse período, transcreveremos alguns pequenos trechos do célebre "Triunfo Eucarístico". Trata-se de uma procissão religiosa que retirou o Santíssimo da Igreja do Rosário, a fim de conduzi-lo à matriz do Pilar, que, havendo concluído as suas obras principais, inaugurou-se naquele ano, isto é, em 1733, e, portanto, na plenitude da prosperidade aurífera de Vila Rica. O comércio florescia e a mineração propiciava a ilusão que a riqueza fulminante seria permanente.

A inauguração da matriz do Pilar, com seu "Triunfo Eucarístico", ocorreu quando vigário da freguesia o Pe. Dr. Francisco da Silva e Almeida; governador da capitania o Conde de Galves, André de Melo e Castro. O vigário da vila era Felix Simões de Paiva.

Vários autores atribuíram a grandiosidade do "Triunfo Eucarístico" e seu extraordinário luxo à imaginação exuberante do redator Simão Ferreira Machado. Achamos nós que por mais delirante que fosse a fantasia desse Ferreira Machado, ainda assim, o "Triunfo Eucarístico" é documento notável da vida religiosa e social de Vila Rica no primeiro quartel do século. As procissões e cortejos eram as festividades máximas da coletividade. Há outros episódios da vida religiosa de então, também documentados, que revelam não ter sido exagerada a narração de Ferreira Machado. Entre estes, lembramos a posse de D. Manoel da Cruz em Mariana, cujo cerimonial tem várias semelhanças com o "Triunfo Eucarístico". Também em Sabará houve festividades semelhantes em várias épocas.

As passagens deste relato que transcreveremos a seguir foram extraídas do *Bicentenário de Ouro Preto* (Imprensa Oficial, 1911 — Belo Horizonte). Segundo essa publicação, o trabalho referido foi publicado, pela primeira vez, em 1734. O cortejo saiu da capela do Rosário, dirigindo-se à matriz do Pilar para a cerimônia inaugural. O luxo magnífico, mesmo tendo sido exagerado, revela a atmosfera desse período histórico, um espírito e um tipo de vida. Sua significação social se nos depara hoje como fenômeno de tanta expressividade para o estudo da época, que o maior ou menor exagero do seu autor é aspecto secundário:

"Precederam-lhe (à procissão) seis dias sucessivos de luminarias entre os moradores de Ouro Preto" (pág. 230).

"A claridade dos ares, a serenidade do tempo, a estrondosa harmonia dos sinos, a melodia artificiosa das músicas, o estrépito das danças, o adorno das figuras, a formosura na variedade, a ordem na multidão geralmente influíam nos corações uns júbilos de tão suave alegria que a experiência a julgava alheia da natureza, o juízo comunicado do céu"...

..."nas janelas correu por conta das sedas, e damascos, uma vária e agradável perspectiva para a vista, empenhada competência de preciosidade e artifício: viam-se os primorosos e esquisitos lavoures entre ouro, e prata, tremolando as ideias do Oriente troféus à opulência do Ocidente". (pág. 230).

"Nos olhos o teatro à vitória dos esplendores do ouro, das luzes dos diamantes, além desses arcos estava prevendo um altar para descanso do Divino Sacramento, e deliberado ato da pública veneração: foi o seu ornato pelo custo e asseio, viva imitação dos arcos empenhado dispêndio do autor". (pág. 231).

"Precedia uma dança de Turcos e Cristãos, em número de trinta e duas figuras, militarmente vestidos: uns e outros em igualdade divididos a um Emperador e Alferes; a estes conduzirão dois carros de excelente pintura, e dentro acompanhavam músicos de suaves vozes e vários instrumentos". (pág. 231).

"Seguiam-se logo quatro figuras a cavalo, representando quatro ventos, Norte, Sul, Leste, Oeste, vestidos à trágica. O vento Oeste trazia na cabeça uma caraminhola de tisso-branco, coberta de peças de prata, ouro, e, diamantes, cingida de uma peruca branca, matizada de nuvens pardas; rematada posteriormente em um laço de fita de prata, cor de rosa coberto de uma joia de diamantes; ao alto um cocar de plumas brancas, cingido de arminhos; o peito coberto de penas brancas, umas levantadas, outras baixas, todas miúdas;. guarnecido de renda de prata: o capillar da seda branca de flores verdes, guarnecido de galões de prata: vestia uns manguitos de cambray transparente e finíssimas rendas: três fraldões de seda branca de flores verdes e cor de rosa, guarnecidos de franjas..." (232).

Surgia a figura simbólica de Ouro Preto, vestida de ouro, seguida de outras, para então aparecer:

"Montado em um formoso cavalo um Alemão, rompendo com sonoras vozes de um clarim o silêncio dos ares; fazia com inventivas de arte, que nas vozes do instrumento fosse a melodia encanto dos ouvidos: isto deu causa à eleição se dele se fez para concorrer neste ato".

A partir de 1745 ou 50, Ouro Preto havia assumido o aspecto que possui hoje, ou pelo menos, já apresentava grande número dos monumentos da sua atual paisagem urbana. Já possuía o Paço Municipal, o Palácio dos Governadores, as duas matrizes, as capelas de Pe. Faria, Piedade, S. Sebastião, S. João, Sta. Quitéria, Sta. Efigênia, e a casa da misericórdia, construída pela irmandade de Santa Ana, cujo hospital foi inaugurado por Gomes Freire de Andrade em 1740.

Outras obras relevantes foram levadas a efeito no segundo quartel do século, a casa dos Contos, a nova casa da Câmara e Cadeia, as duas capelas de tantas glórias, Carmo e S. Francisco.

Em resumo, existiam, em 1750, pouco mais ou menos, as seguintes capelas além das matrizes citadas anteriormente:

Santa Cruz, duas capelas com esta invocação; uma no Alto da Cruz pertencente à Rosário de Sta. Efigênia e outra nas proximidades do Pe. Faria.

Nosso Senhor do Bonfim, onde os condenados ouviam missa antes de morrer, segundo Manoel Bandeira.

Mercês de Cima, a atual, é de 1771, mas anteriormente houve no mesmo local outra pequena capela.

Nossa Senhora do Rosário (do Pilar), começou a ser construída em 1785, mas anteriormente havia no local, outra capela mais modesta de onde saiu o "Triunfo Eucarístico". Risco de Manuel Francisco de Araújo. Execução de José Pereira dos Santos.

São José, pertencente à irmandade de S. José dos Bem Casados, de homens pardos; originou-se na freguesia de Antônio Dias, passou-se para a do Pilar, onde teve seus compromissos confirmados em 1730. A ela pertenceu Antônio Francisco Lisboa, pois era a corporação dos carpinteiros. Foi iniciada a construção da atual capela em 1752. Levou mais de 50 anos a ser concluída, existindo no seu interior muitos trabalhos de várias épocas. O douramento do altar, por exemplo, é de 1885. Em 1889 foi contratada a pintura do corpo da igreja.

Os Quilombos

Entretanto, nem tudo foi glória e alegria no governo de Gomes Freire e seu irmão José Antônio. Os conflitos tributários continuavam preocupando as Câmaras, o contrabando era um pesadelo do governo e, finalmente, a aguda questão dos quilombos trazia em permanente susto não só aos vereadores e brancos, como aos mulatos e governantes. Desde o princípio do século eclodiam os quilombos, aglomerações de negros foragidos que se organizavam em aldeamentos revolucionários. Em 1719 houve uma ameaça de revolta de quilombos que só foi descoberta pelo fato de os conspiradores terem tido forte divergência em torno da escolha do rei no caso da vitória. Um grupo que devia ser numeroso desejava um rei da "nação Angola" e o outro, que deveria ser o grupo mais capaz, reivindicava o rei da nação Mina. Daí à delação e consequente malogro do movimento. O fato ocorreu durante o governo do Conde de Assumar, que escreveu várias cartas ao Rei sobre o assunto. Pretendiam os negros realizar o assalto na Quinta-Feira Santa, quando a população estivesse reunida nas igrejas. Os quilombos, porém, continuaram no decorrer de todo o século. Em 1756, quando governava, interinamente, José Antônio Freire de Andrade, ocorreu a destruição de vários quilombos na região denominada Campo Grande, proximidades do Rio das Mortes. Parece que vários quilombos se coordenaram para um ataque geral às quatro principais vilas, Ouro Preto, Sabará, São João e S. José del-Rei. Pretendiam, ao que parece pelos ofícios das Câmaras entre si sobre o assunto, repetir o plano da Quinta-Feira Santa. A data prevista era quinze de abril de 1756. Não se sabe a origem da delação. O fato é que a Câmara de Vila Rica descobriu todo o plano, comunicou-se com as outras e com o Bispo, a quem pediu fechasse as igrejas na noite de quinta-feira. Fracassado o ataque geral, prepararam os brancos terrível reação. Organizaram, então, um verdadeiro exército expedicionário de quatro mil homens para extirpar os quilombos dos sertões do oeste. Foi um episódio, em vários aspectos, bastante semelhante à rebelião de Espártaco contra o Império Romano.

Chefiou a expedição punitiva Bartolomeu Bueno do Prado, filho do célebre paulista Domingos Rodrigues do Prado, de bravatas sem conta no Pitangui. Bartolomeu Bueno comandou sete companhias de "gente escolhida" pelo governador. Por aí se vê como é de fato coerente a constância histórica dos gigantes homéricos. Em todas as fases, jamais desmentiram sua tradição. O resultado foi dos mais felizes, segundo a opinião autorizada de um historiador também descendente dos deuses. Ei-la:

"Bartolomeu Bueno desempenhou tanto o conceito que se formava de seu valor e disciplina da guerra contra essa canalha, que se recolheu vitorioso apresentando 3.900 (três mil e novecentos) pares de orelhas dos negros que destruiu em quilombos, sem mais prêmio", etc. (Pedro Taques de Almeida Paes Leme. *Nobiliarquia* Apnd. *Efemérides*, vol. II. pág. 82).

Disseram, após a chacina geral, que encontraram muitos meninos de doze anos nascidos nos quilombos. A estes cuidaram logo de batizar em massa, o que deve ter sido muito edificante; *os homens bons*, assassinando os pais, salvavam a alma dos filhinhos. Aos negros devia importar a alma; aos brancos os lucros, fossem quais fossem.

A longa história dos quilombos de Minas, talvez a maior e mais bela epopeia dos sertões brasileiros, não raro apresentando certos aspectos que revelam o barbarismo dos brancos e o primitivismo dos negros, espera o seu grande historiador. Há uma série de circunstâncias e determinantes da eclosão dos quilombos. Sua principal causa porém, não é propriamente a escravidão, mas a maneira de praticá-la e a cegueira dos administradores, sempre alienados pela ambição tributária da coroa. O princípio colonizador de se considerar a mineração e sua tributação, não como objetivo principal, mas sim como objetivo único — criou e ampliou um primarismo utilitário generalizado em todas as camadas sociais, que, entre outras consequências, provocou o seguinte expediente de lucro fácil: muitos senhores exploravam comercialmente suas escravas como prostitutas. (F. Lopes — *Os Palácios de Vila Rica*, pág. 154-155).

Essa prostituição, por sua vez, era estimulada pela ausência quase completa de moças aptas para o casamento, porquanto os pais tinham a mania de obrigar todas as suas filhas a se tornarem freiras, enviando-as para isso a Portugal. Essas moças, segundo afirmação do governador D. Lourenço de Almeida, eram encarceradas nos conventos contra a vontade própria. Chegou D. Lourenço a indicar esse fato como causa principal do despovoamento da colônia, pedindo ao rei providências a respeito. Este atendeu ao apelo, proibindo a saída de mulheres nos navios que iam para o reino. Isso ocorreu em 1731, quando já haviam sido expulsas pelos próprios pais grande número de moças, segundo D. Lourenço. (Ob. cit. pág. 154).

Não havendo mulheres, ou seu número sendo muito reduzido, apelavam os homens para as escravas, procurando prostituí-las. Ocorreu então que os próprios senhores colocaram as negras no seu tácil lucrar, como se vê deste curioso documento:

"São mandadas por seus senhores ao dito exercício sem os instrumentos de faiscar quais são batea, etc.

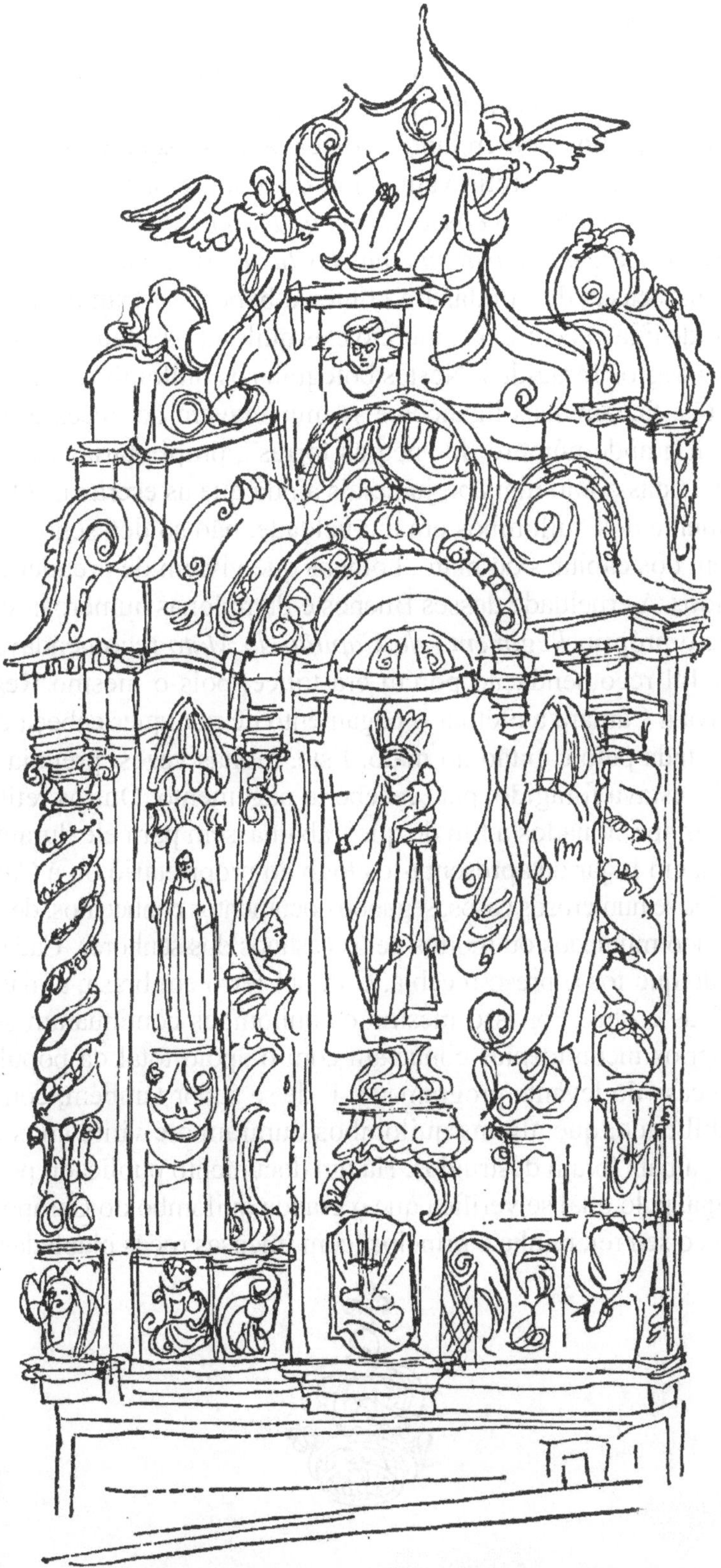

"Não ignoram os mesmos senhores que as suas negras usam mal seus corpos (Ob. cit. 155).

Os pequenos comerciantes colocavam as escravas para atrair os fregueses de cor e se retiravam, a fim de proporcionarem liberdade aos clientes: *para melhor o conseguirem ganhando os ânimos dos mesmos negros consentem que tratem com eles luxuriosamente...* (pág. 156).

Tais "casas de vendas de comer e beber" se transformaram em pontos de ligação entre o comércio e os quilombos, além de esconderijo para os negros foragidos. Nestes botequins os quilombos vendiam seus produtos, faziam suas ligações e se municiavam do necessário. Havia também grande número de "negras forras", proprietárias de pequenas vendas, tidas como mais prejudiciais ainda que as escravas. Outra causa evidente dos quilombos era a crueldade. não só dos senhores, como também dos capitães do mato, homens que viviam de prender escravos foragidos. A crueldade desses Buenos e Pamplonas numerosíssimos era tal que o próprio *Regimento do Capitão do Mato* recomendava moderação. Tal recomendação porém era tolice, pois o mesmo Regimento obrigava a Câmara a efetuar o pagamento de qualquer cabeça de negro apresentada pelo capitão do mato. Este, muitas vezes, prendia o negro que não estava foragido, para receber o pagamento. Outros retinham os escravos aprisionados a fim de que trabalhassem para ele durante 15 ou 20 dias, em lugar de apresentá-los logo ao proprietário ou à Câmara.

Houve numerosos casos, segundo documentos conhecidos, de escravos terem sido mutilados ou mortos pelos castigos dos senhores. Cada escravo foragido que fosse preso recebia, com um ferro em brasa, a marca, uma letra *F* às costas. Por isso mesmo os quilombos continuaram sempre e os próprios inconfidentes contavam com o apoio total da população de cor no caso do levante programado. É de se supor também, com grande probabilidade, que alguns quilombos duraram até vinte anos e talvez outros jamais foram destruídos. Há um documento publicado por Xavier da Veiga, pelo qual se verifica que o grande quilombo do Campo Grande possuía o seu rei, rainha e príncipe, com imensas roças plantadas.

IX - SEGUNDO QUARTEL DO SÉCULO – ALEIJADINHO E ATAÍDE – CARMO E SÃO FRANCISCO

A produção aurífera caíra muito a partir de 1763; todavia, as irmandades conquistaram grande poderio econômico e vários grupos sociais, como o dos comerciantes, gozavam agora os resultados da abundância anterior. A sociedade apresentava suas divisões fundamentais com clareza: nobres portugueses, comerciantes abastados, mulatos livres, crioulos, forros ou não, e Africanos escravos. Os ofícios mecânicos eram organizados, sendo obrigatórios os exames periódicos para o exercício das profissões de sapateiro, ferreiro, carpinteiro, pedreiro, alfaiate, etc.

Vila Rica crescera e se enriquecera, criara o seu povo muitos monumentos, um grande hospital, artistas e intelectuais proclamados;

criara, enfim, um espírito, uma maneira própria de ser entre as montanhas de pedra. O clima era frio e úmido, os nevoeiros sempre espessos, mas o sol queimava quando o verão ardia nos seus zênites.

A música era uma paixão de todos, assim como a pintura e as artes plásticas em geral. A poesia também empolgava vários grupos e pessoas. De há muito que as famílias ricas enviavam seus filhos mais dotados à corte de ultramar, onde, em Coimbra, esses jovens liam Petrarca e Camões, os quinhentistas e os latinos. O ensino do latim era bastante generalizado. Alguns estudantes liam também os enciclopedistas franceses e outros autores havidos como revolucionários ou proibidos. Os livros de compromisso das diversas irmandades, que tanto floresceram por volta de 1760, traziam sempre citações latinas, o que também se nota nos escritores da época. Outra disciplina que os homens ilustrados do tempo cultuavam era a medicina, Deve-se o fato, provavelmente, à ausência de médicos e à frequência de moléstias diversas e perigosas.

Não era, como se supunha, grande o número de analfabetos. Considerando-se a ausência de assistência educacional da Coroa, a colônia surpreende por seu meio cultural. Estatística recentemente pesquisada demonstra que 70% da população livre era alfabetizada. A primeira iniciativa educacional de caráter administrativo foi o imposto intitulado "Subsídio literário", criado pela carta régia de 1773, quando governador da capitania Antônio Carlos Furtado de Mendonça. Esse novo imposto cobrado pelas Câmaras era insignificante, incidindo sobre aguardente, gado abatido, etc., e variava a sua renda entre 7:549$000 e 5:685$384. Foi arrecadado pela primeira vez em 1774. (João Dornas Filho *O Ouro das Gerais e a Civilização da Capitania*, pág. 65).

Cláudio Manoel da Costa aparece como secretário do governo, pela primeira vez, em 1763, quando da posse do governador Luiz Diogo Lopo da Silva, sucessor de Bobadela. Em 1768 esse é substituído por D. José Luiz de Menezes, o Conde de Valadares, amigo de Pombal, o mais jovem dos governadores, pois não tinha 25 anos. Os intelectuais conquistam boa projeção em virtude de o Conde de Valadares ter sido considerado por Cláudio o "governador Mecenas". Já na administração seguinte, de Antônio Carlos Furtado de Mendonça, sucessor de Valadares, Cláudio Manoel da Costa assina o termo de posse na qualidade de vereador, isto é, oficial da Câmara. Foi então substituído nas funções de secretário do governo por José Luiz Saião.

Segundo afirmativa de Nelson de Sena, Minas apresentava em 1776 uma população de 319.769 habitantes, sendo que Vila Rica, pelo cálculo de Dornas Filho, baseado em Xavier da Veiga e outras fontes

(J. Dornas, ob. cit., pág. 91) a população de Vila Rica em 1776 era de 78.618 almas, sendo 28.829 o total de mulheres e 49.789 o total de homens. Pretos 33.961, pardos 7.981 e brancos 7.847.

Exatamente nesse período, a produção aurífera caíra vertiginosamente, chegando o rendimento do real quinto em 1777 a 70 arrobas, quando, no meado do século, tivemos 457 arrobas arrecadados só em Vila Rica.

Figura expressiva desta fase histórica é o orador sacro, Cônego Luiz Vieira da Silva, de Mariana, homem de cultura profunda e eclética; foi eleito Comissário da Ordem Terceira de S. Francisco de Vila Rica, o que provocou celeuma. À mesma corporação religiosa pertenciam, nesta época, João Gomes Batista e Cláudio Manoel da Costa, este advogado da irmandade. O Conde de Valadares fora eleito, então, protetor dos terceiros franciscanos.

A vida era, sem dúvida, marcada por diversas atividades intelectuais. Imenso o número de artistas plásticos, arquitetos e pintores ilustravam a vila, plasmando sua fama e glória vindouras. Duas obras arquitetônicas, fundamentais por sua grandeza e também por sua funda significação social, assinalam, em definitivo, esse ciclo da história de Vila Rica:

a construção da igreja do Carmo e a edificação do templo da Ordem Terceira de S.º Francisco de Assis. As duas corporações porfiavam disputando qual das duas realizaria o monumento mais belo e grandioso. Não visaram economias. Cuidaram eternizar pela arte sua fé religiosa.

E foi então quando Antônio Francisco, nascido nas montanhas de pedra, talhando a pedra, que também o jacarandá pedra parecia ser — cresceu mais que seu povo, cresceu mais que sua própria esperança. Ele é, na paisagem áspera da capitania, outrora selvagem, agora civilizada por sua arte, transfigurada pelo aço de suas mãos que a pedra decepou — ele é, no tempo e na história, a afirmação austera e firme do poder de grandeza dos povos humildes e espoliados frente aos poderosos. Ele é o símbolo dessa verdade simples: no plano da arte, não há, debaixo do céu que nos cobre, homens pequenos e grandes, nações fortes e fracas; um povo oprimido por circunstâncias históricas e transitórias, como o povo sul-americano se projetar universalmente por sua arte e por suas realizações estéticas, conquistando a idade adulta da beleza em plena infância. E pode resplandecer, em eternos e perenes alumbramentos, por entre as mais antigas civilizações, como povo também capaz de se redimir e se transcender através da sua mais autêntica criação artística. Com o Aleijadinho, o Brasil caminha no mundo, acrescenta algo ao sonho de beleza dos outros povos. Com o Aleijadinho, o Brasil ocupa, na constelação universal — o lugar de povo. E a América do Sul inteira já existe agora. Misteriosa e mística, cortada pelo fio dos seus caminhos, suas fogueiras pontilhando a escuridão, seus índios, seus homens hisurtos e sujos da lama das grupiaras, açoitados por minuanos, seus negros sangrando nos pelourinhos de cada vila, por tantos séculos perdida América de selvas e rios — encontrada agora que também já criou seu idioma plástico, seu vocabulário visual, pois o ritmo do seu sonho está crescendo para despertar os outros povos.

Em 1765, Antônio Francisco Lisboa já era uma glória plenamente edificada. Não poderia ser, porém, artista espontâneo ou pouco ilustrado. Seu trabalho é erudito e adulto, sábio e profundamente estudado em todos os seus detalhes e aspectos. Era, nesse particular, de meticuloso e consciente rigor. Como todo artista autêntico, estudou profundamente todas as modalidades de arte conhecidas no seu tempo, conheceu e pesquisou formas e processos, experimentando constantemente, com paixão, amor e inteligência aguda. Nada nele foi improvisado, nada revela o acaso. Levava, às vezes, meses e meses, estudando o desenho de um risco, como foi o caso da S. Francisco de Ouro Preto. E somente uma pessoa completamente cega e desaparelhada diante da obra de arte é que pode deixar-se iludir pela ingenuidade de supor ter sido Antônio

Francisco um improvisador inculto. Deveria ter sido, isto sim, por tudo que nos legou, um dos homens mais cultos do seu tempo. A ignorância está naqueles que o julgaram e não naquilo que, com tanta cultura, ele realizou. E não era ilustrado apenas em sua especialidade, mas sabia redigir de forma superior à maioria dos seus contemporâneos. A comparação no caso, é fácil, porquanto abundam textos e documentos, nos quais se pode constatar como era precária a redação das pessoas, que, embora consideradas cultas, não eram escritores.

Eis aqui um texto redigido por Antônio Francisco, que, como se vê, foi escrito sem a menor preocupação de forma, pois trata-se apenas de um parecer sobre problema técnico, mas que está vasado em linguagem clara, simples e até fluente, ao contrário da maioria dos documentos da época, mesmo quando redigidos por padres que traziam anos de gramática e latim:

"Medi o risco da capela-mor da igreja matriz do mártir S. Manoel dos Índios do Rio da Pomba. Achei ter de comprido, 24 palmos e de largura 19; a capacidade para o Camarim que expressa a condição sétima, seu altar e presbitério, acha-se só ter dez palmos, ficando 14 livres até ao Arco Cruzeiro, na forma do risco; porém, em 10 palmos se não pode meter o Camarim e o mais, porque só para se fazer o dito camarim, na forma da condição em que foi arrematada essa obra, para nele se fazer tribuna para o santo, se carece o de passar 10 palmos; para a banqueta, altar e estrado, se carece de 7 palmos; para o Presbitério, aumento de 6 palmos; que, incluídos em os 24 que dá o risco, só sobra um palmo entre o Presbitério e o Arco."

Vila Rica, 18 de março de 1771. (Códice S. G. – 188 A. P. M. pág. 3 e 4).

(Esse documento foi pesquisado, pela primeira vez, por Salomão Vasconcellos, que o publicou em artigo de jornal — *Folha de Minas*, julho de 1939 — Belo Horizonte).

Trata-se do seguinte: pretendendo o vigário da cidade citada construir a matriz e tendo o arrematante encontrado defeitos no risco, foi chamado Antônio Francisco para julgar a procedência das alegações daquele arrematante. A propósito do fato, escreveu o padre Manuel Jesus Maria, vigário daquela localidade da Zona da Mata:

"... e parecendo ao suplicante que seria engano deles, lhes pediu o risco e mandou medir pelo Arquiteto Antônio Francisco Lisboa, o qual fez a declaração junta..."

Mais ou menos nessa época, o Aleijadinho era chamado pelos terceiros do Sabará, sob a seguinte alegação:

"era ajustar o melhor mestre que a pudesse exezitar na forma de, e uniformemente assentarão o R^{do} C^{om} Sup. e mais Irmãos Mezarios, que só mestre Ant^o Franc^o e seus costumados oficiais a poderiam fazer com toda a boa satisfação"...

Anteriormente o documento frisa... "ao fazer com aquela perfeição e pureza segd^o os riscos".

Vê-se, portanto, que mesmo se abstrairmos as afirmações do vereador Joaquim José da Silva, de Mariana, que conceituava o Aleijadinho, em 1790, como nós o conceituamos hoje, ainda assim, são inúmeros os documentos da época que o situam como o maior artista do seu tempo. Era designado, geralmente, como arquiteto, ou, como mestre entalhador, outras vezes como escultor. O texto que citamos de sua autoria, sobre a matriz do Rio Pomba, revela que sua redação era bem superior a dos seus companheiros e mesmo do comum das pessoas do tempo; notando-se que as orações estavam separadas por correta pontuação, o que é raríssimo nos documentos do século XVIII. Isso revela que o Aleijadinho possuía conhecimentos da análise lógica e noções gerais de gramática. Sabia também latim, conhecendo perfeitamente, como prova a sua obra, de forma ampla e detalhada — a história da arte, isto é, a evolução das formas estéticas e da arquitetura, desde a Antiguidade até ao século XVIII. Trabalhava essas formas, não por intuição, mas com perfeito conhecimento racional de suas peculiaridades, seus efeitos, sua utilização adequadamente funcional. Era também da mais impressionante audácia, porém, quando renovava um hábito estético, revelava conhecer perfeitamente o elemento transformado, pois as suas *renovações* visavam determinado efeito e este era sempre plenamente conseguido. Exemplo deste fato é a leveza conseguida no risco da S. Francisco de Ouro Preto e em vários outros trabalhos.

Todavia, se o Aleijadinho foi sempre, quando vivo — tido e havido como um mestre, nem por isso deixou de enfrentar também oposição e reação. Estão nesse caso suas turras com o mestre canteiro, Francisco Lima Cerqueira. Também esse detalhe revela sua genialidade, pois não há gênio que não tenha de enfrentar incompreensões. É que sua missão primordial é romper com a rotina, com a força do hábito estratificado no espírito dos homens. É mais fácil e cômodo criar aquela beleza já habitual e conhecida, que renovar por completo a composição triangular de um frontispício de igreja, bordando sua portada com requintada talha na pedra-relevos e figuras e fitas esvoaçantes, oferecendo algo novo e diferente na sua concepção, sua realização e seus efeitos. Por isso a maneira de fazer, ou entalhar, ou riscar, da época era fácil, pois os pedreiros tinham longa experiência de tais processos. Mas ao avançarmos além de 1770 ou 76, quando o Aleijadinho prepondera — a execução se torna cada vez mais difícil e as "louvações" se sucedem: o mestre é chamado constantemente para verificar se a obra foi realizada de acordo com o risco. Geralmente eram três, ou dois "louvados," indicados pela irmandade e o mesmo número indicado pelo arrematante da obra. Às vezes um indicado pela ordem, outro pelo executante. Feita a louvação, os louvados redigiam seu parecer que era lido perante a mesa reunida, isto é, os dirigentes da corporação e o arrematante. Tanto este como aqueles podiam recusar a "louvação" e nomear outros louvados para novo exame da obra.

Em todos os setores em que o Aleijadinho trabalhou, nota-se transformações dos processos usuais. Até o telhado das igrejas foi modificado no seu sistema de águas. Introduziu ele o telhado posterior chapado, de alta funcionalidade, denominado em vocabulário arquitetônico, *tacaniça*. A tacaniça impedia a infiltração da chuva na parede do fundo, nas proximidades do vértice que desce da cumeeira. Essa infiltração é até hoje observada em casas ou capelas com telhado de duas águas. Além disso, a cobertura com a tacaniça oferece melhor solução plástica, evitando o partido rotineiro do *chalet*.

Pois foi este o motivo para uma das várias e memoráveis "turras" entre Lima Cerqueira e o Aleijadinho, quando aquele suprimiu a tacaniça no telhado da S. Francisco de S. João del-Rei.

A Igreja do Carmo

O desenvolvimento das irmandades e seu poderio depois de 1760 é impressionante. As duas Ordens Terceiras, S. Francisco e Carmo, que reuniam os homens prósperos da terra, alcançaram uma força social e econômica sem exemplo no capitania. A Ordem do Carmo funcionava não só como irmandade, mas também como casa bancária, pois, habitualmente emprestava dinheiro a juros, não só aos irmãos, como a particulares. Chegou ao ponto de emprestar dinheiro ao próprio governo, atendendo a um pedido de empréstimo do governador, capitão-general, Luiz Diogo Lobo da Silva, em 1766. (Francisco Lopes — *Hist. da Const. da Igreja do Carmo*, Pág. 97 — M. EC. Rio 1942). A quantia foi fornecida em barras com a garantia hipotecária de ouro em pó. O fato é da mais expressiva significação.

A Ordem Terceira do Carmo, fundada em 1753, pouco mais ou menos, alojou-se, primeiro, como hóspede da Sta. Quitéria na capela desta corporação, que estava ameaçando ruir. Logo depois, a Sta. Quitéria acabou entrando em acordo com a do Carmo e sendo absorvida por esta que, então, inicia os preparativos e desaterros para construir seu grande templo, sem dúvida dos mais belos de Ouro Preto.

Para tal, pediu o risco da igreja a Manuel Francisco Lisboa, que o tracejou, por 50 oitavas de ouro, em 1767. No termo de aceitação desse risco, Manuel Francisco explica que o fez por esse preço porque, sendo professo na ordem, desejava colaborar com ela, mas que o trabalho que tivera valia muito mais. Aliás, todos estavam sempre desejando ardentemente colaborar com a corporação quando a mesma estava sempre emprestando a juros.

É considerável o número de grandes artistas, artífices e mestres convocados pela irmandade para a realização do seu templo. Somente a documentação concernente à construção da igreja, longa e profusamente pesquisada por Francisco Lopes, fornece numerosos elementos para se estudar a vida e os trabalhos dos artistas mineiros da segunda metade do século XVIII, pois quase todos os expoentes da época, não só de Ouro Preto, como de Mariana, tiveram algum contato com esta construção. Iniciada em 1767, prolongaram-se os trabalhos de edificação até 1840, mais ou menos.

Tendo entregue seu risco na data acima citada, Manuel Francisco faleceu no mesmo ano. O primeiro arrematante das obras de pedra foi o canteiro João Alves Viana, que exigiu uma série de modificações, ou que talvez, foram impostas pela ordem. Isso ocasionou uma série de louvações. João Alves Viana trabalhou no Carmo até 1782, quando faleceu em tal miséria que a ordem teve de lhe pagar o enterro, além do "cirurgião-mor", o que nos leva a concluir ter o mestre sofrido intervenção cirúrgica, talvez a sangria muito usada então.

É matéria aceita entre todos os críticos de arte, nacionais e estrangeiros, que as modificações introduzidas no risco de Manuel Francisco foram todas feitas por Antônio Francisco. Não há, porém, até o momento, documentos a respeito, não os faltando, entretanto, sobre grande número de outros artistas que nessa igreja trabalharam, inclusive documentos do próprio Aleijadinho relativos aos dois altares laterais por ele executados, o de N. Senhora da Piedade e o de S. João. Há também recibos do seu escravo e discípulo Justino, que aparece então como entalhador. Fez este dois altares e outros trabalhos em 1812 e mesmo serviços menores em datas posteriores. Os recibos estão assinados por Justino Ferreira de Andrade.

Entre as equipes que trabalharam nesse templo, alguns nomes merecem destaque maior: José Pereira dos Santos, arquiteto em Mariana, autor da planta da S. Francisco desta cidade; mestre canteiro Francisco de Lima Cerqueira, artífice requintado e meio conservador nos seus princípios estéticos, executor de duas grandes igrejas de S. João del-Rei e que, no Carmo de Ouro Preto, foi o arrematante do lavatório da sacristia, refinado trabalho de talha em pedra sabão. É obra bastante rococó e seu risco é atribuído a Antônio Francisco Lisboa; Manuel Francisco Araújo, autor do risco da empena e frontispício da Rosário de Ouro Preto. No Carmo trabalhou longamente, inclusive como entalhador. Mas em dois dos altares, seu trabalho não foi aceito pela ordem, que convocou o Aleijadinho para corrigi-los, o que está perfeitamente documentado. Antônio Francisco, então, realizou (1808) os dois altares já citados para que fossem imitados pelos executores dos subsequentes, segundo documento publicado. (F. Lopes, ob. cit.).

E, finalmente, temos aqui a valiosa colaboração de Manoel da Costa Ataíde. Nenhum outro artista influiu mais nessa igreja que o grande pintor. Chegou a redigir um longo plano, em linguagem das mais pitorescas, sobre a decoração geral do templo e a coordenação entre as diversas artes nele empregadas. A função da pintura mural ou de cavalete em obra deste tipo era a sua especialidade. O Professor Ataíde, como assinava, deu aula estética nesse admirável plano de decoração publicado na íntegra no livro já citado de Francisco Lopes. E não foi só o "plano" que Ataíde redigiu. Deixou-nos uma série de recibos, bilhetes e cartas, nas quais se percebe o caráter do homem. Era um temperamento radicalmente oposto ao do seu amigo e companheiro de feitos memoráveis, Antônio Francisco. Este, revoltado e sensível até à misantropia, doente e contido nas suas dores e sonhos. Aquele, rico de dotes e prestígios, sensível também na finura das maneiras e nos prazeres do viver plenamente. Ataíde era malgrado seu imenso talento e senso estético, um autêntico diplomata ameno. Ao tesoureiro do Carmo, Ataíde brindava com lhanezas tais, que chegam a excessivas. Escreveu-lhe certa vez assim:

"Sr. Cap^m Antônio Tassara de Pádua

"Meu amigo e Senhor do Coração

"Felizmente cheguei a este Arraial de Congonhas, mas logo atacado de um grande defluxo que algum incômodo me tem causado. O R^{mo} Sr. Vigr^o Antônio Carlos Machado, desta freguesia, é o portador desta aq^m rogo a entrega dos pagamentos dos meus moleques, ao seu parente Sr. Tenente Coronel Anacleto; p^a cujo fim é esta ocazião q. rogei a V.M. me quizesse fazer a mercê dar o resto q. é servido restar de todas as obras q. fiz para a nossa ordem 3^a., como consta da soma do papel incluso — 52:445 cuja quantia receberá V. M. recibo dele, ou de quem me ordenar.

"Desejarei que passe essas boas e grandes festas com todo o jubilo, e que Deus o felicite tanto como lhe deseja o seu mais amante, e obrigado.

Amigo do coração

"P.S. Eu saúdo a Srnª Dona Maria, a quem desejo as mesmas felicidades; e o meu menino beijando as mãos de ambos, se recomenda com afetuosa licença e ao Sr. Cap^m Vieira.

Manoel da Costa Ataíde".

Evidentemente, é muita amabilidade para uma simples cobrança.

Ataíde realizou no Carmo de Ouro Preto: o risco do altar-mor, todo o douramento de todos os altares, a pintura, em azulejos, das paredes laterais do altar-mor; várias telas a óleo para a sacristia ou consistório; e recusou (com grande diplomacia) fazer a pintura do teto, devido aos perigos de vida e baixo preço combinado. Ignoramos se mais tarde foi reformado o contrato para que ele executasse a pintura. O teto atual é trabalho do século XX e por isso sem interesse.

Os outros pintores que trabalharam no Carmo foram: João Nepomuceno Correa e Castro, autor de notáveis trabalhos em Congonhas do Campo, Francisco de Assis Ataíde e Marcelino da Costa Pereira (recebeu "4.400 de aparelhar os ornatos de gesso do altar-mor").

Outra informação curiosa: aquela magnífica e extraordinária cômoda da sacristia foi executada por Manoel Antônio do Sacramento, a quem a Ordem não dispensava a menor consideração, pois chegou a ameaçá-lo "de cadeia" por motivo relativamente fútil: demora em iniciar a execução de uns bancos. No entanto, a fatura daquela cômoda nos inspira hoje o mais profundo respeito pela figura, tão esquecida e ignorada, desse infeliz Manoel Antônio do Sacramento. Outro entalhador dos altares foi Vicente Alves da Costa.

De resto, a vida desses artistas do século XVIII foi, em quase todos eles, uma vida tormentosa e angustiada. Ganhavam geralmente ordenados miseráveis em relação ao custo de vida. O Aleijadinho, por exemplo, trabalhou muitos anos percebendo meia oitava de ouro por dia. Isso é irrisório, pois significa 60 centavos diários, isto é, uns 16 cruzeiros por mês. E a situação dos empreiteiros ou arrematantes era pior ainda.

Vários documentos revelam a opressão econômica em que viviam os artistas, dos quais as irmandades não desculpavam o menor deslize. Em certa ocasião escreveu o entalhador Vicente Alves Costa, estando em viagem a serviço da Ordem: "q. me mande cem mil réis me acho sem dinheiro nenhum e sem ele não se faz nada". Manoel do Sacramento, por causa de dinheiro, é ameaçado de prisão. E Tiago Moreira, em Sabará, viu-se quase impossibilitado de trabalhar em consequência do assédio permanente dos cobradores. Em virtude disso, a ordem se responsabilizou por todas as suas dívidas e foi descontando nos salários.

Como o mestre Tiago continuasse vivo, é de se supor que deve ter feito novos compromissos, pois o que ganhava, mesmo sem descontos, não poderia mantê-lo razoavelmente. Essa mesma Ordem de Sabará, já em 1804, quando a fama de Antônio Francisco era imensa, recusou-se a pagar-lhe uma oitava por dia, perdendo, por isso, o risco que este lhe fizera para o altar-mor. E essa mesma irmandade, trinta anos antes, afirmava, em documento, que ninguém em Minas poderia fazer tais trabalhos tão bem como ele. José Pereira dos Santos, grande arquiteto, foi preso por dívidas várias vezes.

Ao entregar o risco do altar-mor do Carmo de Ouro Preto. Manoel da Costa Ataíde, envia, como sempre, sua cartinha explicativa:

"Remeto a V.M. o risco q. fiz pª o Altar Mor de N. Senhora, todo proporcionado em preceito da Ordem Composta de Architetura, e debaixo das medidas q. tomou e riscou o Vicente" (Ob. cit., pág. 78).

Isto é, o Ataíde riscou e Vicente Alves Costa executou o altar. Depois, todo o trabalho de douramento e pintura foi realizado por Ataíde. Parece que dos artistas do Carmo, Ataíde foi o único que logrou melhor remuneração econômica. Todavia, ao considerarmos o trabalho que teve neste templo, as importâncias por ele recebidas já não se nos deparam tão grandes. Em certa ocasião, Ataíde escreveu à irmandade perguntando se estava tão satisfeita com o seu serviço, como ele estava com o pagamento. Certa vez a ordem o gratificou além do preço combinado. Não há a menor indicação de ter o Aleijadinho ficado jamais satisfeito com seu salário.

Parece também que havia grande camaradagem profissional entre os artistas, oficiais e artífices. O Aleijadinho, afirma Bretas, dividia todo o dinheiro que ganhava, meio a meio, com seus escravos. Por outro lado, em documentos de louvação, ou mesmo cartas e bilhetes, a referência feita por um artista a outro estava sempre vazada em tom amigável. A propósito da louvação do lavatório do Carmo, por exemplo, Arouca pede que a irmandade dê ao menos uma oitava a Francisco de Lima, como indenização, porquanto este perdera horas de serviço para atender à Ordem. Diz então Arouca que sendo ele pobre, era justa a remuneração.

A feitura desse lavatório da sacristia foi demorada, exigindo uma serie de louvações. Em uma delas, como ocorreu também em outras igrejas, foram louvados José Pereira Arouca e Antônio Francisco Lisboa. Em outra ocasião, para que se aprovassem os trabalhos da fachada, o arrematante João Alves Viana recusou uma louvação e, ao pedir nova, indicou Antônio Francisco como seu louvado. Esta última foi então aceita por ambas as partes.

Além dos trabalhos acima referidos, é atribuído ao Aleijadinho o arco cruzeiro desta capela.

A igreja do Carmo é toda de pedra e cantaria. É comum o se encontrar, nos documentos do seu arquivo, referências à *laje do morro*, ao itacolomi e à pedra-sabão. Desejamos, por isso, proporcionar ligeiras e esquemáticas informações sobre tais materiais, usados profusamente não só nessa capela, como em quase todos os templos de Ouro Preto, construídos no segundo quartel.

As construções em pedra foram, como já dissemos, iniciadas no período de 1740-50, por Manuel Francisco Lisboa, pai do Aleijadinho, em duas obras de relevância: a matriz de Caeté e o Palácio dos Governadores, àquela época denominado — o Palácio Novo. O uso do material citado generalizou-se logo, aproveitando-se a própria formação geológica da região, que proporcionava grande fartura de cangas, quartzitos e itacolomitos, além de outros materiais alguns de aspecto e colorido belíssimo.

Assim, chamava-se "laje do morro" tão usada na pavimentação de igrejas, calçadas ou passeios da ruas — ao quartzito da modalidade dos arenitos e que, geralmente, contém depósito de sílica ou "cimento silicoso". Originava-se essa pedra das jazidas ou pedreiras das Lajes, nas proximidades de S. Sebastião.

Já a *cantaria* (e a do Carmo é das mais belas) é toda de itacolomi, extraída da serra deste nome. Trata-se da pedra chamada pelos especialistas de itacolomito, modalidade de quartzito, apresentando quartzo cristalizado e hidromicas. Costuma ocorrer ainda no itacolomito a presença de outros minerais, tais como a turmalina, rutilo e almandita.

A pedra-sabão apresenta-se em diversas cores e tipos, sendo mais comuns as verdes, roxo-acinzentadas ou amareladas e a cinza suave.

Trata-se de um talco-xisto contendo clorita, mica e amianto. É abundante a sua ocorrência em toda a região de Ouro Preto, no sopé da serra de Ouro Preto, Congonhas, e outros pontos da região aurífera. A pedra-sabão de Congonhas é mais dura que a de Ouro Preto, mais talcosa.

A Igreja de São Francisco de Assis

A Ordem Terceira da Penitência foi fundada pelo grande Santo de Assis, figura tão plena de poesia cristã, no ano de 1221, para que os leigos pudessem também praticar e divulgar os princípios franciscanos. O papa Nicolau IV aprovou a sua fundação em 1289. Os superiores hierárquicos do Ordem, durante o século XVIII, assistiam em Madrid onde era Comissário Geral, isto é, chefe supremo, F. Pedro Juan de Molina .

Já no Brasil, a corporação era dirigida, em 1745, por Frei Antônio da Conceição. Foi este que delegou poderes a Frei Antônio de Santa Maria para instalar a irmandade em Vila Rica, atendendo assim, à reiterada solicitação dos muitos devotos de São Francisco residentes em Minas.

É curioso observar o contraste entre o espírito franciscano, ou pelo menos, aquilo que se convencionou considerar como peculiar à obra e à vida de S. Francisco, e o espírito da Ordem Terceira em Vila Rica. E esse contraste não escapou ao Provincial do Rio, em março de 1761, Frei Manoel da Encarnação, que entrou em polêmica com os franciscanos de Ouro Preto por causa da aprovação dos estatutos.

A lista dos primeiros irmãos professos está datada de 1746 e a primeira mesa administrativa foi eleita em 1751. A partir dessa época, o Re^{do} Bernardo Madeira teve, durante alguns anos, pronunciada influência no desenvolvimento e expansão da ordem pelo interior de Minas. Essa expansão era conseguida através das filiais, ou sejam, as *presidias* instaladas pela corporação em várias cidades ou vilas.

No ponto de vista social, embora não se devendo esquematizar tais aspectos, nota-se com frequência, entre as listas de irmãos terceiros franciscanos, nomes e sobrenomes de antigas famílias paulistas, isto é, descendentes dos bandeirantes. Assim vemos que entre os diversos procuradores da ordem, nos primeiros anos da sua atividade, há os seguintes: F. Antônio Rodrigues Feio, Antônio Rodrigues Airão, João Rodrigues Moreira, Francisco Xavier Ramos. Já Cláudio Manoel da Costa foi sempre, como revelou em sua obra, um romântico e exaltado admirador dos paulistas, deles descendente pelo lado materno. Entretanto, a Ordem Terceira do Carmo deveria ter sido a corporação dos comerciantes.

A ordem franciscana, como revela seu principal e primeiro historiador, Cônego Raimundo Trindade, foi, sem dúvida, a mais belicosa corporação religiosa das Minas Gerais. Lutou sempre, contra tudo e contra todos. Contrariou até mesmo os seus mais austeros superiores religiosos. Sua primeira peleja, aliás internacional, versou em torno da aprovação dos estatutos, os quais foram copiados dos franciscanos cariocas, Como estes não tinham obtido aprovação, os de Vila Rica também não o conseguiram. A Ordem apela então para Juan de Molina em Madrid e derrota o Provincial no Rio, conseguindo a aprovação na Espanha.

As lutas continuam por dezenas de anos, contra ricos e pobres. Batalhou a S. Francisco contra a Ordem Terceira do Carmo, contra a Arquiconfraria dos Pardos do Cordão, contra provinciais e contra herdeiros ou testamenteiros de oficial que trabalhou longamente nas obras da igreja e, ainda, contra o Bispo de Mariana. Apesar de tudo, se intitulava Ordem Terceira da Penitência. Em 1788, por exemplo, a ordem move uma demanda judicial contra o irmão professo, Ântônio José de Souza, por ter este construído "um sobrado cujas janelas deitam para cima dos terrenos que possui a Ordem ao lado do cemitério."

O irmão Souza, apavorado, acaba fazendo várias obras para acalmar a corporação, entrando ainda com uma indenização de quinhentos cruzados, embora tivesse direito líquido e certo. O Termo da reunião revela verdadeira extorsão.

Se Ataíde, o diplomata, predominou no Carmo, como o seu grande orientador artístico, coube ao Aleijadinho pontificar, absoluto, na construção da igreja dos franciscanos. Aqui imperou o seu espírito, suas concepções e soluções, sua sensibilidade e aquele sempre surpreendente bom-gosto. Por isso mesmo não é fácil falar dessa igreja, ou fazer a exegese dessa obra única e diferente em meio à constelação do barroco mineiro.

Essa predominância de Antônio Francisco, com toda a probabilidade, é devida à influência que João Gomes Batista exercia na Ordem Terceira. Ninguém como o português erudito, ex-discípulo de Megin e Vieira lusitano, poderia admirar mais a força criadora total do mulato irreverente. João Gomes Batista vira-o crescer e revelar-se, apreender e descobrir, dominar o desenho ondulado e cortante, sensível e flexível — o desenho que emprestava vida e respiração à forma criada. E ainda por isso, não é difícil perceber nas portadas do Aleijadinho a influência bem visível, principalmente aqui na S. Francisco, "das composições heráldicas", como disse um dos seus principais críticos e analistas.

Exatamente porque Antônio Francisco teve decisiva influência em toda a elaboração estética da igreja de S. Francisco, é conveniente agora recordarmos, rapidamente, os marcos cronológicos fundamentais da vida do extraordinário escultor. Nasceu Antônio Francisco Lisboa em 1738, filho de Manoel Francisco e sua escrava Isabel. Seu pai casou-se precisamente nesse ano, com Antônia Maria de S. Pedro. A suposição de que tenha nascido nesse ano baseia-se no próprio atestado de óbito do toreuta, que afirma ter ele falecido, em 1814, com a idade de setenta e seis anos. Seu primeiro biógrafo foi Rodrigo José Ferreira Bretas, homem público e figura eminente de Minas no meado do século XIX. Escreveu seu trabalho sobre o artista em 1858, ou por outra, esta é a data da sua primeira publicação. Rodrigo Bretas apoiou-se em duas fontes principais para redigir sua monografia: a tradição oral e neste particular, nas narrativas da nora do Aleijadinho, Joana Lopes, casada com seu filho e que hospedou o sogro nos últimos anos de vida, assistindo sua lenta agonia, e no trabalho redigido por Joaquim José da Silva, segundo vereador de Mariana, em 1790 e, portanto, quando o Aleijadinho ainda vivia. O vereador recebeu a tarefa de escrever uma monografia e enviá-la à corte de Lisboa. A ordem nesse sentido viera de ultramar para que um dos vereadores de cada Câmara escrevesse uma memória sobre os fatos principais da sua vila e a enviasse à apreciação de sua majestade. A julgar pelo longo trecho desse trabalho transcrito por Rodrigo Bretas, o estudo de J. J. da Silva era dos mais interessantes e úteis. Trata-se de um relato erudito sobre toda a arte religiosa do século XVIII em Minas.

O texto completo desse trabalho desapareceu nos arquivos portugueses, restando no Arquivo Ultramarino apenas a capa do mesmo. A parte transcrita por Bretas, entretanto, é suficiente para nos convencer dos altos conhecimentos do vereador marianense. Considerava Antônio Francisco da seguinte maneira:

Superior a tudo e singular nas esculturas de pedra em todo o vulto ou meio revelado e no debuxo e ornatos irregulares do melhor gosto francês é o sobredito Antônio Francisco. (Antônio Francisco Lisboa - P. H. A. N. Número 15 — mês — Rio — 1951).

Isso foi escrito quando o Aleijadinho ainda vivia e trabalhava. O autor afirma que dele é o risco da igreja de S. Francisco. Também Bretas reafirma essa autoria e quase tudo o que Bretas informou no seu ensaio de 1858 foi recentemente comprovado por documentos.

O risco em questão foi visto por vários historiadores e vigários, como Frei Samuel Tateroo, O. F. M., que escreveu a respeito. Seu trabalho foi publicado na *Revista Eclesiástica Brasileira* (1946). A seguir o historiador Furtado de Menezes encontrou esse risco em 1910, quando realizava pesquisas em Ouro Preto; parece que não lhe deu a devida importância e, levianamente, enviou-o em 1913, para o Rio, a Frei Pedro Sinzig, que, eficientemente, fez com que o risco desaparecesse. E o curioso é que a legislação brasileira ainda não prevê nenhuma penalidade para tais crimes, que se repetem, entre nós, quase que semanalmente.

Como dissemos em capítulo anterior, Manuel Francisco executou em 1761 o chafariz do Alto da Cruz. A figura feminina dessa fonte e atribuída ao Aleijadinho. Em 1763 realiza Antônio Francisco um oratório na sacristia da matriz do Pilar. Parece que executa também a fonte da Samaritana em Mariana, ainda trabalhando com o pai. O primeiro risco da igreja de S. Francisco foi entregue em 1766. É essa a data da arrematação da obra por Domingos Moreira de Oliveira, mestre canteiro que havia também colaborado no Carmo de Vila Rica e que, na construção da S. Francisco, trabalhou até morrer em 1794. Anteriormente, esse mestre pedreiro havia prestado seus serviços em Santa Efigênia, na igreja das Mercês e na Misericórdia. Em várias datas Domingos Moreira de Oliveira, que tinha família numerosa, reclamou pagamentos à Ordem Franciscana.

Do ano 1774-75 é o assentamento do Livro *I de Receita e Despesa da Ordem*, deste teor:

"*Pago a Antônio Francisco do risco da nova portada — 14$400*".

Datam dessa época as principais modificações feitas por Antônio Francisco no risco primitivo, ou seja, na primeira versão que projetou da fachada. Em 1774 o artista vai ao Rio e, provavelmente, inspirando-se na beleza extraordinária da igreja do Carmo, daquela cidade, ao voltar a Ouro Preto, apresenta o novo projeto do frontispício da S. Francisco. Vê-se, então, pelos documentos conhecidos, que a obra já estava adiantada, mas, apesar disso, a irmandade ordena grandes e onerosas modificações para que a mesma fosse adaptada ao novo risco. É de se supor, portanto, que o primeiro projeto (de 1766) era aquele encontrado no Rio pelo Patrimônio e publicado na obra já citada, com magistral trabalho de Lúcio Costa. Este afirma ser este risco da São Francisco de S. João del-Rei e que na época em que foi desenhado, o Aleijadinho não havia ainda "encontrado a solução plástica" para as fachadas das capelas franciscanas. A partir de 1774 o problema foi definitivamente resolvido por ele e as duas S. Francisco são muito semelhantes, apesar das modificações feitas naquela de São João, por Lima Cerqueira, seu executor.

A nova portada de que nos fala o *Livro de Receitas e Despesas*, do exercício financeiro 1774-75, foi arrematada pelo mestre canteiro José Antônio de Brito. As condições de arrematação são prolixas e foram publicadas na íntegra, pelo já citado Cônego Trindade. Deste modo ficamos sabendo que José Antônio de Brito recebeu pelo trabalho 600$000, em três prestações. Verifica-se ainda, como dissemos, que a parte já iniciada da fachada foi, então, completamente transformada pelo novo risco. A irmandade não discutiu o prejuízo que teria; ordenou logo as modificações, compreendendo a alta qualidade da nova solução encontrada.

Também no interior do templo, Antônio Francisco foi o principal autor dos seus trabalhos, exceto os de pintura, que são de Manoel da Costa Ataíde.

É assim que vemos, por documento de 12 de fevereiro de 1772. que o Aleijadino recebeu 17 oitavas "pelo resto da obra dos púlpitos", assinando o recibo. Pouco antes havia recebido pelo feitio das pedras dos púlpitos 20$400.

O púlpito foi inaugurado em 5 de dezembro de 1771, pelo Cônego Luiz Vieira da Silva, mais tarde inconfidente. Pelo Barrete da capela-mor, o Aleijadinho passou recibos, um de 18$000 e outro de 73$000. Foi arrematante do Barrete, isto é, da abóboda da capela-mor, Henrique Gomes de Brito. Trabalharam nela, pelo menos, mais três oficiais.

Obra notável do Aleijadinho na S. Francisco é, sem dúvida, o risco e execução do altar-mor. Pelos vários recibos encontrados, todos de datas sucessivas e do próprio punho, verifica-se que esse trabalho foi todo realizado no lugarejo chamado Rio Espera, situado nas proximidades de Congonhas do Campo e Piranga. Ali permaneceu o toreuta entre janeiro de 1791, outubro de 1791, janeiro de 1792, julho de 1792 até outubro deste mesmo ano. Já o recibo de dezembro de 1792 está novamente datado de Vila Rica. E a seguir temos recibos desta vila de março, abril, maio, junho, julho, agosto, outubro, novembro e dezembro de 1793; janeiro, fevereiro, março, abril, maio e junho de 1794.

Por conseguinte, o Aleijadinho permaneceu isolado em Rio Espera durante todo o ano de 91 e até outubro de 92, quando logo depois regressou, com o altar-mor já concluído, a Vila Rica. E o interessante é que exatamente nesse período, foram condenados inconfidentes e o Tiradentes enforcado e esquartejado, sendo sua cabeça, braços e tronco expostos em lugar público. Entre os inconfidentes, pelo menos dois não podiam deixar de ser amigos do mestre; se não amigos, eram pessoas com as quais privava constantemente, em virtude dos seus próprios interesses profissionais. Eram eles: Cláudio Manoel da Costa e o Cônego Luiz Vieira da Silva. Sobretudo nesta época, quando já havia falecido João Gomes Batista, os contatos de Antônio Francisco com aquelas duas figuras da irmandade, que estavam entre as mais cultas da região — se nos deparam como inevitáveis. Sensível como era, os acontecimentos da Inconfidência não poderiam deixar de tocá-lo profundamente.

Nesse trabalho do altar-mor há ainda outra coincidência curiosa: o Sacrário apresenta um relevo que é uma representação simbólica da Paixão de Cristo; as mãos e os pés decepados sob o coração sangrento. Esse símbolo é originário da Idade Média e foi executado na mesma época em que o Tiradentes era esquartejado. Chamou a atenção para o fato, pela primeira vez, o Padre Heliodoro Pires, estudioso da obra do Aleijadinho, em seu livro *Vida e Obra de Antônio Francisco Lisboa*.

Outro estudioso pergunta se aquela permanência em Rio Espera não significaria a necessidade de se manter afastado do ambiente de Vila Rica durante aqueles dias tumultuosos de perseguições e delações. Pode ser que estejamos apenas fazendo cogitações ociosas, mas pode ser também que tais sugestões não sejam tão fúteis. Que o episódio de Tiradentes deve ter influído na execução do emblema da paixão, me parece mais que provável.

A obra toda do retábulo do altar-mor foi contratada por 1:750$000. Essa quantia foi recebida, em parcelas diversas, no decorrer do período compreendido entre 1790 a 1794, quando foi concluída aquela obra. Quanto aos altares laterais, o termo de contrato lavrado com Vicente Alves Costa (que também trabalhou no Carmo como entalhador) afirma: "Risco que foi feito pelo falecido Antônio Francisco Lisboa".

Os altares laterais, como sempre, foram executados no fim da obra e quando o Aleijadinho já havia falecido. O lavatório da Sacristia foi realizado em 1777 ou pouco mais. Trata-se, portanto, de trabalho feito quase na mesma época que o lavatório do Carmo. Na igreja de S. Francisco sentimos, como em nenhuma outra, a atmosfera e o clima estético de Antônio Francisco.

Notamos ainda nos altares laterais de Vicente Alves Costa, uma evidente pobreza de execução em relação à igreja, de visível riqueza rococó. Há ainda dois anjos nesses altares que são obras medíocres e destoantes do conjunto. Ignora-se, até o momento, o autor desses querubins. São tão medíocres que não acreditamos sejam de Vicente Alves Costa.

Quando meditamos sobre o monumento que é a S. Francisco, no seu fulgurante interior, temos a impressão de que o Aleijadinho desejou aqui dar uma evidente e gritante demonstração de mestria e domínio artesanal. Aqui ele proclamou: poderei fazer melhor tudo o que os outros fizeram. Ele prova, nessa igreja, não haver a menor diferença entre qualquer erudito de além-mar e o artista local, nascido e formado em Vila Rica. A precariedade dos altares de Vicente Alves Costa e daqueles anjos já citados assinala o contraste qualitativo entre o que o Aleijadinho fazia e o que era por outros realizado. Raramente encontrava um arrematante à altura do seu projeto e, algumas vezes, quando calhava ser feliz, encontrando um artífice competente de fato, este, numa incompreensão total, metia-se a modificar o risco original, como Francisco de Lima Cerqueira em S. João del-Rei.

No caso de um artista da categoria do Aleijadinho, mesmo que as modificações fossem *para melhor* — como supunha Lima Cerqueira — ainda assim, deveriam ser evitadas, porquanto o que importava era a personalidade criadora do autor do risco em toda a sua integridade, inclusive nos seus defeitos, quando os houvesse. As modificações destoavam da concepção geral da obra, quebravam a linha estética da composição e, por conseguinte — eram sempre prejudiciais, pois tais correções não estavam informadas pelo mesmo princípio originário da obra.

E o fato é lamentável exatamente quando consideramos a inegável habilidade artesanal de Lima Cerqueira. Era ele um dos artífices do tempo que mais serviços poderia ter prestado ao mestre, como seu fiel executante, o que foi revelado por sua admirável execução do lavatório do Carmo, peça de uma magnificência e de uma riqueza que o situa como exemplo modelar entre as fontes de sacristia de Minas. Entretanto, Lima Cerqueira, em outros trabalhos, demonstrou não compreender e, por isso não aceitar, o espírito renovador e revolucionário do Aleijadinho.

A Pintura do Professor Ataíde

Manoel da Costa Ataíde, o diplomata sutil, brilhou fartamente na capela de S. Francisco de Vila Rica. O professor, aqui, deu espetáculo de talento, criando uma verdadeira sinfonia pictórica pelo teto acima, transbordando alegria, graça e vibração. É o paraíso com revoadas de pássaros e de sonhos. A religião para ele não tinha nada que ver com sangue, inferno, exorcismos desvairados, penitências cruéis, extermínio masoquista da matéria pecadora. A religião era poesia só, graça flutuante como as águas do mundo, melodia suave, murmúrio de fonte, vergel da infância. Dir-se-ia que, para o ameno Ataíde, Deus também era diplomata. Pelo menos era, em essência – um Deus da doçura poética.

Na escolha das tonalidades, na vivacidade cênica da composição, no dinamismo do ritmo alucinado, na graça flutuante, na mansidão e na fuga poética através da fantasia barroca, na glória proclamada essa pintura é autêntica sinfonia, é melopeia pura de cristal. E é também, antes de tudo, arte criada pelo homem, por suas contigências temporais e até temperamentais, por sua maneira de ser e viver. Por isso, Ataíde se reflete integralmente nessa pintura do forro da nave. Traduziu todos os cânones da escola para sua própria sensibilidade e se, na Europa, 'o barroco então fenecia, aqui, onde tudo é espoucar de vida ofertando futuros — com ele, o barroco haveria de renascer. A arte de um povo tão jovem, em um país tão menino assim, deveria ofertar, antes de tudo — atrevimento e alegria. Esse barroco já não mais é uma abstração de prepotentes e majestosas teologias, não mais simboliza o peso milenar dos tronos ancestrais da veneranda matriz dos povos, a mãe da sabedoria, Europa de Montaigne ou de Malraux, Europa fonte das meditações, acervo das heranças peremptas; esse barroco é um explodir de luzes e sons; é graça e não majestade; é luz de um sol novo e não treva sombria de passados soterrando o coração do homem.

E esse querer nacional do Professor Ataíde, no seu lirismo eufórico, influiu mesmo nas suas soluções técnicas. Esse sentir nacional modificou a sua perspectiva, transformou as linhas de fuga do grande conjunto, promovendo clarões de luz, evitando todo contraste severo, todo excesso de sombra, trazendo Deus aos homens, em lugar de distanciá-lo.

Há duas correntes luminosas, uma do coro para o altar-mor e outra da abóbada, isto é, do alto do teto para a nave da igreja. A concepção geral eliminou os ângulos da forma retangular através dos arcos encantonados. Assim, toda a composição é iluminada, principalmente os elementos arquitetônicos predominantes, não havendo quase nenhuma área sombreada. As colunas avançam com audácia para o interior da nave e a pintura serve à iluminação dos púlpitos jogados para frente por Aleijadinho, que os colocou nas colunas do arco cruzeiro e não no meio da nave, como habitualmente. Em cada retângulo que marca toda a composição, destaca-se o arco triunfal e sobre este o frontão curvo, cada qual com seu anjo. Carlos Del Negro nota, a respeito, a semelhança desse detalhe com Miguel Ângelo na Aurora e no Crepúsculo. Todos os modelados das diversas partes da pintura são sempre conseguidos com a cor pura e o branco, mas nunca pelo habitual claro-escuro, o que sugere aquela atmosfera de sonho e alegria, onde tudo nos parece leve e suave.

Em cada canto da abóbada está pousada uma grande figura da Igreja, a saber: S. Agostinho, S. Gregório, S. Ambrósio e S. Jerônimo. Na capela-mor destaca-se a alegria representando a Assunção de Nossa Senhora (ou Nossa Senhora dos Anjos), inspirada em gravura antiga, com sua revoada de querubins, já apresentando o processo do claro-escuro mais usual, o que foi determinado pela localização da pintura. Aqui o uso das cores puras é muito menor que em outras passagens. Não só através do grande quadro central da Virgem com os anjos, como através dos concheados diversos de toda a composição, Ataíde conseguiu efeitos de ritmo e dinamismo admiráveis. A pintura está impregnada de vibração e alegria. Nota-se ainda um surpreendente efeito: é a fusão das cores conseguida, vitória magnífica do pintor. Sobre o assunto, assim se exprime a nossa maior autoridade em pintura colonial, Carlos Del Negro:

> "São cores do espectro solar empregadas independentemente, que mais tarde o impressionismo as vai justapor, umas ao lado das outras, em pequenos toques, para colher uma infinidade de novos cambiantes pela fusão das sensações de cor". (C. Del

Negro, *Contribuição ao Estudo da Pintura Mineira*, pág. 53 – DPAN, Rio – 1958).

Esse mesmo autor observa a robustez das figuras e as características físicas da Virgem que, em tudo, lembra a beleza clássica mulher mineira, tão oposta ao conceito atual da beleza feminina: Virgem de Ataíde é cheia de carnes e doçuras, colo e seios bem modelados, rosto sereno de plenitude. Observa-se que o tipo étnico dos mineiros marcou a maioria das figuras. A pintura foi realizada entre 1800-1812.

Como ficou demonstrado pelas pesquisas de Carlos Del Negro e do Cônego Trindade, em torno dos materiais usados nos trabalhos pictórios e douramentos dessa igreja, podemos afirmar, em ligeira síntese: Ataíde não atingiu a industrialização que promoveu o aparecimento de vários pigmentos e cujas descobertas se iniciaram em 1720, com o azul da Prússia, para chegar através do amarelo cromo (1797), ao azul-cobalto e verde-esmeralda (1820), até o azul cerúleo em 1861. No entanto, conseguiu ele combinações e efeitos diversos dentro das limitações do material disponível, com resultados muito positivos.

Usou Ataíde, como outros pintores do seu tempo: *alvayde*, carbonato básico de chumbo, usado amplamente no século XVII, sobre madeira, de cor branca; *gesso*, aplicado com a cola, a fim de preparar o material (tela ou madeira) para receber a pintura; *gesso-mate*, é a camada branca que recebe o douramento; *vermelhão* (sulfato de mercúrio), na antiguidade conhecido como *Mínio*, sendo de um vermelho vivo, usado na pintura a óleo e a têmpera; *vermelho*, extraído do *coctus-cacti*; *sangue de drago*; nacar de pingos, de cor rósea, usada nos afrescos; *ialde* amarelo, silicato de alumínio, extraído das argilas; *maquim amarelo*; *sombra de Colônia*, apresentando ferro e manganês; *verde-gris*, que é um acetato de cobre; *terra verde*, argila natural; *flor de anil*; *cinza azul*, isto é, carbonato de cobre; *vermelho de Paris* e as folhas de ouro, o couro queimado que era reduzido a um pó de cor preta e, finalmente, o chamado *óleo de linhaça*, amplamente usado ontem como hoje, além de vernizes diversos.

Os trabalhos de Ataíde na S. Francisco de Ouro Preto estão amplamente documentados. O livro do Cônego Trindade, sobre a história dessa igreja de tanta significação para a história da arquitetura tradicional de Minas, publica os documentos principais concernentes à autoria do Ataíde. Assim vemos aí um contrato para douramento e pintura de 9 de agosto de 1801. Os trabalhos dos andaimes e caixilhos foram feitos pelos carpinteiros Manoel Gonçalves Neves e Manoel Gomes. Recebeu Ataíde, de 1801 a 1812, por vários trabalhos, inclusive — *pelo azulejo da capela-mor* — a importância de 2:850$000, segundo lançamentos no livro da Ordem — (*S. Francisco* C. Trindade, pág. 405). Vemos ainda por esses documentos que Ataíde fez outros trabalhos pictóricos menores, fora do contrato principal, tais como a encarnação de várias imagens e do Crucificado, douramentos diversos em pequenas peças, etc.

Outros pintores que trabalharam na igreja: Francisco Xavier Meirelles, efígie de S. Francisco ilustrando um dos livros da irmandade (1764); Feliciano Manoel da Costa e Manoel Ribeiro Rosa. O douramento da capela-mor foi arrematado em 1773 por João Batista de Figueredo, pintor nascido em Catas Altas (ob. cit. 391). Esse mesmo artista é o autor da pintura da capela-mor da S. Francisco e do forro da capela-mor da igreja do Rosário de Ouro Preto; tem sido considerado por alguns estudiosos, como um dos mestres do Ataíde. Quanto à sacristia, Manoel Pereira de Carvalho é o autor da pintura do forro e Francisco Xavier Gonçalves pintou os quatro quadros da mesma sacristia. Manoel da Costa Ataíde era filho de Luís da Costa Ataíde e Maria Barbosa de Abreu. Nasceu em Mariana no dia 18 de outubro de 1763, sendo seu padrinho de batismo o carpinteiro Sebastião Martins da Costa, também conhecido como artífice consagrado àquela época. Seu pai era português originário da vila do Aguiar em Trás-os-Montes. Um dos seus irmãos foi vigário em Guarapiranga.

Ataíde recebeu a patente de alferes em 1799, no termo de Mariana. Em 1818 concederam-lhe o atestado de professor "das Artes de Arquitetura e Pintura", título que ele ostentava com *garbo* e *valentia*, para usar duas expressões do seu particular agrado. Faleceu em 2 de fevereiro de 1830, glorioso e respeitado, tendo deixado testamento pelo qual se constata que nunca foi casado, mas deixou os seguintes filhos: Francisco de Assis Pacífico da Conceição, Maria do Carmo Néri da Natividade, Francisca Rosa de Jesus e Ana Umbelina do Espírito Santo. Libertou dois escravos adultos e dois ainda adolescentes, isto é, ainda *moleques*, outra expressão muito usada pelo artista. Deixou o que sobrasse dos seus bens a Maria do Carmo Raimunda da Silva, que o cônego Trindade sugere ter sido a mãe dos seus filhos. Pertencia o pintor a uma infinidade de irmandades, umas de Mariana e outras de Vila Rica.

Sendo Ataíde vinte e cinco anos mais velho que o Aleijadinho, e muito mais feliz que este, sobreviveu ao seu genial companheiro 16 anos.

A contribuição de Antônio Francisco Lisboa à arquitetura se caracteriza por uma série de transformações criadas por ele e impostas ao antigo barroco jesuítico de inspiração românica do primeiro quartel século XVIII em Minas, fase D. João V, cujo ciclo termina em 1790, quando morreu esse monarca e entramos no período D. José.

Vejamos, pois, as modificações sofridas a partir de 1760, pelas fachadas das igrejas mineiras. Foi Antônio Francisco que introduziu "*o gosto francês*", quer dizer o refinamento erudito através do rococó; foi ele o primeiro a quebrar por assim dizer a ortodoxia monótona do retângulo simples, mostrando a possibilidade de se jogar com vários elementos arquitetônicos diferentes, extraindo desse ecletismo uma leveza original e bela, plena de graça e não da austeridade das velhas matrizes. Em todas as fachadas trabalhadas por ele, deixou o sinal da renovação da fórmula pela forma. Dir-se-ia que as matrizes do princípio do século lembram matronas respeitosas e as capelas do Aleijadinho, adolescentes harmoniosas e flexíveis. Cada igreja é uma flor alada de cal e pedra.

Dessas transformações, o melhor exemplo é o templo de S. Francisco de Ouro Preto, seguida de perto por sua irmã franciscana de S. João del-Rei. E depois desses dois feitos não mais se pôde trabalhar nas Minas sem considerá-los ou estudá-los.

Foram as seguintes as transformações realizadas por Antônio Francisco, evidentes na S. Francisco de Ouro Preto: as torres perdem o quadrado pela curva e a cobertura de telha pelo ápice de pedra com a pirâmide gótica. A portada, saindo das ombreiras, apresenta o grande florão do frontispício, rendilhado de pedra vazada em composição triangular que se desenvolve, indo das tarjas aos anjos, chegando ao medalhão de N. Senhora, depois à coroa. As fitas soltas flutuam. Os dois anjos que encimam as empenas são elementos de ornamentação interna que ele aplica no exterior. Todo esse frontispício é inexistente antes do Aleijadinho, passando a ser uma constante depois dele. As colunas jônicas também são modificadas, assim como introduz a *tacaniça* na parte posterior do telhado.

No interior as modificações principais são: a linha reta do coro torna-se curva, como também a grade da nave se flexiona em curvilíneas, perdendo o retângulo antigo, e até mesmo as faces dos púlpitos são onduladas, dificultando a execução dos seus magníficos relevos, como na S. Francisco de Ouro Preto e Carmo de Sabará. Antônio Francisco realiza, então, verdadeiras mágicas de composição nos tambores dos púlpitos que na S. Francisco são de pedra sabão e não de madeira, como era usual e como ele os fez em Sabará (Carmo).

O Aleijadinho, como se pode observar nessa capela franciscana, usa elementos de diversos estilos, impregnando a todos com sua garra, sua marca e sinete. Realiza o românico ou gótico, ou rococó, sendo sempre, através de qualquer linguagem, ele mesmo, único e singular.

Concluindo este capítulo, devemos lembrar que a essa eclosão artística admirável ocorrida no segundo quartel do século, precisamente quando a produção aurífera caía vertiginosamente, em consequência da incapacidade técnica e científica da Coroa, chegando o rendimento do quinto em 1770 a 80 arrobas — a essa eclosão, dizíamos, não poderia ser estranho o espírito revolucionário, enciclopedista e emancipador que predominava no ambiente intelectual das vilas da mineração. Era considerável o número de poetas, intelectuais oradores sacros, etc., que, a julgar pelo próprio depoimento dos inconfidentes nos *Autos da Devassa* — costumavam, nos seus encontros, discutir intensamente os problemas e as ideias novas do mundo de então. Predominavam as controvérsias filosóficas e políticas, a independência da América do Norte e outros temas que acabaram no desenlace da Inconfidência. Esta não poderia ser — como já presumiram alguns autores mais intuitivos que pesquisadores — um movimento isolado do meio, sonho de poetas inconsequentes, etc. Como veremos no capítulo próprio, a Inconfidência tinha ampla penetração nas classes médias e foram essas camadas sociais intermediárias que criaram o grande florescimento do barroco mineiro. Tanto o Aleijadinho como Ataíde encararam o mais vigoroso espírito de emancipação estética. Não fizeram concessões ao gosto português ou a qualquer outro, não temeram preconceitos, mas expressaram sempre o que é essencial ao gosto brasileiro: simplicidade, claridade, alegria, sol e luz, revolta e confiança. O sentido revolucionário das inscrições das cartelas dos Profetas de Congonhas, extraídas da Bíblia, é inegável. A atmosfera mental da época (as estátuas foram esculpidas entre 1795 a 1805) está refletida na escolha feita por Antônio Francisco daqueles versículos bíblicos.

Ignoramos qual tenha sido a inspiração do extraordinário poeta pernambuco, Joaquim Cardoso, ao escrever os versos que a seguir citaremos. Entretanto, todas as vezes que pensamos ou contemplamos os dois monumentos máximos de Ouro Preto, Carmo e S. Francisco, pousados na sua harmonia de pedra e cal, automaticamente nos lembramos desses versos impecáveis no seu fulgor, clássicos no seu esplendor:

> *Nessa pedra, hirta memória*
> *Inclui, compõe, guarda silêncios*
> *Das mais remotas harmonias;*
> *Perenemente as noites guarda*
> *Dos longínquos primeiros dias.*

Tais versos, gravados em ouro, deveriam estar numa das praças de Ouro Preto, a nossa montanha de pedra.

X - A INCONFIDÊNCIA

Madrugada, em dezenove de abril de 1792. Pela rua estreita e longa, os primitivos clarões matinais despertavam os escravos, as coisas e os homens. O canto dos galos, em quintais ou pomares de musgo e fruta, trazia mais um dia à boca do tempo. Um dia com seus atritos, trânsito e calor. Ao longe, o mar recorta a terra, verde e grande silencioso mundo líquido. Peixes, cardumes, maresias. O casario colonial da cidade de S. Sebastião do Rio de Janeiro, com as janelas e rótulas riscando as fachadas, enquadrava a praça.

Na sala rústica 30 homens (três morreram na prisão) acorrentados e algemados, de frente para a grande mesa, ouvem a sentença da Alçada. É uma peça longa, clara, decisiva. Sua leitura gastou duas horas, sua redação 18. O documento enumera os *crimes* e *infâmias* dos ouvintes, conjurados da Inconfidência Mineira. Os juízes, empergigados em suficiência, não olham os condenados. Representam, pois, a sentença mesma viera de Lisboa, em carta régia, havia dois anos. Todo aquele processo fora, portanto, apenas uma farsa demonstrativa, ou seja, em linguagem de hoje, um expediente publicitário. Os réus, entretanto, ainda não sabiam desse detalhe e supunham-na definitiva. O olhar aflito se perde no branco engomado dos peitilhos, no preto das casacas dos juízes da Alçada. Nove são os condenados à morte na forca e o restante ao degredo perpétuo na África. Isso pela farsa, a realidade foi diferente.

Os juízes cultivaram a tortura dos réus. Alvarenga delirava de pavor pronunciando frases incoerentes. Durante dois dias os réus e o povo permaneceram naquele suplício. Somente no dia 20, os juízes informaram a sentença definitiva. Esses desembargadores vieram de Portugal para em nome de sua Majestade D. Maria I, a louca, punir os *pérfidos* vassalos que de tão pérfidos e ingratos, pretendiam instalar uma República em terras da capitania das Minas Gerais. Três anos durara a tragédia que, nesta madrugada, atingia seu ponto culminante, a sentença. Todos os homens sentiam pavor. Estavam alquebrados, exaustos e deprimidos, diante da angústia do irremediável, a morte na forca. Um entre eles, entretanto, estava tranquilo, Joaquim José da Silva Xavier. Para este não haveria surpresas. Sempre em todos os interrogatórios, pedira aos juízes que...

dele e somente dele fizessem a vítima da lei.

Consolava os outros, ensinava-os a viver e a morrer ao afirmar que desejava possuir dez vidas afim de podê-las dar para cada um dos companheiros condenados. E por todos foi de fato enforcado, esquartejado, amaldiçoado até a terceira geração. Quando, no dia 20, retiraram os ferros dos réus e lhes comunicaram que a pena de morte fora transformada em degredo para a África, eles se entregaram a uma alegria transbordante e Silva Xavier felicitou-os por terem escapado, sereno e consciente da sua grandeza, o *único que se fez indigno da real piedade* — disseram os juízes. O único que assumiu perante a morte, contemporâneos e pósteros, inteira responsabilidade dos seus atos, pensamentos e decisões. Disse então ao seu confessor da felicidade que sentia por ter sido o único a morrer por todos, e nos enchendo, hoje, também, de felicidade por sabê-lo brasileiro, por sabê-lo tão firme, tão nosso e tão íntegro.

Mostrou o que vale um homem no fundo das suas decisões, no íntimo da sua resolução definitiva. Um homem só, frente a sua consciência, o seu *que fazer, como fazer, por que fazer*.

Com sua morte revelou a um sistema caduco, à imbecilidade corrompida de um trono de clows e à bestialidade da sua rainha — que esta é a América, este o Brasil. "Nós mazombos também temos valimento e podemos governar", disse ele.

E porque revelou tudo isso, *se fez indigno da real piedade*, quando os outros, que se entregaram à covardia e à humilhação, mereceram essa piedade, isto é, mereceram a morte lenta no degredo. Durante todo um século, os governos monarquistas tiveram-lhe ódio, consagram com esse ódio a memória de Tiradentes.

O século XVIII foi chamado o século das luzes, fase histórica decisiva da Revolução Industrial. É o começo do incêndio que devorou uma concepção de vida, uma infraestrutura social, um sistema de pensamento, uma moral e um viver antigo — a monarquia feudal. Desta plataforma foi que se ergueu o espírito do homem moderno para a grande e trágica conquista do progresso humano. A história do homem sobre a terra está vinculada ao pensamento do século XVIII.

Quais eram as condições reais e objetivas da capitania de Minas Gerais, durante aqueles anos em que a filosofia moderna, na Europa, erguia sua grande chama destruidora, punidora e, ao mesmo tempo — criadora, também chamada *la filosofía de la ilustración?*

Somente uma pessoa desavisada sobre os problemas políticos e sociais poderia supor utópico qualquer movimento emancipador emergido daquelas condições objetivas existentes em Minas durante o século XVIII. Não são apenas os dados concretos que possuímos sobre a situação econômica, a decadência da mineração e consequente asfixia imposta pelo exclusivismo da atividade mineradora. São também os depoimentos dos memorialistas portugueses — alguns inteligentíssimos e honestos, como ainda a opinião de quase todos os viajantes estrangeiros que nos visitaram no princípio do século XIX e que nos revelam profusamente a inevitabilidade de uma solução, qualquer que fosse, naquelas condições. Isso não quer dizer que a vitória da Inconfidência também fosse inevitável. Uma coisa são as condições necessárias à revolução; outra, bem diferente, suas possibilidades de vitória. Sempre que houve disparidade entre o segundo fator e o primeiro — ocorreu a derrota ensejando uma onda terrível de obscurantismo, crueldade e violência sufocante. O fator tático de Inconfidência era a derrama, que foi suprimida. Mas ainda assim se a organização existente desfrutasse, no momento, de certas circunstâncias, teria eclodido o movimento mesmo sem derrama. Quanto à sua vitória neste último caso, já é outro problema.

A partir de 1765, a conjuntura em Minas entra num processo violento de contradições antagônicas.

Ao mesmo tempo que se construíam constantemente, em toda a capitania, monumentos e mais monumentos, religiosos ou civis, exigindo novos e maiores recursos; ao mesmo tempo que as necessidades sociais, culturais e econômicas da população cresciam; — o ouro sumia, a atividade mineradora decaía sempre, transformando-se em fator de ruína dos grupos sociais e o governo, mais e mais, restringia a atividade econômica exatamente a esse setor que não mais correspondia às necessidades vitais da economia local.

Aquele ouro que aflorava na superfície da terra esgotara-se. Era necessário agora buscá-lo em profundas galerias que exigiam trabalhos mais caros e difíceis, numerosos escravos, consideráveis inversões. O regimem colonial, envolvido por suas próprias contradições e incompetência, não atuando nunca de acordo com as leis da economia e da história, entrava em fulminante declínio claramente percebido por todos.

O Marquês de Pombal veio em 1750 com D. José I e se dizia o grande renovador. Para Minas sua gestão continuou o mesmo regimen de incompreensão absoluta frente às peculiaridades econômicas da capitania. Pombal, no Brasil e em Minas, não renovou nem percebeu como renovar e como fazer da colônia a grande fonte de riqueza do reino. No ponto de vista político ou tático, sua luta contra os jesuítas não oferecia nenhuma vantagem para o Brasil. No ponto de vista geral, considerando-se as peculiaridades da fase histórica que vivíamos — os jesuítas eram mais úteis que prejudiciais. Eram eles contra a Inquisição, contra a escravização do indígena, além do que promoviam a criação de colégios ou seminários. Neste particular é de se notar que, tendo construído centenas de igrejas e monumentos, o século XVIII nos tenha legado um único estabelecimento de ensino em Minas, o Seminário de Mariana, para onde foi logo chamado um jesuíta. O rei não viu com bons olhos a criação dessa instituição.

E no plano puramente administrativo, Pombal continuou, com primarismo espantoso, o mesmo sistema abstrato ou alienado de resolver os problemas da capitania. Ele provocou com isso o início da tragédia econômica que se chamou a derrama. Pombal é tido como filho da filosofia da ilustração. Talvez se possa atribuir a esse fato a grande admiração e esperança despertada por ele nos intelectuais do tempo, Cláudio e

Gonzaga, inclusive. Tentou realizar o chamado "absolutismo ilustrado" e tentou "pensar" com mais objetividade que os demais governantes de então. Todavia, para o Brasil, sua experiência não se caracterizou pelo brilho que se podia esperar de um governo "iluminista". É verdade que pensou ele em industrializar o reino, mas não percebeu o problema da colônia, seu impasse socioeconômico

Assumindo o poder absoluto com a morte de D. João V e advento de D. José, Pombal suspendeu a capitação e reinstalou as casas de fundição e intendência.E fez isso dizendo que, desta maneira, atendia precisamente à proposta dos próprios mineradores através das Câmaras. Essa proposta era aquela já citada, formulada pelas Câmaras em 1734.

Ora, naquela fase, a produção aurífera estava na plenitude, o que não ocorria em 1754. Ao fazer a proposta, os camaristas (vereadores) pretenderam tão-somente evitar o mal maior — a capitação. Entretanto, voltando as intendências, quando a produção declinava Minas caía em depressão violenta; não só por isso, como também em virtude de ter a região sofrido 15 anos de capitação, as intendências jamais atingiriam cem arrobas. Estas foram então se acumulando no correr dos anos. E o próprio governo, estabelecendo constantemente tributos extras, como aquele do terremoto de Lisboa, criado em 1755, dificultava ainda mais a complementação das reclamadas cem arrobas.

Dessa maneira, foi a capitania marchando em direção do abismo. Quanto aos governadores e à vida administrativa, continuaram sempre, salvo raras exceções, no descalabro habitual. Morre D. José e sobe outro ministro, Martinho de Mello e Castro, tão obtuso e alienado como seus antecessores e a situação piora sempre. Martinho de Melo foi bem pior que Pombal, gostando como este de posar de estadista.

O processo histórico principal desse conflito entre as necessidades vitais de toda a colônia e a administração do reino, iniciara-se ainda no século anterior, por volta de 1650, ou 60, prolongando-se pela segunda metade do século XVII e todo o século XVIII. Era a velha história da monocultura colonial, dentro de cuja limitação o Brasil não poderia respirar e por isso romperia, fatalmente, mais cedo ou mais tarde, aquele círculo de ferro da pobreza imposta de fora. O Brasil fora a princípio, apenas uma selva fornecedora de pau Brasil. Destruída empiricamente essa riqueza vegetal, plantou-se a cana e entramos na fase do açúcar. Perdido o mercado mundial desse produto, Portugal se volta para mineração. Destruído esse manancial de riqueza transferido à Inglaterra e à França, ajudando a Revolução Industrial da Europa, então, chegamos à independência, porém, a monocultura continua e entramos na fase do café, onde permanecemos até aos nossos dias.

Hoje qualquer criança de primeiras letras sabe que a solução seria a industrialização da capitania. Mas há dois séculos não houve um só "estadista" português capaz de compreender essa cristalina evidência. Todavia, os ingleses a compreenderam em 1703, redigindo, com velha e maquiavélica sabedoria, o sempre citado Tratado de Methuen. Quando no século XIX, Portugal se interessou pela siderurgia no Brasil, havia passado a melhor oportunidade, pois, já então, a colônia estava economicamente dominada pelos ingleses.

Para que D. João VI pudesse fugir da Europa, teve que fazer concessões escandalosas aos ingleses. Não foram, porém, apenas os britânicos e os homens da Revolução Francesa que compreenderam no século XVIII, a realidade dessa época histórica. Também os mineiros, filhos da capitania de Minas, a compreenderam e tentaram a salvação. Quando a mineração entra na decadência fulminante, muitos homens se voltam para a agricultura e a indústria. Inventaram teares de madeira, improvisaram uma indústria de tecidos incipiente, mas que poderia crescer vertiginosamente, forjando uma tradição industrial numa região onde tudo era favorável à indústria. Este era o processo lógico e natural de superar a depressão econômica que avassalava a capitania e não permitia que as demais regiões do Brasil se desenvolvessem. As jazidas de ferro de Minas, imensas e riquíssimas, dormiam o sono eterno dos cauês silenciosos com seus 60 ou 70 por cento de aço puro. As florestas dormiam sobre os grandes rios, que poderiam ser notáveis meios de transporte fluvial, chegando mesmo a ter alta fundação para a conquista do interior, como o S. Francisco e o Tocantins. Entretanto, já no meado do século XVIII, a Inglaterra criava a siderurgia a carvão mineral. Minas poderia perfeitamenteter criado a sua siderurgia a carvão vegetal no segundo quartel desse mesmo século. Não lhe faltavam técnicos como o inconfidente José Álvares Maciel, nem meios para obter outros técnicos e mesmo importar especialistas da Inglaterra. Se vitoriosa a Inconfidência, ter-se-ia iniciado a industrialização do Brasil no princípio do século XIX. Aliás, como dissemos, já em 1775, os mineiros procuraram estabelecer a indústria têxtil. Quando vários estabelecimentos desse gênero já estavam produzindo, a Coroa, como sempre, nos envia o alvará de 5 de janeiro de 1785, ordenando a destruição de todos os estabelecimentos industriais da colônia. (*Efemérides*, vol. 1.º pág. 18). E durante muitos anos a luta continua. Ao mesmo tempo que a mineração caía, os mineiros insistiam por outras indústrias e Portugal lhes fechava as portas destes novos empreendimentos. Em 1802 nova ordem régia ao governador rezava:

"... procure evitar que nesta capitania se faça uso de qualquer manufatura que não seja de Portugal, não consentindo que alguém se lhe apresente sem ser vestido de tecidos manufaturados no Reino, ou seus domínios da Ásia". (*Efemérides*, pág. 334 do vol. II).

Afirma Lúcio José dos Santos:

"Para não desviar operários das minas, D. Antônio Noronha, em circular aos Ouvidores a 4 de julho de 1775, proibiu as fábricas de chapéus e algodões tintos' "Era igualmente proibida a construção de novos engenhos" — (*Inconfidência Mineira*, pág. 36).

Desde 1717 que Assumar proibiu os engenhos em Minas e outra Carta Régia os havia proibido no Maranhão.

Sabe-se que ao Conde de Valadares, jovem fidalgo de 24 anos que ao regressar foi acusado por Pombal, seu amigo, de ter voltado excessivamente rico, sucederam Antônio Carlos Furtado de Mendonça (posse em março de 1773) e D. Antônio de Noronha. Finalmente governou Minas, tomando posse em 20 de fevereiro de 1780, D. Rodrigo José de Menezes, o único administrador da capitania que, em todo um século — pôde de fato compreender plenamente a situação. D. Rodrigo, parece, era estadista. Viu que tudo teria que mudar de forma radical, que somente a industrialização e a renovação econômica completa poderiam salvar a capitania de Minas, transformando o Brasil numa colônia realmente rica.

Estudando e observando as condições locais, esse governador, em 1780, enviou à Coroa amplo plano de renovação econômica: industrialização, tributação indireta, supressão das Intendências, criação do serviço de correios, fábricas de ferro, crédito oficial a juros de 8 ou 9% ao ano. Seria uma revolução pacífica. Era quase que o mesmo programa administrativo elaborado, pouco depois, pelos inconfidentes. Se aceito pela Coroa, outro teria sido o caminho do Brasil. Convém, pois, considerar dois pontos fundamentais decorrentes deste episódio: o primeiro deles é a revelação de que estão enganados aqueles que desculpam a má administração portuguesa alegando a relatividade histórica, espírito da época, etc. Também D. Rodrigo era homem da época e pertencia à mesma nobreza portuguesa dirigente, tanto quanto outros homens ilustres da corte que nos visitaram nesse período e que também perceberam o substancial da situação. Segundo: sendo o governo absolutista, tornar-se-lhe-ia fácil empreender quaisquer tipos de reformas.

Todavia, D. Rodrigo José de Menezes, Conde de Cavaleiros, pregou no deserto, isto é, "no jardim da Europa à beira mar plantado", que recusou todas as suas propostas. As grandes figuras da corte, provavelmente, tacharam D. Rodrigo José de Menezes de louco furioso e trataram de procurar, a capricho — um substituto para o doidivanas. De todas as propostas do governador, a Coroa aceitou tão somente a criação do serviço de correios, pois este poderia ser mais um veículo para se arrancar dinheiro da colônia.

Realmente, a corte caprichou na substituição de D. Rodrigo, pois para nos governar, chegou em Vila Rica, em 1783, o nosso conhecidíssimo Luiz da Cunha Menezes, o proclamado, em prosa e verso, Fanfarrão Minésio, personagem e anti-herói das *Cartas Chilenas*, a obra-prima da nossa poesia satírica, atribuída, com fortes e convincentes razões, a Tomás Antônio Gonzaga, que teria assinado o pseudônimo de Critilo.

Graças a esta sátira, modelo raro do gênero, ficamos sabendo detalhes impressionantes da vida de Vila Rica e do governador Cunha Menezes. É um documento vivo, real e pitoresco, dos costumes da atmosfera social, da depressão econômica e da terrível e sangrenta tirania daquele tempo. Trata-se, de fato, de uma obra-prima autêntica e este é o maior argumento a favor da autoria de Gonzaga. Nem Cláudio nem Alvarenga jamais escreveriam tão bem, conciliando com tamanho talento, a "pintura" e a linguagem, vazando a descrição em tamanha fluência, com estilo, ao mesmo tempo — erudito e popular, natural e estudado, dentro de perfeita unidade de estrutura poética. Ninguém que sendo familiarizado, ligeiramente embora, com problema da técnica poética, comparando essa sátira às poesias líricas de Gonzaga e à obra acadêmica de Cláudio — poderia duvidar da autoria de Dirceu. Confundir o estilo desses dois poetas é o mesmo que confundir Machado de Assis com José de Alencar.

Todavia, os historiadores, não raro, confundem. Deixemo-los em suas confusões e vejamos como era a vida em Vila Rica por volta de 1783, 84, 85 ou mesmo 88, quando assumiu o governo o Visconde de Barbacena.

A obra se divide em doze longos capítulos, ou cartas, em verso; cada uma dessas cartas focalizando determinado aspecto do governo de Cunha Menezes, que é chamado pelo poeta de Fanfarrão Minésio. A principal motivação do livro parece ser o conflito havido entre Gonzaga e Cunha Menezes em torno da intervenção do Governador nas atribuições do Ouvidor. Sendo o governador profundamente desonesto e tirânico e o Ouvidor ótimo jurista e homem de raríssima integridade para a época, o conflito violento entre ambos se iniciou logo nos primeiros tempos da administração Cunha Menezes. Este, como todo temperamento ditatorial, achava o aspecto jurídico das coisas uma balela, tese que deveria ser estimulada grandemente pelo regime absolutista. Um dos principais choques entre o Ouvidor e o Governador ocorreu da arrematação do contrato do período 1785-88, na Junta da Administração e Arrecadação da Real Fazenda. Os seis deputados foram contra o arrematante, capitão

José Pereira Marques, protegido de Cunha Menezes. Gonzaga profere um longo voto contra Marques, acompanhado por Pires Bandeira, tesoureiro da Junta. Cunha Menezes, apesar disso, entrega o contrato ao seu protegido sem nenhum argumento convincente. (Documentos na íntegra no *Anuário Mns. Inconfid.* Ano II — págs. 193 e seguintes). Gonzaga protestou e pediu que seu voto constasse em ata para que se documentasse o fato absurdo e ilegal. Depois escrever à Rainha relatando outra desonestidade do governador.

Gonzaga, que era cultor sincero da soberania do jurídico e do legal, juiz e filho de juiz, informado sobre a filosofia do século, com fabulosa capacidade dialética (como mostrou nos interrogatórios), aristocrata até certo ponto — chocou-se de forma radical com o tiranete português. E a luta foi-se agravando sempre, porquanto Gonzaga, quando se convencia que estava com a razão, desdobrava-se numa vontade férrea e de fato inquebrável. Quando dominava, dialética e racionalmente, a situação, não havia forças capazes de removê-lo da sua posição. Sempre foi assim e este é um dos traços positivos do seu temperamento intelectual. Tudo o que era injusto repugnava-lhe. Desta maneira, enfrentou nas suas funções o governador, frequentemente, acirrando sempre o ódio entre ambos e demonstrando bravura incomum. Nessa luta, Gonzaga jamais recuou e o outro jamais cedeu, resultando daí urna série de atos ilegais de Cunha Menezes.

Poeta de dotes e recursos excepcionais, o Ouvidor foi-se revoltando contra aquela tirania, encontrando a compensação psicológica (o desabafo) na sátira contra o déspota.

Neste livro percebe-se claramente a atmosfera social e política propícia à eclosão da Inconfidência. Foi Cunha Menezes, em certo é sentido, o governador que mais contribuiu — depois da coroa, e claro — para criar o ambiente social irrespirável na Capitania. Das suas calamidades, o principal responsável foi Martinho de Melo. Cunha Menezes levou a corrupção administrativa a verdadeiro paroxismo, aproveitando-se de todos os fatos e circunstâncias para roubar sem o menor pudor. Na maioria, esses crimes foram tratados pelas *Cartas Chilenas* com graça e pitoresco. Cunha Menezes cultuava o militarismo, formando corpos militares numa verdadeira inflação, mas sempre buscando lucros; cada promoção tinha o seu preço. Na Carta oitava, o poeta diz:

Em que se trata da venda dos despachos e contratos.

Nesta carta o autor conta que, para afetar zelo pelo interesse da Coroa, o governador oprimia os pobres, exigindo que pagassem todos os impostos, embora não tivessem com que pagar. Mas, quanto aos ricos, recebia dinheiro deles para perdoar-lhes as dívidas.

*E entram nas Comarcas, os soldados
E entram a gemer os tristes povos
Uns tiram os brinquinhos das orelhas
Das filhas e mulheres; outros vendem
As escravas, já velhas, que os criara
O pobre porque é pobre, pague tudo,
E o rico, porque é rico, vai pagando
Sem soldados à poda, com sossego!
Não era menos torpe, e mais prudente
Que os devedores todos se igualassem?
Que, sem haver respeito ao pobre ou rico,
Metessem, no erário, um tanto certo
A proporção da soma que devessem?
.......Tu só queres
Mostrar ao sábio augusto um falso zelo,
Poupando, ao mesmo tempo os devedores,
Os grossos devedores, que repartem
Contigo os cabedais que são do reino.*

A Carta 9.ª é aquela...
*Em que se contam as desordens
Que Fanfarrão obrou no governo das tropas.
"Morreu um capitão, e subiu logo,
Ao posto devoluto, um bom tenente.
Por que foi, Doroteu, seria acaso,
Por ser tenente antigo? Ou porque tinha
Com honra militado? Não, amigo,
Foi só porque largou três mil cruzados.*

O tema dessa carta, a mania malitarista do governador, foi seriamente criticada pelo ministro de D. Maria I, Martinho de Melo e Castro, em documento bastante divulgado, a "Instrução" para o Visconde de Barbacena. Lê-se aí verdadeiro histórico da organização militar do século XVIII em Minas.

Em outra carta, Critilo descreve os hábitos das altas camadas sociais de Vila Rica, suas reuniões à tarde na ponte dos Contos; noutra descreve as bacanais no Palácio, altas horas da noite, onde se reuniam as mulheres de vida fácil. Em várias passagens, Critilo focaliza as danças e batuques, então frequentes e que sua formação aristocrática repele, ou, então, as grandes festas promovidas pelo governador, com touradas, cavalhadas, etc.

É impressionante a descrição feita dos processos usados pelo governador para a construção da Casa da Câmara e Cadeia. Trata-se da carta 3ª:

Em que se contam as injustiças e violências que Fanfarrão executou por causa de uma cadeia, a que deu princípio.

O poema começa com uma bela dissertação sobre uma tarde chuvosa em Vila Rica, pleno de evocações na sua linguagem sempre simples:
Que triste, Doroteu, se pôs a tarde!
Assopra o vento sul e densa nuvem...

Na carta seguinte, continuando o tema da construção da cadeia, que Critilo considera obra faraônica e inútil:

Mal o duro inspetor recebe os presos
Vão todos para as obras; alguns abrem
Os fundos alicerces, outros quebram,
Com ferros e com fogo, as pedras grossas
Aqui, prezado amigo, não se atende
As forças nem aos anos. Mão robusta
De atrevido soldado move o relho,
Que a todos igualmente faz ligeiros.

Que peito, Doroteu, que duro peito
Não deve ter um Chefe, que atormenta
A tantos inocentes por capricho?

Passam, prezado amigo, de quinhentos
Os presos que se ajuntam na cadeia.
Uns dormem encolhidos sobre a terra,
Mal cobertos dos trapos, que molharam
De dia no trabalho. Os outros ficam
Ainda mal sentados e descansam
As pesadas cabeças sobre os braços,
Em cima dos joelhos encruzados.

Uns caem, com os pesos, que carregam
E das obras os tiram pios braços
Dos tristes companheiros; outros ficam
Ali mesmo, nas obras, estirados.
Acodem mãos piedosas: qual trabalha

Por ver se pode abrir as grossas pegas
E qual o copo d'água lhes ministra,
Que fechados os dentes já não bebem.

Através dos versos, Critilo mostra o prisioneiro morrendo aos poucos, morrendo de miséria, de crueldade, de trabalho, de tirania.

Aqueles que se surpreendem pelo fato de tais monumentos terem sido erguidos na época da decadência poderão saber que, se a Casa da Cadeia não custou muito ouro, custou muitas vidas humanas:

Levanta um edifício em tudo grande,
Um soberbo edifício que desperte
A dura emulação na própria Roma.
Em cima das janelas e das portas
Põe sábias inscrições, põe grandes bustos,
Que eu lhes porei, por baixo, os tristes nomes
Dos pobres inocentes que gemeram
Ao peso dos grilhões, porei os ossos
Daqueles que os seus dias acabaram
Sem Christo e sem remédios, no trabalho.

Os principais crimes de Cunha Menezes, referidos nas *Cartas Chilenas*, estão já evidenciados por documentos oficiais, muitos dos quais publicados. O Prof. Rodrigues Lapa, no seu excelente estudo intitulado "*As Cartas Chilenas*" — (I.N.L. Rio 1958), publica, na íntegra, vários documentos que comprovam diversas acusações de Critilo e ainda esclarecem outros aspectos da Inconfidência. Com relação à carta 9.ª, que trata do suborno para as promoções militares, é impressionante verificar o ocorrido com um grupo de contrabandistas de diamantes, todos protegidos por Cunha Menezes, Fanfarrão promoveu não só o alferes Fernando de Vasconcellos Parada e Souza ao posto de tenente, segundo documento de 1788 (ob. cit. 334), como também o tenente José de Vasconcellos Parada e Souza, documento página 363 da obra citada. Logo adiante à pág. 329, Antônio Coelho Peres de França, escrivão da Intendência do Tijuco afirma:

"... que o Capitão Comandante deste Destacamento Vasconcellos Parada e Souza, é um dos primeiros extraviadores de diamante, e o maior transgressor das Leis e Regimento porque se rege e governa esta Administração, porquanto é público e notório o auxílio que presta aos traficantes despejados desta Demarcação, como são o Capitão Antônio Francisco Guimaraens, Antônio Luiz Pereira, Joaquim da Silva Reis, Basílio de Britto Malheiro."

Este último foi, como se sabe, um dos delatores da Inconfidência. E um dos Vasconcellos Parada foi quem prendeu, em sua casa, a Cláudio Manoel da Costa, sendo promovido também pelo Visconde de Barbacena, com o conhecimento de Martinho de Mello e Castro, como prêmio por seus trabalhos na repressão à Inconfidência. Malheiros foi acusado pelo Intendente Beltrão, de assassinato, contrabando e uso de passaporte falso (era proibida a entrada na região do Tijuco), fornecido por Antônio Pereira Campos.

Quem, porém, iniciou a batalha contra essa quadrilha à qual pertencia o delator Basílio de Britto, foi o Desembargador Fiscal da Real Extração, Luiz Beltrão de Gouvea D'Almeida. Ao passo que Gonzaga enfrentava o tiranete em Vila Rica, Beltrão o enfrentava no Tijuco. Afirma Felício dos Santos que Beltrão era inconfidente. Não foi, porém, jamais descoberto pela Devassa. No entanto, há vários indícios que indicam a razão de Felício dos Santos. É ainda importante a queixa feita por Beltrão contra o comandante da Serra de S. Antônio e o fato de o Governador não ter querido puni-lo, queixa feita a Martinho de Melo.

Foi tão violenta a luta de Cunha Menezes contra Luiz Beltrão que, em 1788, esse Governador, ao atacá-lo num ofício sobre o fato do mesmo ter "atravessado o vale" estabelecido como limite para qualquer pessoa que por ali transitasse, chega a lhe dizer que a guarda deveria ter aberto fogo contra o Desembargador e que o soldado foi castigado por não lhe ter atirado. (Ob. cit. pág. 321). Essa afirmativa de Cunha Menezes em si, já é criminosa, porquanto ele não tinha autoridade para mandar atirar em ninguém, muito menos num ministro.

Tanto Beltrão, como Gonzaga, como o Intendente do Serro, Joaquim Gonzaga, como José Antônio Meirelles, Desembargador do Porto, como o Secretário do Governo José Onório de Valladares Aboim, como o Intendente Geral dos Diamantes, Antônio Barroso Pereira e outros, lutaram contra Cunha Menezes ou lhe fizeram sérias acusações. A maioria dessas acusações se apoia em fatos realmente criminosos.

O Governador se cercava de criados e oficiais subalternos, que, geralmente, funcionavam como testas de ferro das suas aventuras quase sempre envolvendo questões de dinheiro. É bem provável que o contratador, cap. Pereira Marquez, era seu testa de ferro, do contrário não se justifica sua atitude contra a opinião de toda a Junta e as leis a respeito. Resolvia Cunha Menezes a realização de obras sem concorrência pública, como determinava a lei, sendo este outro motivo de atrito com Gonzaga e Pires Bandeira. Acusado de perseguir todos os ouvidores, Cunha Menezes nega esse fato em ofício a Martinho de Mello, tentando defender-se. No entanto, pelo menos cinco desembargadores lutaram contra ele. E não foram apenas esses juízes que o enfrentaram. O presidente da Câmara de Vila Boa, em Goiás, onde anteriormente estivera governando, fez contra ele longa acusação; o vigário da mesma Vila Boa queixou-se a D. Maria I, além do ouvidor Pires Bandeira e muitos outros. A Coroa cruzava os braços diante dos seus crimes e até o promoveu.

Todos esses prolixos ofícios, ou cartas de acusação, ou defesa, revelam ser de uma exemplar corrupção o ambiente administrativo na capitania. Esse descalabro atingiu o máximo no governo de Cunha Menezes e declinou, visivelmente, logo depois da posse do Visconde de Barbacena, que era homem de outra categoria, tanto intelectual como moralmente. Todavia, a situação havia atingido tamanha calamidade pública, que não seria possível ao Visconde fazer milagres. Logo à sua chegada, o povo mineiro o recepcionou com vasta conspiração republicana. E ainda por cima, diz ele, foram sugerir sua própria adesão àquela "loucura", em terrível desrespeito à sua pessoa, cargo e lealdade para com a Coroa. Sua Excia. deve ter ficado abismado com os estranhos povos das minas e o atrevimento de suas sugestões. Essa história de "sugestão", diz o Visconde ter partido do Desembargador Gonzaga, que ia visitá-lo para versar o momentoso assunto da Derrama.

Apesar de ter sido o Governador que enfrentou a Inconfidência, iniciando a primeira devassa em Minas, o Visconde de Barbacena jamais foi execrado pela opinião pública local e sua memória não tem nada de semelhança com a recordação legada por outros sátrapas do século XVIII. Entretanto, convém considerar, a propósito, que o povo ficara tão escandalizado e ferido com o governo de Cunha Menezes, que o seu substituto, qualquer que fosse, contanto que tivesse um mínimo de compostura, teria impressionado bem. Tiradentes lamentava a bondade aparente do Visconde, pois, quanto pior fosse o governador, mais próximos estaríamos da *restauração* sonhada por ele. Sabia, portanto, Silva Xavier raciocinar e pensar sobre a situação com frieza objetiva.

Em 1776, segundo vários autores e cálculos, a população da capitania de Minas havia atingido 319.769 habitantes, cabendo a Vila Rica o total de 78.618, sendo que destes 28.829 eram mulheres; e 49.789, homens. A sociedade observava rigorosa discriminação refletida objetivamente nas irmandades religiosas que se distribuíam através de corporações de brancos, pretos, mulatos crioulos. Também as forças militares se escalonavam em brancos, pardos e pretos. Assim sendo, vemos que a população acima referida se subvidia da seguinte maneira: pretos, 33.961; pardos, 7.981 e brancos 7.847 habitantes.

Vila Rica já era um considerável núcleo populacional para a época. Esse fato intensificou a crise econômica. A Coroa verificava que tendo aumentado tanto o número de mineradores e tendo crescido os seus recursos e experiências, a produção declinava cada vez mais. Assim, o rendimento do quinto, que deveria atingir, segundo o ponto de vista da Coroa, cem arrobas anuais em 1790, já chegava a 42 arrobas que significavam 258:048$000, ou menos. Ficaram, portanto, faltando para completar cem arrobas, nada menos de 58, ou sejam 356:352$000.

Isso se refere à situação correspondente a um ano fiscal, o de 1790. Entretanto, em todos os anos anteriores houve consideráveis atrasos. A cobrança de uma vez, de todos esses atrasados, era o que constituiria a *derrama*. É incrível que o Ministro Martinho de Melo e Castro e a própria D. Maria I não percebessem a impraticabilidade de tal medida. Somente uma alienação completa poderia levar um governo a pretender tomar tal resolução. Martinho de Melo, já depois de descoberta a conspiração, fala claramente que a Derrama deveria ser suspensa. Mas acontece que ele foi um dos seus autores e principal responsável pela medida. Conhecia e citava em cartas a Barbacena, todos aqueles dados acima referidos, que foram por nós extraídos de um documento bastante conhecido do punho do Ministro. A derrama geral de todos os atrasados, segundo a ordem trazida pelo Visconde de Barbacena, quando tomou posse em julho de 1788, atingia um total de 538 arrobas, segundo Lucio dos Santos, e 596 arrobas segundo Xavier da Veiga. Isso significava nada mais, nada menos, que 3.305:482$080. (Carta de Martinho de Melo ao Visconde acusando o recebimento da devassa. *Anuário do Museu da Inconfidência* — M.E.S. Ano II — Ouro Preto 1953 — Pág. 93 e seguintes) Havia ainda outros atrasados, como os contratos de entradas, que deveriam orçar uns seis milhões. O déficit geral foi orçado por Lúcio José dos Santos. (Ob. cit. pág. 113) em quinze milhões.

Ora, isto revela que a política fiscal da Coroa era impraticável e que a Derrama, uma loucura inédita. Tão logo passou o perigo da conjuração, Martinho de Mello volta a reclamar de Barbacena a opressão fiscal em 1795. Insiste na loucura.

Sendo vice-rei do Brasil, D. Luiz de Vasconcellos, e Governador das Minas Gerais, o Visconde de Barbacena, pelo mês de março de 1789, três delatores, um de cada vez, procuraram o Governador a fim de informá-lo sobre uma conspiração republicana em Minas. O primeiro deles foi Joaquim Silvério dos Reis, ex-contratador que havia dado um desfalque no erário público. O segundo, Correia Pamplona, português, também oficial, como o outro, e o terceiro, Basílio Malheiros de Brito, como vimos, contrabandista de diamantes e coronel de Auxiliares.

Segundo as informações que o Visconde mandou fossem redigidas em cartas dirigidas a ele, as principais personalidades da capitania pertenciam à conjuração: fazendeiros, comerciantes, ouvidores, advogados, médicos e muitos militares. Posteriormente verificou-se que os principais líderes da Inconfidência foram: o alferes Silva Xavier, Tiradentes, o padre Carlos Correia Toledo, de S. João del-Rei, Francisco Paula Freire de Andrade, tenente-coronel do Regimento de Cavalaria de Vila Rica, o jovem engenheiro-mineralogista José Álvares Maciel, cunhado de Paula Freire, Alvarenga Peixoto e o padre José de Oliveira Rollin, do Tijuco.

As primeiras denúncias, porém, indicavam o ouvidor Tomás Antônio Gonzaga como principal cabeça da conspiração. Isso se deve ao fato de todos esses delatores, ou pelo menos dois deles, terem sido perseguidos pela justiça de Gonzaga, durante o governo passado de Cunha Menezes. Joaquim Silvério, devido às suas falcatruas, tivera que se haver com Gonzaga, dedicando por isso, ao ex-ouvidor, um ódio de morte.

Gonzaga fora ouvidor em Vila Rica vários anos, gozando da fama de grande talento, cultura e honestidade. Havia sido nomeado, em 88, ouvidor na Bahia, para onde deveria seguir tão logo realizasse seu casamento com Maria Dorotea. Gonzaga tinha 38 e Marília 22 anos de idade.

Vários conjurados eram intelectuais eminentes; além daqueles citados, foram envolvidos: Luiz Vieira da Silva, cônego de Mariana, orador sacro famoso, grande estudioso de história; Inácio Alvarenga Peixoto, Luiz Vaz de Toledo Piza, irmão do padre Toledo, coronel Francisco Antônio Lopes, médicos, advogados, etc.

Todos esses intelectuais conheciam a situação local a fundo, mas conheciam tambem, uns mais, outros menos, a cultura europeia do século XVIII, a filosofia revolucionária do tempo, isto é, o iluminismo ou filosofia *de la ilustración*

Os bens móveis e imóveis dos inconfidentes foram logo confiscados, lavrando-se em consequência, os autos de apreensão. Por aí se pode verificar as posses de cada conjurado, como também objetos de uso, incluindo aqueles mais íntimos, como roupas, caixas de rapé, utensílios de cozinha, etc. Observa-se então que esses poetas e intelectuais possuíam bibliotecas admiráveis para a época. O rol dos livros de Luiz Vieira da Silva, dos quais possuímos lista completa, impressiona por sua alta categoria intelectual e variedade de assuntos. Pode-se afirmar que Vieira da Silva era — para o seu tempo — um sábio autêntico. Não havia ramo do conhecimento do século XVIII que não despertasse o interesse desse grande espírito. Conhecia também a história da independência dos Estados Unidos, as grandes lutas libertárias da nação do norte, tema este que despertava a paixão dos inconfidentes.

Parece fora de dúvida que a conspiração contava com três setores principais a saber: o militar, constituído pelos homens de ação, Tiradentes, tenente-coronel Francisco Paula Freire de Andrade e outros, Maciel e os padres Carlos Toledo e Rollin; o segundo setor, dos intelectuais, responsáveis pela legislação e estruturação da nova república: Gonzaga, Cláudio, Luiz Vieira e Alvarenga; o terceiro grupo, dos financiadores: Domingos Abreu Vieira, João Rodrigues de Macedo, contratador que escapou à devassa, e alguns outros.

Gonzaga e Cláudio, segundo tudo indica, eram apenas simpatizantes que foram envolvidos pelos amigos e pela amplitude do movimento que se vinha aglutinando desde o governo Cunha Menezes, transformando-se em um processo político concreto em consequência da ameaça da Derrama. Entretanto, parece positivo que Gonzaga chegou a redigir as leis da nova república. Essas leis promoveriam a criação de indústrias de pólvora e ferro, sob a orientação técnica de Álvares Maciel, a substituição das forças militares pelas milícias populares, a mudança da capital para S. João del-Rei, a libertação completa do comércio dos diamantes, o que acarretaria, fatalmente, imenso impulso econômico em todo o país; a instalação de uma universidade em Vila Rica; a supressão dos dízimos, contanto que os padres se responsabilizassem pela construção de escolas e hospitais. Esses são os dispositivos da nova legislação que se conhece através dos depoimentos dos presos e delatores. Todavia, a redação original das leis jamais foi encontrada. Alguns inconfidentes, nos seus trabalhos de recrutamento, afirmaram que as tinham lido. Entre estes está o padre Carlos Correia de Toledo. Seriam abertos os portos ao Comércio com todos os povos do mundo e a primeira nação estrangeira que reconhecesse e ajudasse o novo governo teria regalias alfandegárias sobre as demais nações. A conjuração tinha ligações com o Rio e Taubaté, em S. Paulo, e — embora menos provável— é possível que as houvesse também com a Bahia, onde, quase à mesma eclodiu a bela revolução impropriamente chamada dos alfaiates.

Um fato desperta a curiosidade do leitor ao estudar a Inconfidência: como estes homens do século XVIII, liderados por um alferes de cavalaria, puderam arregimentar tantas pessoas ricas e prestigiosas e como puderam conceber, àquele tempo e naquelas circunstâncias — movimento revolucionário tão amplo, racional e inteligente? Como chegaram esses homens a tais concepções políticas tão profundamente opostas ao consagrado e ao estabelecido, dentro daquelas condições opressivas?

Já vimos que a população crescia, a miséria aumentava, as classes abastadas dos comerciantes e agricultores sofriam tremendo impacto econômico em virtude da decadência do ouro. Já vimos que no decorrer de todo século XVIII, aquela economia baseada exclusivamente na mineração, gerava novas fontes econômicas, curavam a expansão natural do seu próprio desenvolvimento. A coroa, não percebendo esse fato, repelia-o, aprofundando o conflito econômico entre a aristocracia local e o governo português.

A aristocracia rural se reuniu então à classe média de artesãos e intelectuais, como na Bahia, onde se uniu aos alfaiates, tornando-se o processo muito agudo em Minas, devido à mineração e sua decadência. E nada confirma tão bem esse caráter da Inconfidência, com o fato de grande número dos seus líderes serem originários dos velhos troncos paulistas, descendentes dos antigos bandeirantes, que, então, desempenham um papel histórico completamente diferente daquele anterior, quando formaram ao lado da Coroa contra os movimentos emancipadores dos emboabas e de Felipe dos Santos, assim como contra os quilombos dos escravos. Os paulistas eram a única casta nacional de origem aristocrática existente na capitania de Minas. Por isso, tanto o padre Correia Toledo como seu irmão, Luiz Vaz de Toledo Piza, descendiam de um dos troncos paulistas mais antigos e consagrados, como também Cláudio Manoel da Costa, descendente dos bandeirantes pelo ramo materno. Paula Freire descendia dos Bobadella e Gonzava tinha também ascendentes aristocráticos. Álvares Maciel era filho do capitão-mor de Vila Rica, família riquíssima, cunhado de Gomes Freire.

Eram homens abastados em sua maioria, mas ligados às camadas médias inferiores, como sejam, os oficiais subalternos e os pequenos mineradores e comerciantes. Isso proporcionou o sentido popular do movimento. Tiradentes, elemento da classe média popular, foi o cérebro idealizador, coordenador e realizador prático do movimento. Era um espírito cívico extraordinário, de uma visão, senso e coragem excepcionais. Foi grande na inconfidência a participação da classe média urbana.

Todas essas circunstâncias objetivas determinantes, porém, ainda não bastam para explicar a substância *ideológica* da Inconfidência. Houve também outro fator de grande significação — a filosofia do século XVIII, que informou teoricamente esses primeiros precursores da república e da emancipação econômica do Brasil.

O pensamento europeu contemporâneo havia atingido o apogeu de luta da consciência humana que viera projetando seus clarões desde a Renascença, passando pelo século XVII, e, afinal, aportando no século das luzes.

Já vimos, em passagens anteriores, que tanto o Aleijadinho como Manoel da Costa Ataíde, como João Gomes Batista, como outras figuras do setor artístico da capitania, conseguiram conquistar ampla cultura no campo da arte. Houve um inconfidente que era artesão (alfaiate) e, portanto, da mesma classe social que o Aleijadinho: o alferes Vitorino Gonçalves Veloso, de São José del-Rei, homem pardo como Antônio Francisco, nascido em 1738, no mesmo ano que este. Outro era carpinteiro e topógrafo, outro estalajadeiro, além de cinco clérigos e dez militares.

Da mesma maneira que os artistas plásticos e os músicos — em sua maioria pardos — estavam informados sobre o que havia de mais avançado na arte do seu tempo, os escritores, médicos e advogados conheciam a vida intelectual europeia. E esta se estribava na filosofia da ilustração, que era, então, a vanguarda do pensamento europeu.

Afirma, por exemplo, José Ferrarter Mora, no seu *Dicionário de Filosofia* (Editorial Sul americana, verbete *Ilustración*, pág. 405, Buenos Aires, 1951):

> "Ilustração, iluminismo ou época das luzes, são os nomes que recebeu um período histórico circunscrito, em geral, ao século XVIII e que, como resultante de um determinado estado de espírito, afeta a todos os aspectos da atividade humana e da reflexão filosófica."

A evolução filosófica da Europa viera do racionalismo metafísico do século XVII, atingindo sua etapa mais avançada no século XVIII, quando começa a se libertar daquela origem metafísica em busca do racional e do científico, através da funda preocupação com o estudo da natureza e da confiança no poder da razão humana.

> "A época da ilustração vê no conhecimento da natureza e no seu domínio efetivo, a tarefa fundamental do homem". (Ob. cit.).

A ilustração encarava a história dentro do ponto de vista crítico e analítico e supunha que os períodos passados eram não só etapas necessárias à vida humana, "senão um conjunto de erros explicáveis" devido ao poder da razão que era limitado. A ilustração possuía um otimismo calcado no poder da razão, na sua possibilidade para transformar o mundo, isto é, no advento da consciência humana seu poder de atuar sobre os acontecimento históricos.

Desde o florescer da Renascença, que a consciência humana empreende sua batalha secular contra o totalitarismo medieval, supremacia da teologia, a força da tradição, a ordem de cima para baixo, o fanatismo e a intolerância. A Renascença redescobre a Grécia e seu pensamento, rasga caminhos dispersos e paralelos, oferecendo ao mundo, seus grandes mártires da liberdade do pensamento: Giordano Bruno (1540-1600), Nicolas Copérnico (1473-1543), Leonardo Da Vinci (1452-1519) e Galileo-Galilei (1564-1642), culminância rara do saber humano e da coragem moral.

No século XVII, a ilustração ganha impulso na Inglaterra para, logo depois, ganhar na França — com Montesquieu (1689-1755), Voltaire, Rousseau, Buffon e Diderot — um esplendor raro, porquanto observa-se aí um evidente processo de radicalização da filosofia vigente. É que a Revolução Industrial na Inglaterra chegou primeiro, isto é, promovida pelo ouro do Brasil, proporcionou logo notável avanço social e econômico. Dois pensadores ingleses tiveram preponderância marcante na origem da ilustração: Lockė, "espécie de patriarca do século", segundo a expressão de Francisco Romero e David Hume (1711-1766) "uma das forças mais poderosas de todo o movimento da ilustração". (F. Romero — *História da Filosofia Moderna* — Breviários — F. Cultura Econômica — México — 1959).

Consideremos ainda a grande importância de Adam Smith (1723-1790), nascido na Escócia, que, saindo de Hume, avança num verdadeiro novo sistema, relacionando a filosofia do seu tempo à economia, sendo considerado o fundador da ciência econômica. Cláudio Manoel da Costa foi tradutor de Adam Smith, podendo ser considerado, portanto, como o precursor das estudos de economia política no Brasil. Esse fato, tão pouco pesquisado até agora pelos nossos historiadores, é altamente significativo. Além de Smith, os inconfidentes conheciam e citavam com relativa frequência, a Montesquieu e Voltaire. São ambos, ao lado de Rosseau, elementos básicos da ilustração na França.

Montesquieu, (Barón De La Brède et De Montesquieu) (1689-1755) escreveu as suas sempre citadas *Lettres Persanes* em 1721 e o *L'Espirit des lois* em 1748. Não é impossível que aquela primeira obra tenha inspirado o título de *As Cartas Chilenas*. Em "Espírito das Leis" é de se notar o seguinte:

"A separação dos poderes propugnada em *L'Esprit des lois* se aplicou à constituição norte-americana e passou, desde então, a ser um dos princípios da organização política e um dos fundamentos da democracia, enquanto garantia dos direitos individuais" — (Francisco Romero, ob. cit., pág. 251, Brev. F. C. Econ.).

Sabemos que entre os objetos apreendidos aos inconfidentes, consta um exemplar da Constituição norte-americana.

Também de Voltaire encontramos citações, mesmo em Cláudio, desde o meado do século. Voltaire, ou seja, François Marie Arouet, nascido em 1694 e falecido em 1778, foi, talvez, de todos os pensadores da ilustração, o autor que mais contribuiu para a divulgação dessa filosofia e para sua radicalização política.

Infelizmente, os Autos não relacionam todos os livros de cada inconfidente. Apenas de Luiz Vieira da Silva, realizaram uma relação completa. São 270 obras em 800 volumes. Há, porém, pequenas referências esparsas a livros de Alvarenga e outros. É possível, como no caso dos padres Toledo e Rollin, que seus livros tenham sido escondidos quando eles se preparavam para fugir. A biblioteca do cônego marianense Vieira da Silva é impressionante. Verificamos aí quais as leituras prediletas dos inconfidentes e entre estas, citaremos, adiante, vários autores da ilustração. Há também passagens ligeiras na obra dos inconfidentes evidentemente reveladoras. Em uma ode de Alvarenga Peixoto (*Autos da Devassa*, pág 77), encontramos estes versos:

Não há bárbara fera
Que o valor, e a prudência não domine.
Quando a razão impera
Que leão pode haver que não se ensine?

Lendo esses versos, automaticamente nos lembramos desta afirmação de Mora:
"A razão não era para a ilustração um princípio, mas uma força capaz de transformar o real". (*Dicionário de Filosofia*, José F. Mora).

E nesse mesmo autor constatamos que o racionalismo do século XVII se apoia em princípios que "estão dentro da alma", mas no racionalismo do século XVIII, a razão era uma manifestação do humano, *uma faculdade que se desenvolve com a experiência*. (Cassirer).

Para a ilustração, a filosofia é um meio para chegar ao domínio da natureza, a fim de reorganizar a sociedade à base do racional. Ocupa, então, destaque fundamental o interesse pelo estudo das ciências naturais. Nesse sentido, José Álvares Maciel indica mais um ponto de contato entre os inconfidentes e a filosofia do século. É também característico desta o otimismo, isto é, a confiança no homem, na época e no poder da razão.

Na biblioteca do inconfidente Pe. Luiz Vieira da Silva, encontramos as seguintes obras, algumas com omissão do autor, outras os títulos deturpados, mas, ainda assim, facilmente identificáveis:

L'Encyclopédie de Diderot d'Alembert - Dictionnaire des heresis de Ádrien Pluguet — Contos Morais de Marmontel, autor voltairiano do século que já sugeriram ter influenciado a poesia lírica de Gonzaga. Tanto Locke, como Condillac, estão também representados por vários volumes e principalmente, os mestres do iluminismo, Montesquieu, Voltaire e Rousseau. Livro que deveria ser fundamental para época e para o meio, muito justamente destacado por Eduardo Frieiro na análise que fez da biblioteca do cônego Vieira da Silva, é *Histoire philosophique et politique des établissement et do commerce des Européens dans les deux Indes*, de Raynal Trata-se de uma obra originalíssima no revelar, pela primeira vez, o ângulo descoberta da India e da América. E do mestre da ilustração, Montesquieu, possuía o cônego, *L'Espirit des lois e Grandeur et Decadence des Romains*. De Voltaire, encontram-se volumes das Obras Completas, além do ensaio sobre a épica. Quanto a Montesquieu, é de se notar a significação fundamental das duas obras relacionadas. *L'Espirit des lois* é tido por vários historiadores da filosofia, como um dos livros fundadores da Sociologia, sendo esta a opinião de Augusto Comte. Já o *Grandeur et décadence*, estropiado na relação dos Autos, tem sido considerado como uma espécie de introdução histórica a *L'Espirit des lois*.

Vieira da Silva leu ainda o abade Mably, no *Droit public de L'Europe* e um longo estudo sobre a história dos Estados Unidos e sua legislação. Esse autor é um dos célebres socialistas utópicos descendente direto de Moore e Campanella.

Tinha também o cônego muitas obras sobre o direito canônico, direito civil e o chamado direito natural, tão discutido àquele tempo. Não era, entretanto, o cônego um espírito sectário. Lia os enciclopedistas, mas não descurava dos seus adversários. E é assim que encontramos *Les erreurs de Voltaire*, do padre jesuíta Nonotte, espécie de "a voz da reação" do século XVIII, já que Voltaire era a vanguarda maior do tempo. Tanto Luiz Vieira da Silva, como Alvarenga Peixoto, como Rezende Costa, possuíam *Essai sur la poesie épique*, de Voltaire, livro que dizem ter influído na realização do poema épico, Vila Rica de Cláudio Manoel da Costa.

Possuía ainda o sábio Vieira da Silva obras sobre história natural, geometria, geografia, história antiga, história geral e história norte-americana; clássicos gregos e latinos, história eclesiástica e história das religiões, metafísica, lógica, filosofia (era professor de filosofia) e até arte militar. Muitos ensaios sobre poesia e todos os grandes oradores, desde os gregos até Bossuet.

E ainda existe quem suponha que o meio social de Minas no século XVIII era de baixo nível intelectual...

Consta ainda dos *Autos* de *Devassa*, um exemplar da constituição americana, *Recueil des lois constitutives des États Unis de Amérique*.

Ribeyrolles cita, no seu trabalho sobre a Inconfidência, a declaração de princípios do Primeiro Congresso norte-americano:

> "Consideramos como verdades evidentes que todos os homens se criaram em plena igualdade. Que receberam do criador certos direitos inalienáveis, tais como a vida, a independência, a busca da felicidade. Que é para assegurar esses direitos que os governos se instituem entre os homens, e que eles não conquistam o seu justo direito senão no consenso unânime dos seus governados."
> (Charlhes Ribeyrolles, *Brasil Pitoresco*, pág. 49).

Não há negar, grande, belo e fecundo foi o ciclo do ouro, no decorrer do século XVIII, na capitania das Minas Gerais. Época de luta, de saber, de construção, de grandeza e miséria, delação e heroísmo, século que foi uma imagem viva do que se convencionou chamar – o coração do homem. Limpo e cru coração do homem. Século que até hoje nos ensina e revela, clarificando o povo contra o obscurantismo cego e venal dos governantes. A Inconfidência não foi um sonho. Foi um princípio de batalha que continua em nossos dias: trata-se de restaurar a terra, disse Tiradentes. Restauremo-la, pois que ainda é tempo.

Entretanto, se ainda temos muito a conquistar na luta pela nossa independência, é inegável que o nosso povo já alcançou vitórias da mais profunda significação nesse sentido. Nossa independência tem sido conquistada paulatinamente, por etapas que se iniciaram na série de inconfidências reveladoras do declínio do regimem colonial. A chegada de D. João VI, ao mesmo tempo que resolveu contradições e aspirações da época, criou o germem do domínio inglês prevalecente durante o século XIX. Este, por sua vez, ajudou a abolição. Em 1822, chegamos à Proclamação da Independência, com a participação da aristocracia rural de Minas e sua

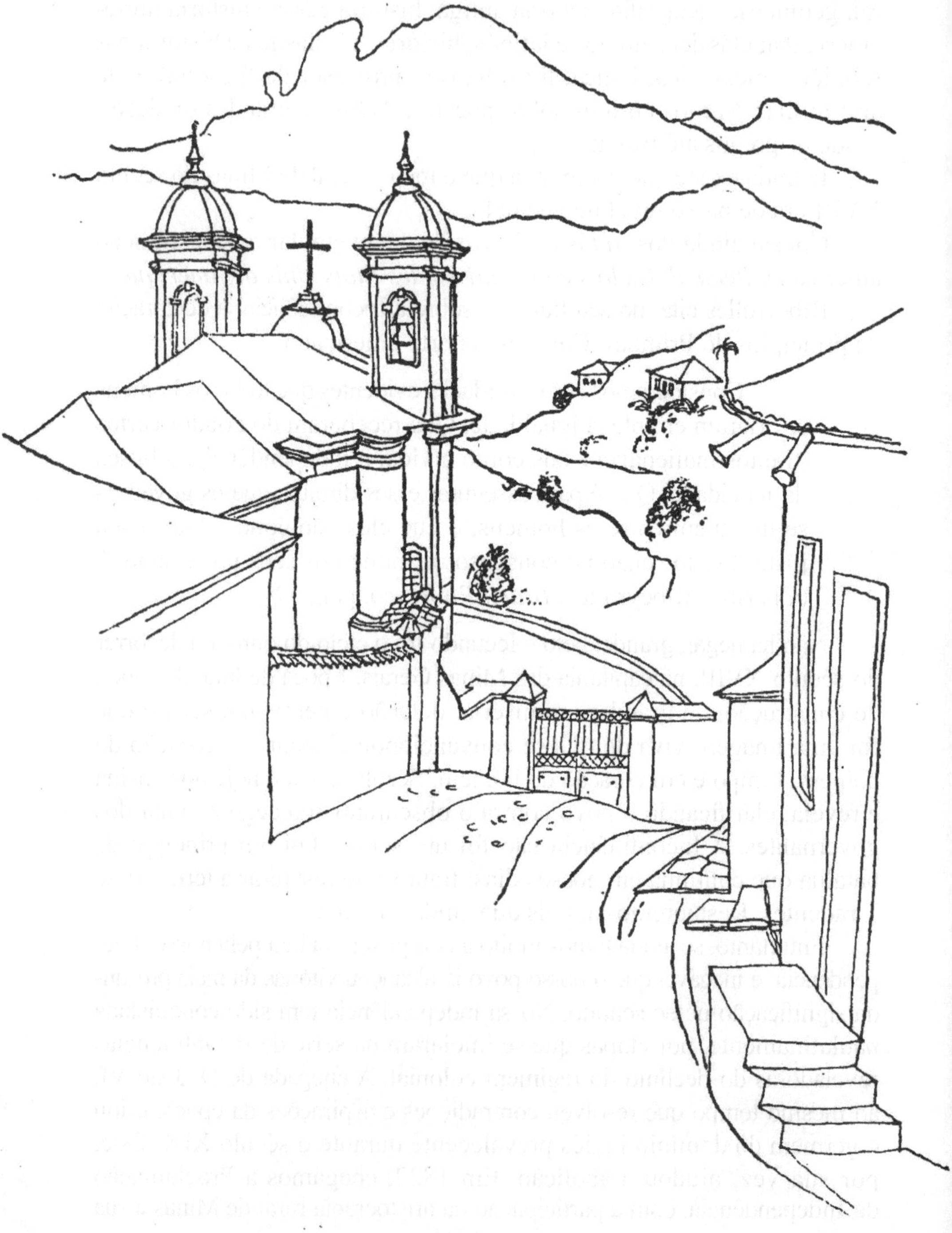

17 - Fachada de Ouro Preto

18 - Igreja de Nossa Sra do Rosário dos Brancos

19 - Matriz Nossa Sra do Pilar. Capela-Mor →

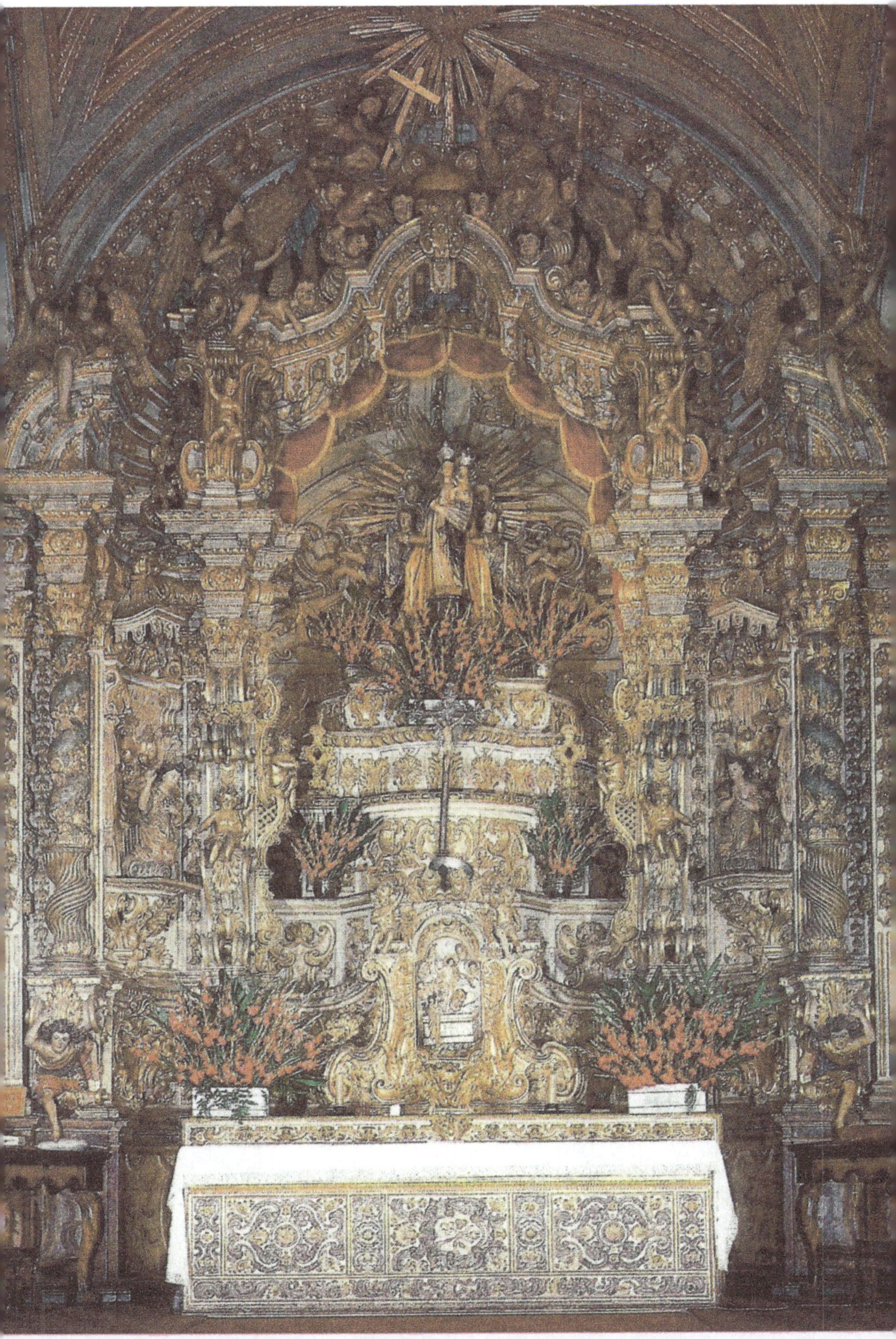

20 - Capela de Ouro Preto

21 - Igreja São Francisco de Paula →

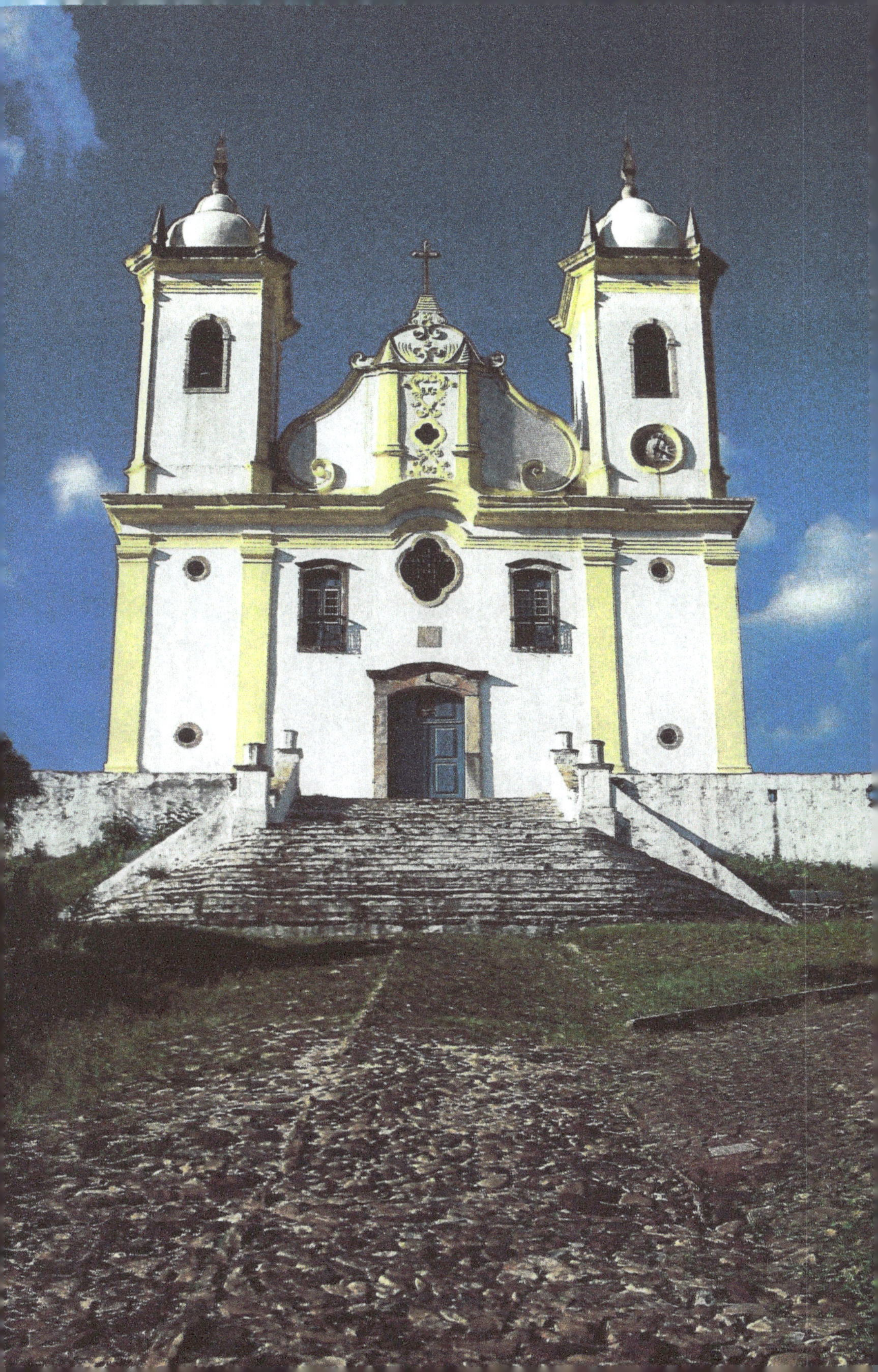

22 - Vista da Cidade. Ao fundo a Matriz de S. Francisco de Assis

23 - Museu da Inconfidência e Igreja do Carmo

24 - Igreja Nossa Senhora do Carmo

25 - Igreja de Santa Efigênia. Nicho da Portada. Imagem de Nossa Senhora do Rosário →

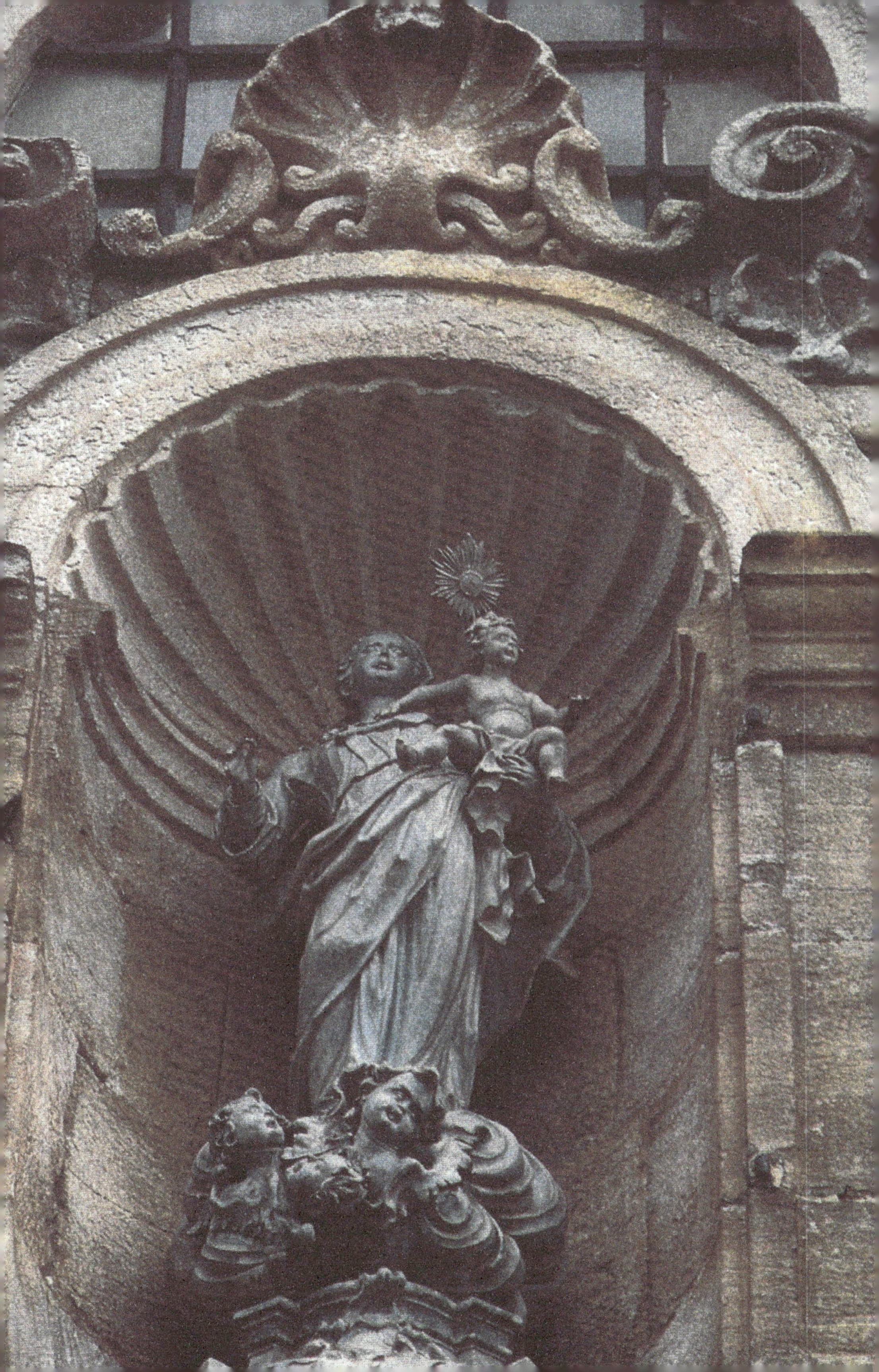

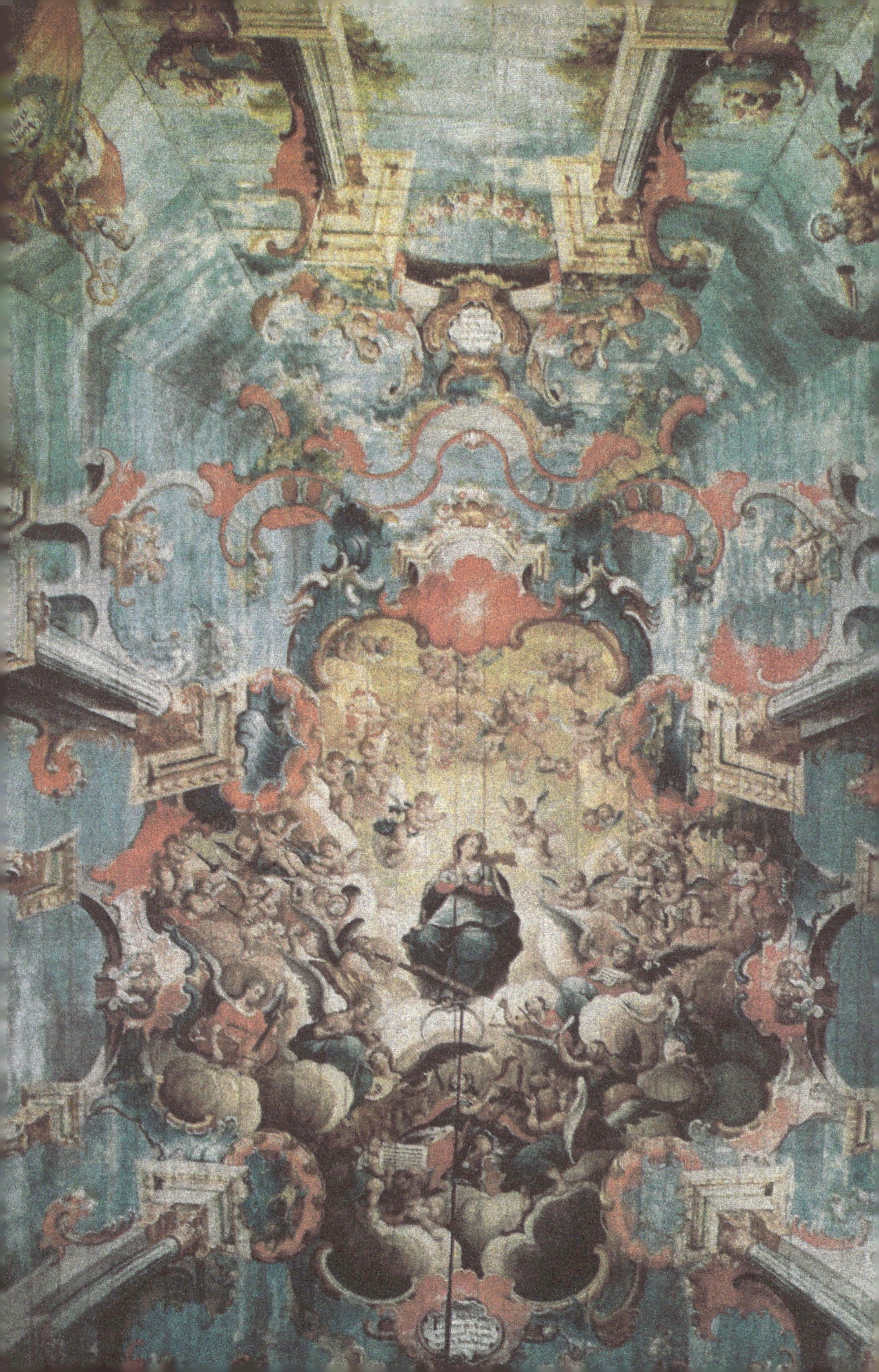

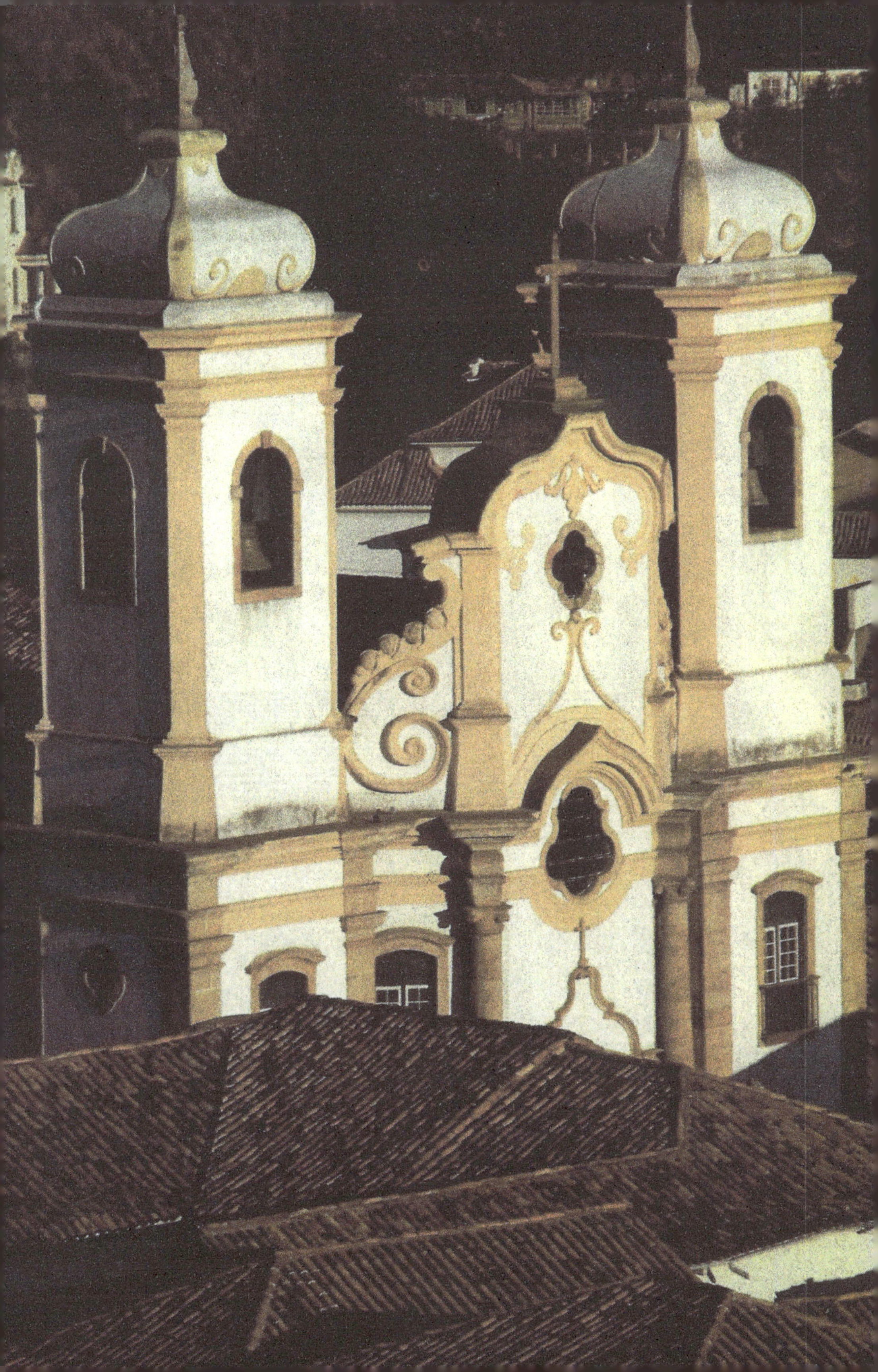

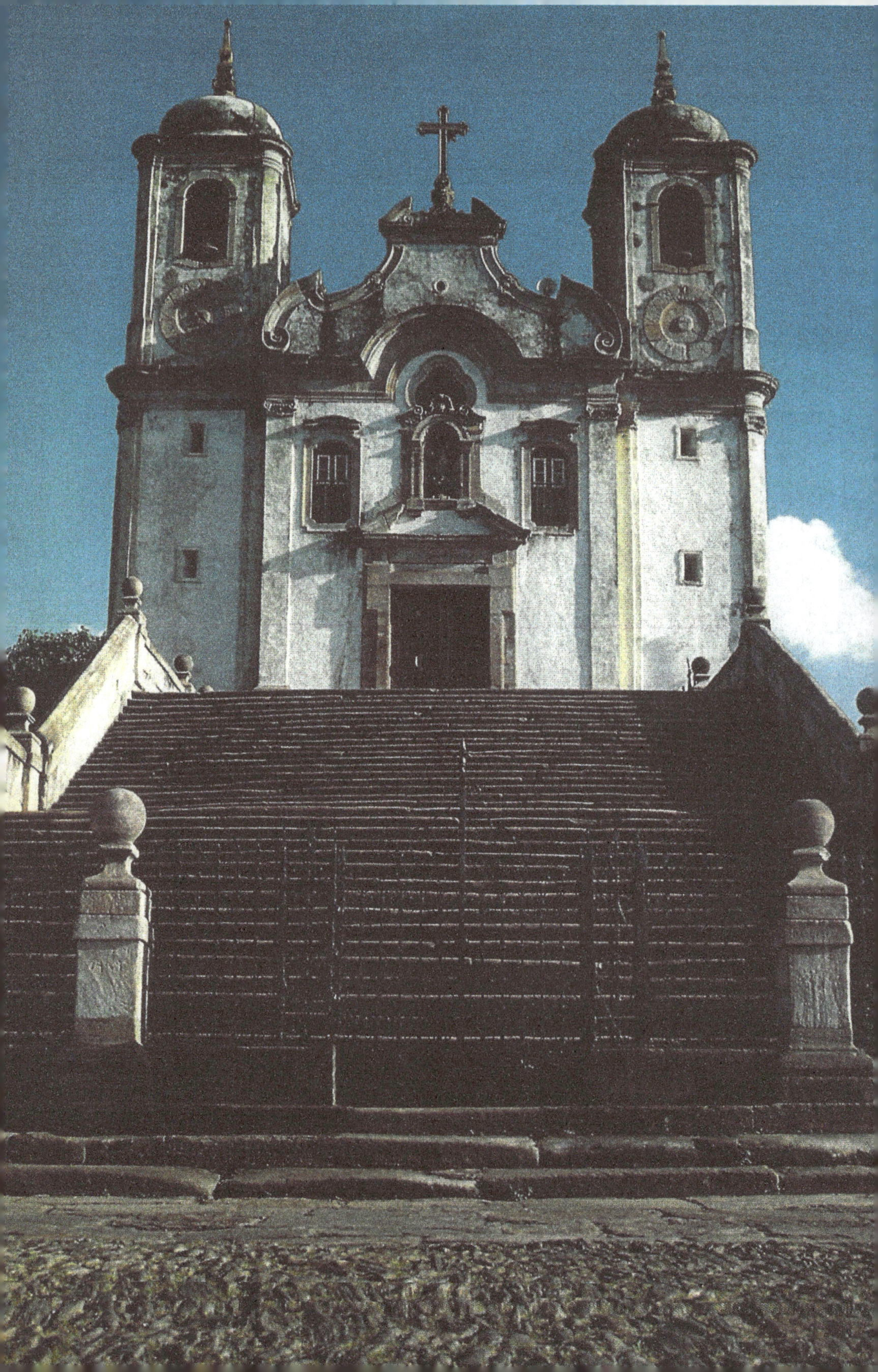

classe média, não faltando, portanto, a presença de vários inconfidentes sobreviventes do degredo Áfricano, a saber: Vida Barbosa, Bittencourt de Sá, Pe. José Rodriques, o fazendeiro progressista. Ignora-se a participação na independencia do Pe. Rollin, falecido em Diamantina já em 1835.

Vemos, então, uma característica bastante peculiar à superestrutura social do Brasil, característica esta que se revela marcante durante a Inconfidência, permanecendo até hoje no quadro do pensamento nacional. É a dualidade profunda entre o pensamento das classes intelectuais e das classes dirigentes ou governantes. Os intelectuais no Brasil possuem concepções e noções da realidade completamente opostas às concepções dos governantes e políticos. Há mesmo um abismo ideológico entre as duas concepções. Uma é realística, a outra, alienada no sentido de viver fora da realidade e negá-la sistematicamente. O intelectual acha sempre que a realidade é negativa e perigosa. O governo acha que a situação é maravilhosa. Não se trata, como pode parecer — de otimismo e ceticismo. Trata-se de alienação e realismo que se revelam no uso de duas linguagens diferentes.

Esse fenômeno nasceu e ampliou-se na Inconfidência.

O professor Rodrigues Lapa, à página 19 do seu já citado *As Cartas Chilenas*, faz algumas referências a essas filosofias paralelas do fim do século XVIII. Os documentos oficiais revelam um pensamento absolutista e obscurantista em estado de inocência. Isto é, os governantes falam e ordenam como se, por acaso, não houvesse outras concepções no mundo e como se aquela orientação dos dirigentes estivesse dando ótimos resultados. Como esses resultados são calamitosos e como os intelectuais representam outra ordem de interesses, acentuam-se as duas linguagens opostas. O governo acha que tudo está ótimo. Os outros pensam que tudo está ótimo, menos o governo, que se lhes depara empre como um desastre coletivo pela omissão.

Essa omissão permanente do governo se caracteriza pela substituição da ação pela repressão, isto é, do policial no lugar do economista, de prisões em lugar de fábricas. Era isto o que havia em 1789. É o que vemos em várias fases do nosso século XX.

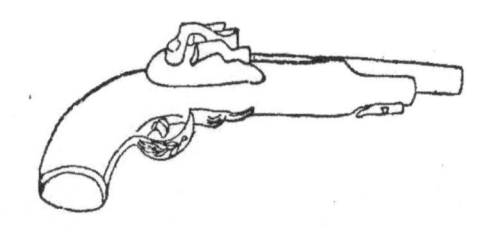

XI - A CONSPIRAÇÃO

Depois do governo de Cunha Menezes e da série de desmandos e opressões desse governador, a conjuntura estava madura. É de se notar que várias pessoas envolvidas direta ou indiretamente na conjuração tinham entrado em choque com Luiz da Cunha Menezes, tais como: Beltrão, os dois Gonzagas, o próprio Tiradentes, os irmãos Rollin, o pessoal da intendência do Tijuco, etc. Dir-se-ia que havia uma espécie de corrente de opinião que se foi polarizando durante o período daquele Governador, até chegar à conspiração nos primeiros seis meses da gestão Barbacena.

No mês de agosto de 1788, logo após a posse do Visconde, ocorrida em junho, Tiradentes, que já vinha trabalhando a ideia de uma rebelião contra a Coroa e instalação da república, estando no Rio, vai visitar

José Alvares Maciel recém-chegado da Europa. Maciel, jovem de 28 anos, nascido em Vila Rica, formou-se em Coimbra, onde se revelara aluno excepcional; a seguir esteve um ano e meio na Inglaterra a fim de aperfeiçoar seus estudos, observando a Revolucão Industrial inglesa, principalmente a siderúrgica britânica. Era Maciel filho de família riquíssima da capitania, cunhado do tenente-coronel Francisco de Paula Freire de Andrade. Na Europa, deve ter-se ligado aos demais estudantes brasileiros revolucionários: Vidal Barbosa, Joaquim da Maia, o enviado pelos inconfidentes do Rio e outros de Coimbra.

Tiveram Tiradentes e Maciel vários encontros nos quais conversaram longamente sobre os meios de conduzir a insurreição republicana e as condições de luta, possibilidade de apoio do exterior e total impraticabilidade da Derrama sem a eclosão de um movimento de protesto. Perigoso seria esse irrompimento revolucionário sem necessária liderança e coordenação. Decreta a Derrama, a ruína lastraria em todos os lares, a falência teria que atingir a quase todos. Muitas famílias pensavam em mudar de Minas. Outras iriam fatalmente à ruína. A conjuntura refletia, em todo o Brasil — o declínio do poder da Coroa que se desgastava cada vez mais através das suas próprias contradições.

Em setembro já estavam ambos em Vila Rica, Tiradentes apresentou-se ao seu regimento no dia 28 de agosto. O primeiro passo dado por eles, para que se iniciassem os primórdios da organização revolucionária, foi dos mais práticos e objetivos. Conquistar a adesão da primeira autoridade militar depois do governador, o tenente-coronel Francisco Paula Freire de Andrade, do Regimento dos Dragões de Cavalaria de Vila Rica, tropa paga, comandada pelo próprio governador, ao qual pertencia também Tiradentes. Este e Maciel combinaram então a maneira de abordar o tenente-coronel. Outros oficiais menores foram trabalhados por Silva Xavier. A adesão do tenente-coronel não foi imediata. Não era homem de grande coragem, mas bondoso e tolerante. Por isso mesmo, muito estimado pela tropa e portanto, sua adesão tornava-se indispensável. Afinal, Paula Freire cedeu diante da realidade aflitiva da capitania e da afirmação de Tiradentes relativa ao apoio do Rio. Esse fato acabou por convencê-lo que não havia saída senão a revolucionária, o que, aliás, era bastante evidente. Tiradentes, habilmente, espicaçou a vaidade do coronel, afirmando-lhe que o Rio somente aguardava a sua decisão para se revoltar.

As primeira reuniões realizaram-se entre os militares e o Padre Toledo, na própria residência do tenente-coronel. Participaram desses encontros iniciais somente os responsáveis maiores: Tiradentes e Maciel, tenente-coronel Francisco Paula Freire de Andrade, Pe. Carlos Correia de Toledo e Melo, Coronel Ignásio José de Alvarenga Peixoto, (esses dois de S. João del-Rei) e mais dois capitães do Regimento de Cavalaria, Maximiniano de Óliveira Leite e Manoel da Silva Brandão. Havia ainda vários alferes e tenentes, mas estes não participaram das reuniões. Um dos delatores afirmou que os capitães Maximiniano e Brandão foram transferidos para o Tijuco por insistência dos inconfidentes, que necessitavam deles naquela região.

O fato é que procuraram logo ligação com o Serro, através do Pe. Rollin. Este e Tiradentes trabalharam o coronel Domingos de Abreu Vieira, português de 65 anos, cuja adesão era importante por ser homem de grandes bens. Tentou Silva Xavier, a princípio, conquistar o contador do coronel, Vicente Vieira da Motta, que repeliu a ideia com veemência enérgica.

Em vista disso, Tiradentes, com apoio de Pe. Rollin, que era hóspede e muito amigo do abastado comerciante Abreu Vieira, aborda-o diretamente. Este, depois de muito relutar, adere e se responbiliza pelo fornecimento de alguma pólvora.

Entra, então, a conspiração na sua segunda fase: a ligação com os intelectuais. O padre Correia de Toledo e Alvarenga Peixoto, ambos hóspedes de Gonzaga, se encarregam dessa ligação destinada a obter uma cobertura de cúpula, fundamental naquela circunstância histórica e naquele meio social. Tanto Gonzaga como Cláudio aderem logo, arrastando também o cônego Luiz Vieira da Silva, temperamento de intelectual puro, homem honesto e simples, sábio e erudito. Seus amplos conhecimentos da filosofia do tempo e da história geral ou americana, eram atributos necessários à orientação ideológica da Constituição que se elaborava, as leis da nova república, como diziam os conjurados. De há muito que Alvarenga trabalhava no esboço dessas leis, que passaram, então, a ter a colaboração direta do seu primo e amigo, Gonzaga, e parece que do próprio cônego Vieira da Silva.

Em casa de Tomás Gonzaga, onde se encontravam sempre todos esses intelectuais, ocorrem as primeiras reuniões do setor. A seguir, também em casa de Cláudio, discutem os problemas da conspiração, que, em dezembro — já havia atingido sua fase madura.

Houve, então, uma reunião decisiva em casa de Paula Freire, com a presença do padre Toledo, Tiradentes e Maciel. Depois de iniciada a discussão, chegou o padre Rolin e, a seguir, mandam chamar Alvarenga, que, saibam, estava jogando gamão na casa de Domingos de Abreu

Vieira. Redigiu então o padre Toledo o seguinte bilhete: "Alvarenga: Estamos juntos, e venha Vmcê. já. Amigo Toledo,"

Como chovia naquele momento, Alvarenga respondeu, pelo portador, que iria tão logo melhorasse ou parasse a chuva.

Tiradentes revelou o plano geral do levante, reclamando para si a missão mais arriscada e pedindo aos companheiros sugestões e debates. Quando Alvarenga chegou, repetiram-lhe o plano e todos concordaram com mesmo em linhas gerais.

Essa reunião foi das mais sérias e decisivas. A ela não compareceu Gonzaga e pode ser que o tivesse feito, propositadamente, para não se expor. Entretanto, Cláudio esteve presente e debateu várias questões.

Foram estabelecidos nesta noite os pontos seguintes: logo que decretassem a Derrama, ato essencial ao levante, Tiradentes reuniria grupos de populares que sairiam pelas ruas dando vivas à liberdade; Paula Freire viria à testa do seu regimento, reprimir o motim; perguntando o que queriam e informado sobre o desejo de independência da população, responderia que era justo o movimento, fazendo uma "fala ao povo". A seguir, Tiradentes, à frente de tropas e marcharia contra Cachoeira do Campo, a fim de prender o Governador. Se este resistisse, seria eliminado. Caso não resistisse, seria apenas feito prisioneiro e mandado para fora de Minas, provavelmente pela estrada da Bahia, mais tranquila para uma carga tão nobre e cobiçada. Para receber um socorro naquela região imensa do norte, serio dificílimo. A senha para o início do movimento: *Tal dia será batizado*. Isto é, tal dia será a Derrama e, portanto, o levante.

Combinaram ainda na mesma reunião, a bandeira da nova república com o verso de Virgílio, lembrado por Alvarenga: *Libertas Quase Sera Tamen*, liberdade ainda que tardia.

Tiradentes sugeriu, nessa reunião, que se indicasse um chefe. Alvarenga discordou. A bandeira seria um triângulo, inspirado no símbolo religioso da Santíssima Trindade, devoção predileta de Tiradentes. A capital seria transferida para S. João del-Rei; em Vila Rica nasceria a primeira universidade. Instalar-se-ia uma casa da moeda, fábricas de tecidos e as chamadas fábricas de ferro, princípio da siderurgia, sonho centenário de Minas, e uma fábrica de pólvora. O plano de industrialização estava a cargo de José Álvares Maciel.

Este inconfidente havia-se formado em Coimbra, como já dissemos, em filosofia, o que significava, segundo seu diploma: "Filosofia Racional e Moral, exame de matemáticas, História Natural e Geometria, Física Experimental e Química, além de mineralogia." Álvares Maciel fez descobertas científicas, tanto em Portugal como no Brasil, tendo sido verdadeiro gênio em economia e industrialização, considerado como tal pelas autoridades da capitania, da corte e da África, para onde foi desterrado. Maciel foi também precursor das sociedades de economia mista, o que é, realmente, notável. (Ver a propósito, Francisco Antônio Lopes, *Álvares Maciel no Degredo de Angola* — Rio 1958 — M.E.C. Serv. Docum.).

Sua atividade na prisão não foi das mais dignas. Entretanto, sua figura de homem criador de progresso é impressionante. Morreu miseravelmente na África, apesar do apoio dos governadores, vítima do escorbuto e outras moléstias daquela região, ainda bárbara.

Vamos, porém, voltar à Vila Rica onde os conspiradores, naquela reunião de dezembro de 88 combinaram ainda que, se fossem descobertos, negariam absolutamente tudo e, de fato, quando preso, Tiradentes se manteve na negativa total durante um ano de prisão. Só falou quando tudo já estava revelado pelos delatores e a fraqueza de companheiros. Ainda assim, conseguiu defender e mesmo ocultar vários conjurados, de maneira admirável, como Gonzaga, por exemplo, que foi grandemente favorecido por Silva Xavier.

Concluindo o plano revolucionário de dezembro, os conjurados assentaram mais o seguinte: o padre Rollin estabeleceria as ligações região do Tijuco e Serro; Tiradentes se encarregaria de levar a conspiração ao seio do povo, o que fez com rara habilidade; Rollin e Abreu Vieira forneceriam pólvora. Padre Toledo levantaria S. João e S. José del-Rei, onde era vigário geral. Os escravos crioulos mulatos seriam libertados, segundo proposta de Alvarenga.

Combinaram ainda que cada qual se retirasse para a sua região, alguns para suas fazendas esperando a Derrama e obtendo adesões. De fato se retiraram Alvarenga e padre Toledo para S. João, Rollin para o Serro, onde atuou bem, mas escreveu cartas perigosas ao coronel Abreu Vieira; Paula Freire retirou-se para sua fazenda dos Caldeirões, proximidades de Cachoeira, e Álvares Maciel instalou-se no próprio palácio de Cachoeira, hóspede do Governador — que o estimava e admirava — iniciando suas pesquisas e descobertas mineralógicas.

O plano, como se vê, era por todos os motivos – correto e sensato, tendo sido muito bem iniciado. Ao chegar a São João, o Pe. Toledo tratou de iniciar o recrutamento para o levante. E ao chegar no Tijuco, Rollin escrevia várias cartas ao coronel Domingos Abreu Vieira, seu protetor e compadre de Tiradentes. De uma dessas cartas, escrita em 30 de março já depois da primeira delação de Joaquim Silvério, escreveu Rollin, evidentemente referindo-se a Tiradentes:

"Mande-me notícias do seu comp. Joaquim a quem não escrevo por pensar estará ainda no Rio, sobre uma recomendação do Cl.°, não há dúvida haverá um grande contentamento e vont." (*Autos*, vol. I – pág. 72).

Realmente, a conspiração no Tijuco e Serro deveria ter encontrado condições ideais para seu desenvolvimento e penetração em todas as camadas. Há um século que a tirania ali tinha sido a mais cruel e sangrenta que se possa imaginar de todas as regiões da capitania, o Tijuco foi a que mais sofreu barbarismo português. A penetração da Inconfidência ali foi muito grande, segundo afirmação de Felício dos Santos, notável historiador do drama épico dos diamantes.

Em S. João del-Rei, o Pe. Correia Toledo obtém a adesão do irmão, sargento-mor de Auxiliares, Luiz Vaz Toledo Piza, de Taubaté, pai de sete filhos e cinco netos, que ficaram na mais completa miséria. Conseguiu este a adesão do coronel Francisco Antônio de Oliveira Lopes, do mesmo regimento de Auxiliares que Luiz Toledo. Francisco Antônio era homem de grande audácia e decisão revolucionária. Foi muito perseguido e pressionado nos interrogatórios. Sua tarefa era organizar vários grupos armados que formariam emboscadas em pontos indicados da estrada, a fim de interceptar a possível vinda de reforços militares para sufocar o movimento.

O coronel Francisco Antônio conseguiu logo a adesão do seu irmão, padre José de Oliveira Lopes. A conspiração estava pois se desenvolvendo muito bem na região de S. João del-Rei quando Luiz Vaz de Toledo Piza teve a desgraçada ideia de obter a adesão de Joaquim Silvério dos Reis, homem de péssimo caráter e pior nome. Era um desses tipos humanos de "inaudita perfídia", para usar de uma expressão peculiar daquela época. Foi Joaquim Silvério o primeiro e principal delator da Inconfidência, procurando o Visconde de Barbacena no dia 15 de março e expondo-lhe todo o plano revolucionário. Fez-se Silvério adepto da ideia para melhor se informar, manteve longa conferência com o Pe. Toledo e a seguir, delatou. Depois disso, a mandado do Visconde, continuou a passar como inconfidente e em abril, depois de redigir sua carta denúncia, seguiu para o Rio, atrás de Tiradentes, que fora estabelecer as últimas ligações para a adesão do Rio. Por informações de Toledo, Silva Xavier supunha que Joaquim Silvério, sendo grande devedor da fazenda, era inconfidente.

Ainda por intermédio dos inconfidentes do Rio das Mortes, isto é do Pe. Toledo, foi feita a ligação com o mestre de campo Correia Pamplona, que, logo depois, também procurou o Governador para delatar. A seguir chega Bazílio de Britto Malheiro do Lago, que ouvira boatos vários sobre a Inconfidência pelas estalagens e pelas ruas, fazendo-se também delator. Eram todos três portugueses e devedores do fisco. Todas as delações partiram, portanto, de S. João del-Rei, isto é, do Pe. Toledo e seu irmão Luiz Vaz e não de Tiradentes que nem mesmo estava em Minas — quando eclodiram essas denúncias.

Além disso, sabemos que Tiradentes, recebendo a tarefa expressa de fazer recrutamento popular, atuou com tanta habilidade, que quase todas as pessoas às quais falou e não aderiram, também não o delataram. Senão vejamos: Vicente Vieira da Motta, português, contador do coronel Abreu Vieira, ao ser trabalhado por Tiradentes, ameaçou de morte se falasse segunda vez no assunto; entretanto, foi condenado por não ter delatado; Antônio Oliveira Lopes, carpinteiro e topógrafo, ouvindo de Tiradentes que o Brasil se libertaria, bebeu à saúde da revolução e não a delatou, sendo desterrado por isso; era homem pobre, morrendo na África no ano seguinte ao em que lá chegou; João da Costa Rodrigues, proprietário da estalagem da Varginha, com dez filhos, condenado porque ouvindo os planos revolucionários de Tiradentes, não os delatou, pois:

> "Sendo estas notícias bastantes para que o réu tivesse obrigação de delatá-las ele desculpa o seu reflexionado silêncio, com a sua estudada rusticidade, quando consta da sua maliciosa cautela confessando no appenso 21 a fôlhas 3, que se reservara de dizer a João Dias da Motta o que sabia sobre o levante, porque sendo capitão desconfiou de que havia de tirar delle o que havia naquela matéria, e com esta cautela se houve com Basílio de Britto Malheiro."

Esta foi uma das bases da denúncia de Basílio de Britto, a outra delação deste baseou-se na conversa que tivera com o cônego Vieira da Silva, o qual fazia alto elogio a Tiradentes. Tanto bastou para a condenação do cônego. Várias pessoas doutrinadas por Tiradentes, foram condenadas por não terem delatado, ao passo que as pessoas trabalhadas pelo Pe. Toledo, tornaram-se logo delatores. É que Silva Xavier atuava com muito maior habilidade e intuição revolucionária. Aliás, o Pe. Toledo, antes de ser preso, já havia sabido que o principal delator fora Joaquim Silvério. Também o padre Manoel Rodrigues da Costa ouviu o plano de Tiradentes sendo condenado por não tê-lo denunciado.

Ao receber a delação de Silvério, o Visconde de Barbacena suspendeu a Derrama — *sem perda de um só dia* — como ele mesmo disse, oficiando às Câmaras neste sentido. Diante disso, os inconfidentes desconfiam logo de alguma delação e tratam, a princípio, de sondar o Governador a respeito. Este, porém, exagera, em suas cartas, essas tentativas de sondagem por parte de Alvarenga e Gonzaga. É que, como acentuou um conjurado, o Visconde tinha a "mania de ser diplomata" ou estava "ensaiando para diplomata" — na expressão irônica de Luiz Vieira da Silva. É surpreendente como Barbacena acentua em todas as cartas a Martinho de Melo e ao vice-rei, a habilidade com que se houve em todo o desenrolar dos acontecimentos. No entanto, a não ser ele e seu ajudante de ordens Francisco Antônio Rebelo, ninguém mais falou nos seus proclamados dons diplomáticos.

Nessa fase, Gonzaga, encontrando-se em Vila Rica com o Cônego Vieira da Silva, que lhe pergunta pelo levante, informa que a ocasião havia passado com a suspensão da Derrama.

Outro fato que contribuiu muito para o fracasso do movimento, foi a ausência de Tiradentes por ocasião das delações. Paula Freire mandou um recado a Silva Xavier que desfizesse as ligações porque a Derrama estava suspensa. Mas apesar disso, Tiradentes, ao tentar fugir, exclamou — "*Ah! Se me pego em Minas*".

O coronel Francisco Antônio tentou salvar a conspiração mesmo depois do desastre, mas o padre Toledo vacilou e recuou.

Entre os condenados, encontravam-se os seguintes militares com suas respectivas patentes.

Tenente-coronéis e coronéis
Inácio José de Alvarenga Peixoto
Francisco de Paula Freire de Andrade
Domingos de Abreu Vieira Francisco
Antônio de Oliveira Lopes
Sargento-Mor
Luiz Vaz de Toledo Piza
Capitães
Vicente Vieira da Motta
José de Rezende Costa (pai)
João Dias da Motta
Alferes
Vitoriano Gonçalves Veloso e Joaquim José da Silva Xavier.

Deixamos de incluir nesta lista o Coronel José Aires Gomes, porque, segundo tudo indica, não foi ele nem mesmo simpatizante do movimento, embora condenado. Há também na lista acima outros, que, talvez, fossem apenas vagos apologistas da ideia, mas não estavam decididos a pegar em armas por ela, como José Rezende Costa (pai) por exemplo. Mas por outro lado, há fortes indícios de que muitos outros, embora não sendo presos, participaram com toda probabilidade da conspiração. Destes é de se notar um grupo de vários capitães citados pelo Visconde de Barbacena, como veremos adiante. Podemos portanto, apontar entre 24 conjurados que foram sentenciados, 10 militares. Mas se computarmos também os suspeitos, poderíamos chegar a 15 ou 20 oficiais espalhados em várias tropas. Pertencentes às tropas pagas, ou Regimentos, também

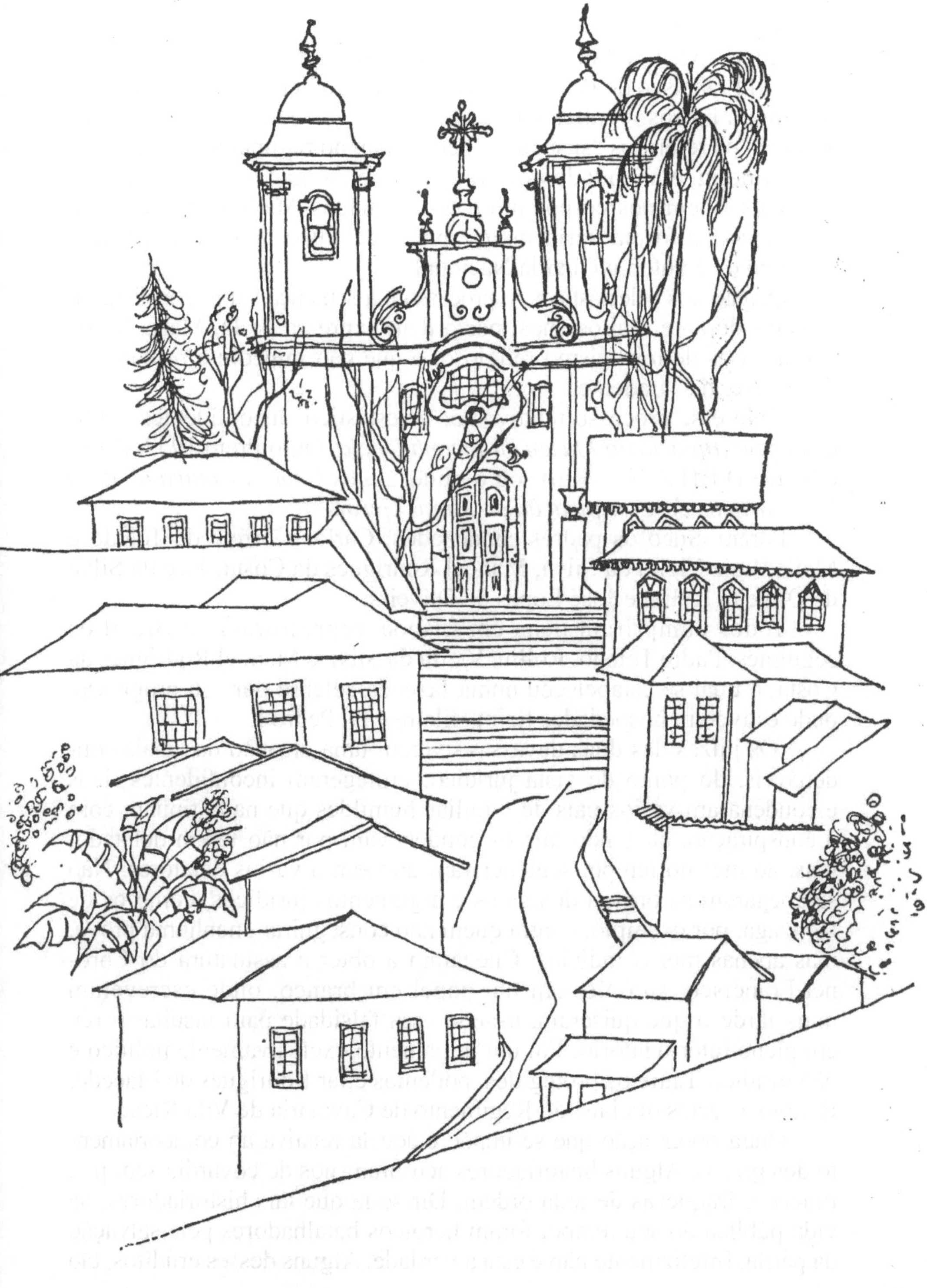

chamados tropas de linha, temos os dois chefes e promotores, tenente-coronel Francisco de Paula e o alferes Silva Xavier, além daqueles que não foram presos. O alferes Gregoriano era do regimento dos pardos. Também os referidos "suspeitos" pertenciam ao regimento dos dragões de Cavalaria, comandado por Francisco de Paula. Os demais oficiais citados serviam nos corpos militares chamados Auxiliares que Lúcio dos Santos informa seria uma espécie de milícia. Dessas nasceu, segundo esse autor, a Guarda Nacional.

Quanto aos eclesiásticos, o processo e a sentença sobre eles ficaram secretos durante muitos anos, por ordem expressa de D. Maria I, que sofria crises de misticismo religioso, o que não impediu a profanação do cadáver de Tiradentes.

Todo esse processo relativo aos eclesiásticos inconfidentes publicado pelo *Anuário do Museu da Inconfidência*, Ouro Preto 1952. (M.E. e Saúde D.P.H.A.N. – Rio) sob o título, *Autos Crimes Contra os Réus Eclesiásticos da Conspiração de Minas Gerais*

Foram cinco os padres condenados: Carlos Correia de Toledo e Mello, Luiz Vieira da Silva, Manoel Rodrigues da Costa, José da Silva de Oliveira Rollin e José Lopes de Oliveira.

Todos cumpriram pena em Lisboa, regressaram ao Brasil os seguintes: Padre Toledo, Rollin, Vieira da Silva e Manoel Rodrigues da Costa, o qual se estabeleceu numa fazenda célebre por seu progresso, onde estiveram hospedados Saint Hilaire e D. Pedro I.

Os juízes das duas devassas tiveram uma atuação das mais condenáveis, do ponto de vista jurídico: protegeram inconfidentes ricos e condenaram vários pais de famílias humildes que nada tinham com a conspiração, alegando que os condenavam por não terem delatado; mas, ao mesmo tempo, sentenciaram também a vários delatores. Não se apegaram às provas dos autos e argumentos jurídicos, como os de Gonzaga, por exemplo, contra quem não conseguiram nenhuma prova, mas apenas meros indícios. Chegaram a obter a assinatura do Coronel Francisco Antônio, em um papel em branco, onde escreveram mais tarde o que quiseram, usando essa falsidade para insultar o réu em pleno interrogatório. Foi um julgamento exclusivamente político e não jurídico. Entre os protegidos, podemos citar Rodrigues de Macedo, Beltrão e vários oficiais, do Regimento de Cavalaria de Vila Rica.

Outra observação que se impõe é aquela relativa ao comportamento dos presos. Alguns historiadores acusaram-nos de covardia sem par, traição e fraquezas de toda ordem. Dir-se-ia que tais historiadores, na vida pública do seu tempo, foram heroicos batalhadores pela salvação da pátria. Infelizmente não é esta a verdade. Alguns desses eruditos, tão severos julgando as debilidades dos inconfidentes, foram homens como Joaquim Norberto, que passaram a vida bajulando os poderosos da sua época da forma mais repelente. Convém pois lembrar o seguinte: quem nunca se rebelou ignora como é duro o se rebelar, e por isso julga com facilidade e excessivo rigor.

Considerando-se que entre os condenados, vários o foram porque se negaram à delação, temos que concluir que a indignidade não foi tanta como apregoam. Homens pobres, pais de famílias numerosas, enfrentaram a morte e o degredo na África, onde morreram pouco depois que ali chegaram — para não delatar. Outros como Gonzaga, embora empenhado a fundo em sua defesa, não denunciou ninguém. Se o fizesse, talvez tivesse conseguido salvar-se. Muitos e muitos conjurados de S. João del-Rei, do Serro e mesmo de Vila Rica, jamais foram descobertos. Dos quarenta de São João del-Rei, somente quatro foram presos.

Muitos dos condenados eram vagos simpatizantes do movimento, como os dois Rezende Costa, pai e filho, não se podendo exigir deles uma firmeza e consciência revolucionária já madura e caldeada na luta. Nenhum dos inconfidentes de Taubaté foi descoberto, o que deve à discrição do padre Toledo. Entretanto, é quase certo que naquela cidade contavam os inconfidentes com, pelo menos, oito adeptos liderados por José Claro, primo do vigário de S. José. Em Minas Novas também houve inconfidentes que não foram descobertos.

É inegável que a atitude de um Cláudio Manoel da Costa, de um Paula Freire de Andrade e mesmo de Maciel, foi, em todos os sentidos, lamentável e vergonhosa. Mas não se poderia esperar que todos fossem heróis perfeitos. As revoluções são feitas com seres humanos e não com santos.

Cláudio era um homem velho e doente, no ocaso da vida, habituado a viver à sombra do poder e, por tudo isso, deixou-se cair naquele pavor trágico e irremediável. Acreditamos no seu suicídio, embora desejássemos poder aceitar a outra versão — o assassinato. Tudo indica que, apesar da redação pouco clara e omissa do auto do corpo de delito – Cláudio foi de fato suicida. Havia delatado companheiros queridos, amigos de toda a vida, estaria de qualquer maneira perdido e não tinha mais idade necessária para enfrentar tal situação. Para ele, naquelas circunstâncias, era de fato preferível a morte. E depois, Cláudio Manoel da Costa sempre fora, não só um homem muito lúcido, como também pusilânime. É lamentável, mas é uma verdade amplamente documentada.

O suicídio de Cláudio Manoel, pelas circunstâncias humanas que o cercaram — constitui um dos momentos trágicos de todo o belo episódio da Independência. Seu depoimento reflete a miséria moral e o pavor em que se debateu até a morte. Foram quase dois meses de angústia e tortura, às quais ele não estava habituado. Preso em maio, morreu a cinco de julho numa sala térrea na Casa dos Contos, então adaptada para a prisão. Essa saleta dava para o vão existente debaixo da escada. Daí a versão popular de que se havia enforcado naquele vão, o que não seria possível. Parece que se enforcou, realmente, amarrando-se a uma estante existente na saleta da qual estava perto.

XII - AMPLITUDE DO MOVIMENTO

Em contraste com alguns outros, dois inconfidentes tiveram uma atitude perfeita, frente aos interrogatórios: Tiradentes e Gonzaga. Entretanto, o primeiro assumiu a responsabilidade total de tudo sem jamais delatar ninguém, mas pelo contrário, defendendo os companheiros. Já Gonzaga demonstrou exaustivamente a sua inocência, sendo condenado assim mesmo, pois o que menos importava, no caso, eram as sutilezas jurídicas.

Tiradentes, chamando toda a culpa sobre si, assumindo a autoria do movimento, patenteou, com essa atitude moral impecável, a justeza da causa. Por isso mesmo, foi o mais severamente punido. A linguagem da sentença para com ele, reflete o perigo que representava para o poder. Por todo um século tiveram-lhe ódio profundo. Pregadas as partes do seu corpo pelas estradas e a cabeça na praça principal de Vila Rica, continuaram tripudiando sobre o cadáver. Dir-se-ia que desejavam ressuscitá-lo para matá-lo de novo; senão, vejamos o que diziam os "amados vassalos" do tempo para comemorar o assassinato. Em 20 de maio, quando a cabeça de Silva Xavier estava pregada ao poste, na praça central de Vila Rica, o primeiro vereador, Bacharel Diogo Pereira Ribeiro de Vasconcellos, (desde essa época, os bacharéis, ainda e sempre os bacharéis), discursou na Câmara para comemorar a chegada dos restos de Silva Xavier com as seguintes expressões:

> "Fui testemunha e o foram todos aqueles que me ouvem da mágoa e da viva dor, que o nome de sublevação infundiu em vossos corações; nome infame que feriu e ofendeu primeira vez vossos ouvidos; crime horrendo, cujo efeito mostram no centro daquela praça os restos de um pérfido! Mas deixemos asse desgraçado servir ao exemplo da futura idade. Que dele se não lembrará sem formar a ideia da sua ingratidão, do seu opróbio e suplício."

O primeiro vereador falava na presença do Governador e homens bons da vila, numa sala fronteiriça ao poste que ostentava a cabeça do herói. E durante três dias, dezenove, vinte e vinte e um de maio, todas as casas de Vila Rica, obrigatoriamente, se iluminavam. E no Rio, ao ser enforcado em espetáculo pomposo, a cidade se iluminou também durante três dias.

Nota-se, no texto desse discurso do bacharel vereador, as ordens recebidas: o exemplo do castigo, a ingratidão, o horror com que deveria ser vista a única atitude plausível e decente naquela circunstância: a sublevação. A mesma orientação se observa, embora em linguagem diferente, nos dois depoimentos conhecidos, escritos pelos confessores dos réus. A preocupação da Coroa em documentar todo o episódio e em guardar essa documentação foi muito grande. Apesar disso, logo depois, procuraram fazer esquecer tudo. Ninguém escreveu sobre a Inconfidência durante muitos anos. Este silêncio perdurou até a monarquia.

Os primeiros trabalhos escritos em torno da chamada Conjuração das Minas, foram de escritores estrangeiros, Charles Ribeyrolles e Southey, o primeiro francês e o segundo, inglês.

Já no fim do século XIX, diante do crescente avanço da propaganda republicana, um escritor monarquista resolve tomar a defesa da monarquia e tivemos a *História da Conjuração* Mineira de Joaquim Norberto da Silva.

Trata-se de uma obra escrita com a intenção preconcebida de nos convencer: *a*) que Tiradentes não foi o chefe da Inconfidência; *b*) que Tiradentes era idiota e sua presença física "repelente". Estas são as principais e mais profundas cogitações históricas do Sr. Joaquim Norberto. Mas em sua obra há outros ataques, sempre dirigidos contra aqueles inconfidentes que tiveram atitudes mais dignas na prisão e a favor dos que tiveram menor participação revolucionária. Isso revela como era séria a preocupação da Coroa com a Inconfidência e seu grande interesse em fazer desaparecer sua repercussão no seio da população. Uma brincadeira de poetas, era a versão semi-oficial. Quando Norberto escreveu seu livro, ainda existia a monarquia no Brasil e já começava a crescer também a luta pela república. Urgia pois, diluir as tradições revolucionárias do povo. Seu livro enganou a muitos e com tanta eficiência, que até no século XX, já depois da obra magistral de Lúcio José dos Santos, que nega a tese monarquista, muitos escritores repetiram que a Inconfidência era sonho de uma noite de verão. A obra de Lúcio dos Santos é um livro sério, objetivo e honesto, que pulveriza tais preconceitos e prejuízos.

O livro de Joaquim Norberto foi também cuidadosamente estribado em boa documentação e este fato contribuiu para que enganasse a muitos bem intencionados.

A insurreição republicana só não explodiu em 1789, por um acaso puramente acidental e muito comum em todas as revoluções. E mesmo depois das delações e prisões, ainda esteve prestes a explodir. É provável mesmo que, se Tiradentes, ou Francisco Antônio de Oliveira Lopes, estivessem em Vila Rica nos meses de abril e maio, a insurreição teria sido tentada ainda. Francisco de Oliveira Lopes pensou e agiu para isso, mas o seu enviado a Vila Rica recuou no meio da viagem, apavorando-se com as notícias das prisões, ao passo que Tiradentes, ao tentar fugir, do Rio para Minas, foi preso. Foram esses dois fatos que sufocaram o movimento e não apenas a suspensão da Derrama.

Por outro lado, Gonzaga, que se interessara vivamente pelo lançamento da Derrama, a fim de que se decidisse o levante, vendo-a suspensa, recuou logo, arrastando vários outros. Tais movimentos de avanço e recuo são comuns em qualquer revolução, como, aliás, não poderia deixar de ser. A posição de Gonzaga, quando se procura relacionar o que afirma a sentença, com outros documentos, parece confusa; tendo, segundo a sentença, se interessado pelo lançamento, alega ele que, pelo contrário, advogou a sua suspensão. Não nega entretanto, que a princípio tivesse insistido pelo lançamento total da Derrama, o que parece revelar, segundo o ponto de vista de Martinho de Mello, do Visconde e dos juízes, que desejou esse lançamento precisamente por sabê-lo o pretexto tático ideal ao levante. Parece que não há dúvida sobre esse comportamento de Gonzaga. E deve ter sido esta a razão da sua condenação, embora tenha provado tão bem sua inocência.

Escrevendo ao vice-rei sobre as providências militares que havia tomado pedindo novas forças do Rio, afirmou o Visconde:

"... ainda sendo a mayor parte dos officiais filhos do Paiz, sempre se deve desconfiar delles, porque se não estiverem determinados a huma similhante revolucão certo que hão de estimala quazi todos." (Anuário do Museu da Inconfidência M.E.S. Ano II – Pág. 51 — Rio 1953).

Sabemos ainda que os conspiradores estenderam uma rede de ligações através de todas as forças militares, conseguindo perfeita cobertura de, pelo menos, quatro regimentos, sem contar os que não foram descobertos. À testa da conjuração estavam dez oficiais de várias patentes.

Seria utópica uma revolução que tinha o apoio da maioria das forças militares da capitania? E que, além dessas, contava com vários piquetes de 100 a 200 voluntários em várias partes, sendo que só do Serro deveriam vir centenas de homens armados? E que contava ainda com o apoio da principal autoridade militar da capital, depois do Governador, o Tenente-Coronel, Francisco de Paula Freire de Andrade, que pela alta estima que gozava na tropa e fora dela, era um verdadeiro caudilho militar? É de se considerar ainda que a topografia da região e sua falta de estradas constituíam fatores da vitória.

A desconfiança contra a tropa era generalizada, pois, o ministro Martinho de Melo escreveu, "considerando a mesma Senhora (a rainha) em consequência do referido que o Regimento de Cavalaria dessa Guarnição, nem a Tropa que baste, nem alguns dos seus Oficiais deram provas de se poder contar com eles, antes pelo contrário, como aconteceu com o tenente-coronel do mesmo regimento, ordenou S. Magt. que o Regimento de Entremós que guarnece a capital do Rio de Janeiro, fosse guarnecer a capital de Minas, nomeando para chefe do mesmo Regimento ao Brigadeiro Pedro Álvares de Andrade que está próximo a embarcar com os ministros... e leva em sua companhia alguns officiais" (*Anuário M. Inconf.* II — O. Prêto — 1953). Os inconfidentes possuíam homens, pólvora e armas, ao passo que o Visconde afirma que o governo estava desarmado e sem pólvora, o que àquela época, era fundamental em qualquer ação bélica. Na carta de Barbacena ao vice-rei, comunicando suspensão da Derrama, datada de 25 de março, afirmou sobre seu armamento, referindo-se às forças que deveriam vir socorrê-lo:

"... ser a gente escolhida e os oficiais de confiança, ainda que por todos não cheguem a um Regimento; e que venham logo municiados porque Sua Magestade não tem aqui de seu um só Barril de Pólvora..." (Ob. cit., pág. 47).

O ministro Martinho de Mello, na sua longa carta ao Visconde, já citada, afirma que o padre Toledo ameaçou céus e terras, declarando que possuía grandes forças, mas, na hora decisiva, foi preso sem reação e suas proclamadas forças não apareceram. Esta é uma generalização fácil e esquemática, geralmente lançada contra todas as revoluções que perdem uma batalha. Apenas uma batalha. No caso da Inconfidência, as delações foram prematuras e determinaram a suspensão da Derrama que era a mola mestra, o pretexto tático primordial do levante. Além disso, o padre Toledo e o coronel Francisco Antônio, como afirma o próprio Martinho de Mello – cogitaram seriamente em salvar o movimento, só não o fazendo por falta de tempo. Qualquer levante naquelas condições, mesmo com grande apoio, está arriscado ao fracasso. Outro fato que demonstra a impressão de vitória imediata que todos nutriam é a adesão, tanto de Gonzaga como de Cláudio, mas principalmente deste último; homem que jamais alimentou o menor espírito revolucionário e sempre serviu a todos os governos e a Coroa com servilismo completo. (Ver a propósito, Rodrigues Lapa, *Cartas Chilenas*, ou a *Dedicatória* de Cláudio ao Conde de Valadares no poema "Vila Rica"). Até mesmo no seu estilo literário, Cláudio sempre se revelou apegado ao estabelecido, ao consagrado, ao estipulado. Somente a grande probabilidade de vitória, vendo ponderáveis forças militares do lado de cá, poderia abalar a sua velhice conservadora, tranquila e muito bem remunerada.

Cláudio Manoel da Costa jamais fora sonhador utópico. Pelo contrário, como vereador, secretário de vários governos e advogado importante, o seu sonhar era tão *lírico* que emprestava dinheiro a juros, atividade, aliás, proibida. Suas utopias sempre foram objetivamente práticas e sua poesia também; senão vejamos a motivação de alguns do seus poemas: escreveu glorificando Gomes Freire de Andrada, o Marquês de Pombal, a tradição dos paulistas e até o Conde de Assumar; escreveu contra: os emboabas, Manoel Nunes Viana, Felipe dos Santos, os quilombos e escravos, etc. É raro encontrar, na história literária, tamanha vocação para o servilismo como a de Cláudio. Além do mais, era um homem velho que não teria ilusões românticas em torno de um movimento tão sério e que se propunha a derrubar aquela mesma monarquia que ele sempre consagrara nos seus versos. E não era apenas a Coroa a elogiada; também Portugal e os portugueses sempre foram por ele glorificados.

Devemos também considerar que sendo a Inconfidência um sonho utópico, não poderia ser — como foi — conhecida ou esperada a sua eclosão nos Estados Unidos, na França e no próprio reino. De Portugal viera uma carta da religiosa, Madre Joana de Menezes Valadares, de 18 de junho de 1787, dirigida ao seu primo, fidalgo português, servindo em um regimento de S. João del-Rei. Nesse documento, a madre aconselha ao parente a se transferir ao reino, porquanto:

> "... supunhamos que se introduz o espírito de vertigem dos ânimos desses naturais e que tumultuam, neste caso parece, que mais arriscado é o partido da honra, que Vossa Senhoria infalivelmente havia de seguir, e o melhor é evitar estes apertos e vir sem eles à presença da adorada Soberana, e livrar-se de um Governo Subalterno"... (Autos de Devassa da I. M. vol. I — Pág. 85 — M. E. Rio — 1936).

O mestre Lúcio dos Santos não considerou de interesse esse documento, endereçado ao Sargento-Mor Joaquim Pedro de Souza Câmara. Todavia, o Marquês de Barbacena, que deveria estar mais dentro do problema que o historiador, deu-lhe importância, supondo que, talvez, a freira tivesse obtido a notícia através dos estudantes brasileiros de Coimbra.

O tom da carta, além de reclamar a resposta do primo, reflete um certo mistério, ao dizer para que este avisasse a possibilidade de um endereço mais seguro, a fim de que ela pudesse enviar algo mais confidencial, isto é:

> "... já lhe disse que se tiver portador seguro, que me avise para lhe remeter umas linhas finas, que eu ignoro via certa..."

Que *linhas finas* seriam estas? O depoimento do Sargento-mor (Autos, vol. I, pág. 228), revela displicência do primo para com a correspondência da carinhosa madre. Por quê? Não se sabe que este *supunhamos* escrito pela religiosa em 1787, já em 88 esteve prestes a ocorrer, para, em abril de 89, começarem as prisões e delações. Em se tratando de coincidência, essa madre deveria ter o dom, já não digo das profecias – mas das coincidências históricas. Pensava ela também que o mais perigoso seria o lado da honra, isto é, de Portugal. Por que razão este lado seria mais arriscado que o da conspiração? A conclusão evidente é que supunha o governo fraco resistir ao movimento. A propósito, o Visconde fala em dez estudantes brasileiros que em Coimbra sonhavam com a Inconfidência. Destes diz ele que três regressaram ao Brasil. Um deles seria, por certo, Maciel, os outros, Vidal Barbosa e Joaquim da Maia, que, aliás, não chegou a regressar, morrendo em caminho. Tanto Joaquim da Maia como Vidal estudaram medicina na França, mas deveriam ter ligações com os estudantes de Coimbra. Não queremos deduzir com isso que, em 1787, o plano da Inconfidência já estava elaborado. Mas queremos dizer que a fermentação intensificou-se nessa fase, quando iniciaram os primórdios da própria organização, aliás, muito ampla e bem coordenada para a época. Demonstração desse fato temos, não só no ambiente social refletido pelas *Cartas Chilenas*, como, principalmente, na afirmação categórica da sentença referente a Tiradentes, quando diz:

> "... *o qual há muito tempo que tinha concebido o abominável intento de conduzir os povos daquela capitania a uma rebelião, pela qual se subtraíssem da justa obediência devida a dita Senhora, formando para este fim publicamente discursos sediciosos, que foram denunciados ao governador de Minas, antecessor do atual, que então sem nenhuma razão foram desprezadas.*
> (Da Sentença da Alçada).

Gonzaga, homem inteligente e informado, desfrutando o prestígio de amigo do governador, às vésperas do casamento, já não sendo criança, não iria embarcar, fácil e bisonhamente, numa vã utopia. Quando se viu preso, concentrou-se na sua própria defesa, sem, porém, como fizeram outros, denunciar aos companheiros. Sua defesa é juridicamente impressionante pela lógica e clareza dialética. Gonzaga só poderia ter entrado na Conjuração, mesmo como simpatizante apenas, supondo a grande probabilidade de sua vitória.

Finalmente, convém lembrar que o próprio ministro de D. Maria I, Martinho de Mello e Castro, que praticamente, dirigiu todos os governadores, durante vários anos, afirmou que o "Brasil podia se defender sozinho por si mesmo, como já fizera contra os franceses e holandeses". (Inst. ao Gov. D. Antônio de Noronha Apud. Lúcio J. dos Santos, A *Inconfidência*. Pág. 112).

E Jefferson, em maio de 1817 "que o Brasil era mais populoso, mais rico, mais forte e tão instruído que a metrópole". (*Rv. Inst — e Geog*. III, pág. 214 Apud. Lúcio dos Santos, A *Inconfidência*. Pág. 112).

Observando-se a geografia da região das minas, vemos que a organização revolucionária conseguira perfeita cobertura estratégico-militar:

um regimento ao norte cobrindo a estrada da Bahia, em Minas Novas; várias forças ao leste, em São João del-Rei, onde só o padre Carlos Correia de Toledo dispunha de cem a duzentos homens, que seriam distribuídos em emboscadas ao longo da estrada, interceptando a passagem de reforços acaso vindos do Rio. Na cabeça administrativa, Vila Rica, teriam a segunda autoridade da capitania depois do General Governador, isto é, o Tenente-Coronel Francisco de Paula Freire de Andrade. Havia ainda o tenente-coronel Alvarenga Peixoto com tropas e escravaria numerosa, esta chefiada pelo feitor que era suspeito de inconfidência. Ao nordeste, Serro e Tijuco, onde as condições só poderiam ser as mais revolucionárias, o padre Rollin, homem de grande força e capacidade. Havia aí pólvora em profusão e um Intendente. Devemos ainda lembrar que todos os inconfidentes eram não só homens de grande poder econômico como pertencentes às principais famílias da capitania. E em Minas esse fato é altamente considerado até em nossos dias. Cada um desses *confederados*, como se chamavam os inconfidentes, possuía muitos afilhados, agregados, dependentes de vários tipos e condições. Mesmo depois de presos, receberam solidariedade de várias pessoas. Houve um escravo que acompanhou o Senhor na prisão e no degredo, implorando às autoridades para conseguir ser fiel ao Senhor na desgraça e na morte. O que não faria, pois pela vitória? Outro escravo, Alexandre, do Padre Rollin, promoveu a fuga do Senhor sendo preso e ferido junto com ele.

No caso do levante, toda a escravaria deveria aderir como previra Alvarenga. O fato foi discutido pelos inconfidentes. Álvares Maciel temeu a oposição dos escravos, mas Alvarenga propôs logo a sua libertação. Retrucaram que esta poderia provocar o colapso da mineração. Alvarenga sugeriu, então, a liberdade para os mulatos e crioulos, o que seria suficiente para assegurar o apoio de todos os homens de cor. Aliás estes já lutavam e intensamente contra a Coroa desde o princípio do século e, principalmente, nos últimos vinte anos. E o frei Penaforte, confessor dos inconfidentes no seu depoimento — *Últimos Momentos* — refere-se também à abolição da escravatura.

Domingos de Abreu Vieira era português, rico, com 65 anos de idade quando foi preso. O seu depoimento foi dos primeiros na chamada devassa de Minas, anterior à devassa do Rio. Era Tenente-coronel do Regimento Auxiliar de Minas Novas mas, quando irromperam as prisões, estava, já há tempos, em Vila Rica, onde era comerciante e "administrador do Real Contrato". Seu comportamento nos interrogatórios foi dos mais lamentáveis, o que talvez se possa desculpar considerando sua idade e condição de português; aliás, foram vários os portugueses "confederados", o que indica mais, uma vez que a Inconfidência era menos sonho que realidade.

Afirmou Domingos de Abreu Vieira:

"O dito Alferes (referia-se a Tiradentes) e o Pe. José da Silva (refere-se a Rollin) já haviam falado no levante a muitas outras pessoas, havendo pronta muita Tropa e Povo. Preparava-se também a artilharia que fosse precisa. O vigário de S. José encarregava-se de fazer vir socorro de S. Paulo". (Lúcio José, *A Inconfidência*, pág. 226).

Os confederados contavam com o clero, a solidariedade dos principais comandantes militares, com várias autoridades judiciárias, sendo provável que o ouvidor do Serro, Joaquim Antônio Gonzaga, era pelo menos simpatizante. Afirma Domingos de Abreu que Gonzaga ficara de escrever ao primo a respeito. Não é plausível que, sendo ouvidor na região do padre Rollin, ignorasse o levante.

Hoje todos os indícios nos levam a crer que havia ampla ligação revolucionária com o Rio, o que se confirma pela viagem de Tiradentes a essa cidade no momento decisivo para buscar apoio. O Visconde de Barbacena não só fala em vários documentos nessas ligações do Rio, como pensou também que a ideia original tivesse nascido ali, pois foi naquela cidade que Silva Xavier falou pela primeira vez com Álvares Maciel no plano da Inconfidência. Tiradentes não revelou tais ligações da mesma maneira que não as revelou sobre Minas através de vários interrogatórios e um ano de prisão. Nada foi jamais focalizado sobre Sabará. No entanto, um movimento que atingira todas as localidades da mineração não poderia deixar de atingir o Rio das Velhas, de tamanha importância geográfica, econômica e, principalmente, cultural. Em Sabará morreu e fez testamento o delator Basílio de Britto Malheiros. Ninguém na cidade jamais dirigiu a palavra ao delator e dizem que morreu com um cancro (câncer) na língua; pelo menos é essa a tradição oral da cidade. O testamento de Basílio de Britto parece confirmar essa tradição, pois o ódio que ele revelava à população brasileira é qualquer coisa de impressionante:

"... os filhos dos homens de bem que têm a desgraça de nascerem e serem criados no Brasil, não herdam de seus pais os estímulos de honra, mas adotam de boa vontade os costumes dos negros, mulatos, gentios e mais gente ridícula que há nesta terra."

Fala do ódio que lhe votavam por ter sido delator da Inconfidência e se vinga insultando o Brasil e os brasileiros. (Arquivo do Ouro — Sabará — Testamento de Basílio de Britto Malheiro).

Já Joaquim Silvério teve que se transferir para o Maranhão e adotar outro nome. No depoimento de José Álvares Maciel, perguntaram-lhe:

> "... pois constava com certeza que em casa de Paula Freire (cunhado de Maciel) se comunicara ao dito José de Sá o projeto da Independência da América, "indicando-se o dito José de Sá por hum Doutor das partes de Sabará, que sabia do mesmo projeto." (Lúcio José, *A Inconfidência*, pág. 176).

Este José de Sá Bittencourt, de Caeté, fugiu para a Bahia, sendo preso aí por uma escolta de 300 homens. Mais tarde foi posto em liberdade. Além deste, o Visconde de Barbacena fala na possibilidade de o padre José Correia da Silva, vigário de Sabará, ser inconfidente, afirmando, porém, que não desejava prendê-lo e acusá-lo sem prova concreta. Essa hipótese do governador é muito plausível. O padre Correia, comissário da Ordem Terceira do Carmo de Sabará, em 1761, era figura de alto prestígio e leituras avançadas. Já estivera envolvido, em certa época, num processo por ter distribuído panfletos revolucionários escritos pelo seu próprio punho. Seu depoimento na devassa revela o cuidado meticuloso em falar o menos possível. Sendo radicado em Sabará e rico, é possível ter caído nas graças do escrivão Manitti, ouvidor de Sabará. Esse Manitti dedicava especial carinho a certos suspeitos muito ricos, como João Rodrigues de Macedo, por exemplo, ao mesmo tempo que fora irredutível e capcioso para com outros inconfidentes.

O Visconde de Barbacena enumera mais os seguintes suspeitos que não foram presos:

> "... o capitão Maximiniano de Oliveira Leite, o capitão Manoel da Silva Brandão, o capitão Antônio José de Araújo, o tenente Antônio Agostinho Leite Pereira, o tenente José Antônio de Mello, o Alferes Matias Sanches, porém não os dou ainda por culpados, *porque ainda que o fato e referimento seja verdadeiro*, é bem possível que ele contasse com alguns só por lhe terem ouvido com mais paciência as suas inventivas ou discursos gerais." (Ob. cit. pág. 67).

Essa afirmação do Governador que não tinha prendido tais suspeitos porque talvez tenham apenas ouvido os discursos, não procede, porquanto muitos outros foram condenados e desterrados apenas por não terem denunciado a conspiração, constando esse fato da sentença. Logo, não está esclarecida a situação dos referidos oficiais. Além disso, pelo menos dois deles assistiram às reuniões em casa de Paula Freire: Maximiniano e Manoel da Silva Brandão. Lúcio dos Santos acha que foram ambos protegidos pelo Governador, ignorando-se a causa desta proteção. Havia ainda outros suspeitos na lista do Visconde de Barbacena.

Não se pesquisou ainda a participação e atividades de certas figuras como o ouvidor do Serro, Joaquim Gonzaga, a quem Tomás Antônio Gonzaga ficara de escrever sobre a Inconfidência, como não se cogitou da estada do Padre Rollin na Bahia, para onde foi expulso por Cunha Menezes, nem tão pouco, sobre seu irmão, advogado Plácido da Silva. É certo que havia ligação dos inconfidentes com Plácido da Silva. É certo que havia ligação dos inconfidentes com Luiz Beltrão, intendente do Tijuco, porquanto, no recado verbal do coronel Francisco Antônio ao tenente-coronel Francisco de Paula, recado trazido por Vitoriano Gonçalves Veloso, o primeiro diz que o tenente-coronel fugisse para o Serro, aí procurasse Beltrão e desse um *viva ao povo*, apossando-se do comando da tropa.

Sabe-se que Beltrão escreveu ao seu protegido Nicolau Jorge que saíra da prisão de Vila Rica, dizendo-lhe que fugisse para o estrangeiro, porque no Brasil estaria sempre correndo perigo. Nicolau Jorge, interrogado sobre essa carta, no Rio, conduziu-se com excepcional habilidade, conseguindo escapar da prisão pela segunda vez. Seu interrogatório é do maior interesse.

O ouvidor de Sabará, funcionando como escrivão da devassa, José Cezar Manitti, prometera proteção a Francisco Antônio, caso este não denunciasse o Contratador João Rodrigues de Macedo. Mais tarde, em certo aperto, Manitti manda pedir dinheiro ao "seu grande amigo", o contratador Macedo.

Ainda há suspeita de proteção ao Dr. Luiz Ferreira de Araújo, ouvidor do Rio das Mortes. E com este já temos, nada menos que quatro ouvidores — do Serro, Tijuco, S. José e Vila Rica onde Gonzaga já tendo abandonado o cargo, nomeado para a Bahia, desfrutava de toda a autoridade de ministro. Além dos ouvidores, é considerável o número de oficiais comandantes, superiores e inferiores. Algumas pessoas foram presas, interrogadas várias vezes e postas em liberdade: dois irmãos do padre Rollin, o professor José Inácio da Siqueira, Padre Silvestre Dias de Sá, o menor Joaquim Ferreira dos Santos, D. José de Sá Bittencourt Accioli, de Caeté e outros.

O desembargador Luiz Beltrão de Gouvêa e Almeida, ouvidor no Tjuco, recebeu a delação do coronel José Aires Gomes, quando os dois acompanhavam Barbacena, de Vila Rica à Cachoeira; a intenção do Aires era transmitir a delação ao Visconde por intermédio de Beltrão; este porém no mesmo instante, aproximando-se do governador, estabeleceu com ele animada conversa e não se referiu ao assunto. Sabe-se do fato por uma petição de João Aires Gomes pedindo comutação ou perdão da sua pena. (*Anuário do Museu da Inconfidência IV*).

Afirma Felício dos Santos que Beltrão era conjurado e assistia às reuniões do Tijuco. O episódio Aires Gomes parece confirmá-lo. Outras pessoas foram presas em Diamantina segundo esse mesmo autor: Cadete Joaquim José Vieira Couto, depois solto e que faleceu logo, vítima de moléstia adquirida na Cadeia de Vila Rica; o advogado Plácido Rollin, preso e depois libertado, e Alberto da Silva de Oliveira Rollin, que era sargento-mor, ambos irmãos do padre inconfidente.

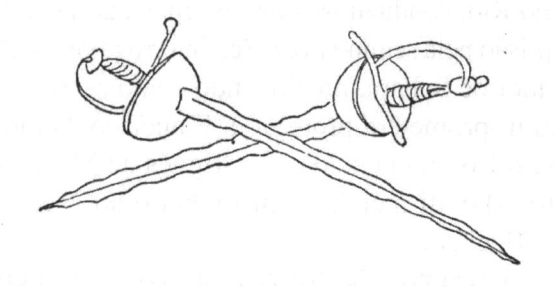

XIII - TIRADENTES NO RIO

Além do tenente-coronel Manoel Francisco da Silva Mello, do Rio, falecido na prisão, foi preso nessa cidade o homem que promovia a fuga de Tiradentes para Minas. Era o capitão Manoel Joaquim de Sá Pinto do Rego Fortes. Este faleceu também na prisão e consta o seu nome na sentença como absolvido. Quem poderá saber qual a causa da sua morte? Todos disseram que a polícia do vice-rei, hoje, na versão oficial que apresenta o capitão Sá Pinto do Rego Fortes como elemento completamente estranho ao movimento. Ele não se teria arriscado tanto, mesmo que fosse um santo — somente para ser amável a um alferes de Minas perseguido pela polícia. Aliás, toda a história da prisão de Tiradentes está mal pesquisada, senão vejamos:

Quando se viu perseguido, Silva Xavier — que ainda ignorava a delação de Joaquim Silvério e que este estava no Rio para espioná-lo — procurou Manoel Joaquim de Sá Pinto do Rego Fortes, pedindo-lhe uma carta de apresentação para o Mestre de Campo J. A. Souto Maior Rendon, com o objetivo de se esconder numa fazenda deste e de lá fugir para Minas. "Ah, se me apanho em Minas!" — dissera Tiradentes. Rego Fortes escreveu a carta solicitada e, além disso, ainda o apresentou a Manoel José de Miranda, que era administrador "ou gerente" do Mestre de Campo Souto Maior. Tiradentes combinou com Miranda o trajeto da fuga por canoa. A esta altura, o vice-rei é avisado por Joaquim Silvério que Tiradentes pretendia fugir para Minas. É que Silva Xavier fora pedir dinheiro a Silvério a fim de escapar. Este nega-lhe o empréstimo e o delata. Tiradentes vende um escravo que o acompanhava para obter o dinheiro. Aperta-se o cerco; Rego Fortes e Miranda se escondem.

Sentindo o cerco, Tiradentes consegue se esconder na rua dos Latoeiros, atual Gonçalves Dias, residência de Domingos Fernandes. Foi colocado aí pela viúva, Inácia Gertrudes de Almeida, de 57 anos, que devia grandes favores médicos a Tiradentes, o qual lhe havia curado a filha de uma ferida no pé.

Silva Xavier, porém, não quis ficar na rua dos Latoeiros sem ligações; desejava fugir de qualquer maneira. Aí nos Latoeiros chegou ele às 10 horas da noite do 7 de maio de 89, onde se esconde no sótão. Tentou, então, contato com Miranda, que não foi encontrado por Fernandes. O vice-rei tenta prendê-lo, mas os soldados não o encontram na rua S. Pedro onde havia estado. Há o alarme no palácio: Tiradentes fugiu! Descobriram seu escravo que disse: o alferes sumiu. As patrulhas se movimentam, cercam as saídas e estradas, enviando emissários para Minas.

Tiradentes, no seu esconderijo, consegue ligação com um jovem padre de 27 anos, Inácio Nogueira. Ninguém ainda se deu ao trabalho de pesquisar quem era esse padre. No dia 8 de maio esteve conferenciando com o alferes a chamado deste. Tiradentes encarrega Nogueira de procurar Joaquim Silvério para sondá-lo a respeito da situação. É curioso verificar que Tiradentes não encarregou dono da casa dessa tarefa, como havia feito com relação à Miranda.

O padre Nogueira encontra Joaquim Silvério, mas se nega a lhe dar o endereço de Tiradentes ou dele próprio. Silvério peleja, o outro não cede. Chega, entretanto, outro padre que era amigo do primeiro e que ignorava a história. Conversam os dois. Nogueira se retira e Joaquim Silvério consegue, do segundo sacerdote, o endereço do padre Nogueira. Delatam-o imediatamente. Nogueira vai preso e se nega a dar o endereço. O vice-rei se fecha com ele e o ameaça de morte — disse que o *consumia* — se não indicasse o endereço de Tiradentes.

Afinal o padre Nogueira não resiste às ameaças do vice-rei (teriam sido apenas ameaças?) e fornece o endereço de Tiradentes.

Preso Silva Xavier, seguiram-se as prisões de Domingos Fernandes, Rego Fortes e Manoel José de Miranda, este na fazenda para a qual Tiradentes pretendia fugir.

Finalmente, sabemos que Rego Fortes morreu na prisão, sem delatar ninguém. Tiradentes sempre negou qualquer participação de todas essas pessoas, mesmo do padre Nogueira. Para justificar a ajuda recebida de cada um deles, inventou uma história para cada um, como aquela da ferida no pé da moça. Mas também com relação a Gonzaga, por exemplo, Tiradentes garantiu a inocência. Entretanto, Gonzaga já havia até mesmo redigido as leis da nova república. Sabe-se que, pelo menos, umas duas vezes, Tiradentes fora à casa de Gonzaga; mas esse fato sempre foi negado por ambos e até pelo Cláudio que não negava nada.

Não acreditamos que entre esses elementos do Rio não houvesse pessoas conscientes da conspiração. Quanto ao Pe. Nogueira, por exemplo, é difícil acreditar na sua completa indiferença pela Inconfidência; quanto a Rego Fortes, sua morte não foi bem esclarecida. Como a Sentença da Alçada o absolveu, não mais cuidaram do assunto. No entanto, podia ser até mesmo que a Alçada não quisesse propagar as ligações do movimento no Rio e como Rêgo Fortes já havia morrido, silenciaram sobre ele.

Mas, sabe-se hoje, por documento pesquisado em Lisboa, no Conselho Ultramarino, que ao Rio chegavam clandestinamente jornais revolucionários da França, (os chamados pasquins), que eram traduzidos, copiados e distribuídos. Esses jornais chegavam até a Minas burlando toda a fiscalização "dos registros". Segundo a carta-delação de Basílio de Brito Malheiro esses panfletos transitavam ali:

> "Em Sabará espalhavam-se "pasquins" onde se dizia que todos os homens do Reino seriam mortos"...

E também em Sabará fora processado o vigário José Correia da Silva por distribuir panfletos.

Estes *pasquins,* tanto poderiam ser os da França, como redigidos lá mesmo em Sabará, pois há outras referências a esses manifestos naquela vila e também em Mariana.

De tudo isso não concluímos que Tiradentes tenha encontrado facilidades no Rio. Pelo contrário: decepcionou-se nessa cidade onde no momento decisivo — lhe faltou o grande apoio esperado. Isso ocorreu em consequência do recuo comum que se observa todas as vezes que, chegado o momento decisivo da insurreição, os líderes vacilam e a reação assume a ofensiva. Ocorrendo isto, é certo o recuo dos mais entusiastas.

Mas, que havia uma rede de conspiração no Rio nos parece hoje muito mais que provável. É de se notar ainda o seguinte: ao ser preso Tiradentes no Rio, imediatamente os conjurados de S. João del-Rei receberam a notícia e Franciso Antônio tenta salvar ainda o levante, enviando, como já se sabe — o alferes Gregoriano Veloso a Vila Rica. O visconde de Barbacena avisa o vice-rei, em carta do dia 29 de maio, que o vigário de S. João del-Rei recebeu a comunicação da prisão do Tiradentes "ao mesmo tempo" que ele próprio. Sabe-se ainda da ação do célebre embuçado que avisou a Cláudio e a empregada de Gonzaga — por não ter encontrado o ouvidor em casa — da prisão do alferes, para que os dois fugissem. Esse emissário deu o aviso antes de o Visconde ter recebido o seu. Provávelmente, esse enviado apareceu em 17 de maio, à noite. Tiradentes foi preso no dia 10, era-lhe impossível, materialmente, fazer a viagem Rio-Minas em cinco dias, isto é, de 11 até 16. Logo, essa notícia só pode ter chegado a Vila Rica, através de ligações ou estalagens que a transmitiram sucessivamente.

Cláudio Manoel, ao confirmar a visita a noite, ao seu escritório, do tão citado e misterioso embuçado, que, disse, estava disfarçado de mulher, não consegue precisar a data do ocorrido. Esse emissário misterioso, que foi visto por várias pessoas, inclusive por Diogo Pereira de Vasconcellos, que narrou o fato, revela a ligação da Inconfidência com a maçonaria e, portanto, a sua amplitude. O fato de terem os inconfidentes recebido o aviso antes do Governador, é argumento decisivo.

Ambos os religiosos que assistiram os condenados e escreveram depoimentos sobre o episódio, atestam a profunda consternação do povo carioca ao saber que nove presos haviam sido condenados à morte. O povo cercou a cadeia durante toda a noite esperando a sentença. Piquetes de soldados armados foram colocados dentro e fora da cadeia. Quando circulou a notícia das nove condenações à forca, o sofrimento trágico do povo foi tamanho que aqueles próprios clérigos, ligados ao poder, não puderam esconder a dor e consternação geral. Afirma o autor da *Memória do Êxito*:

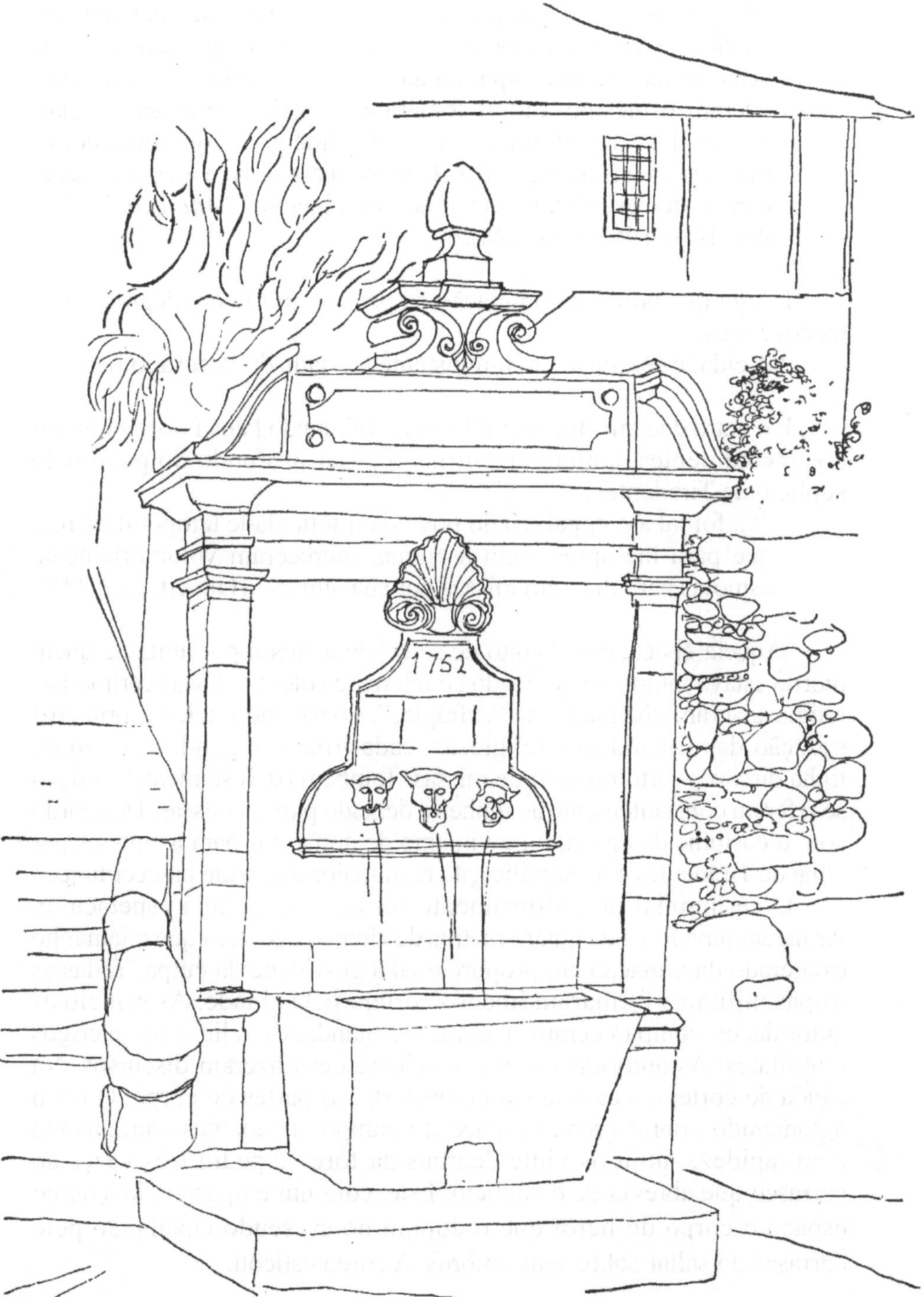
1752

"Posso dizer, que a cidade, sem discrepar de seus deveres políticos, não pode esconder de todo a opressão que sentia. Muita gente se retirou ao campo, muitas famílias, sentindo-se sem valor fizeram o mesmo, outras tomaram cautelas contra as notícias. Nestes dois dias diminuiu-se sensivelmente a comunicação, as ruas não foram frequentadas da gente mais séria, e a consternação parece que se pintava em todos os objetos." (*Anuário M. Inc.* Ano II — 1953. Pág. 228)."

E logo que houve a comutação da pena de morte em degredo para os nove réus:
"A cidade sentiu-se em um instante aliviada do desusado peso."

E o outro documento, atribuído a frei Raimundo Pena Forte confessor dos inconfidentes, também confirma o pesar profundo do povo pelo suplício de Tiradentes:
"... foi tal a compaixão do povo da infelicidade temporal do réu, que para lhe apressarem a eterna, ofereceram voluntariamente esmolas para dizerem missas por sua alma..." (Ob. cit. pág. 242).

Àquela época, esse hábito de se celebrar missa por alma de quem morria estava intimamente ligado ao interesse coletivo. Essas cerimônias religiosas eram chamadas de "sufrágios", consistindo neles a principal sedução das irmandades religiosas: cada irmão, segundo o estatuto, tinha direito a certo número de missas. Também os Testamentos antigos se referem constantemente ao dinheiro deixado para as missas. De acordo com o costume da época, o movimento de donativos para as missas por alma de Tiradentes é de significação bem maior que pode parecer hoje.

O cerimonial do enforcamento foi de uma pompa espetacular. Armaram uma forca de quatro metros de altura e disseram que o tamanho exagerado da armação era proporcional à gravidade da culpa. Todas as tropas militares formaram imenso cortejo pela cidade. As principais autoridades compareceram a cavalo, irmandades religiosas, clérigos e militares. As autoridades civis e eclesiásticas fizeram discursos. Na cauda do cortejo, a carreta para transportar as partes do corpo. O povo aglomerado cobria grande espaço do campo. Tiradentes caminhando com rapidez, subiu os vinte degraus da forca e pediu três vezes ao carrasco que abreviasse o suplício. Este, com um empurrão, lançou no espaço o corpo do herói que rodopiou no ar, sendo cavalgado pelo carrasco ao saltar sobre seus ombros. A corda esticou.

"Adeus que lá vou trabalhar para todos" — dissera ele ao vir para o Rio nesta viagem da qual não voltaria jamais à sua Minas tão autenticamente amada. Outras vezes, ao Rio viera para planejar e trabalhar, projetando e criando. Sempre quisera doar inteligência e progresso. Por isso roubaram-lhe a vida. Ei-lo agora balançando na ponta da corda. O povo olhando. Depois colheram o corpo, com um machado cortaram sua cabeça — pois aquele fora o pensamento não de um homem, mas de milhares deles — e a cabeça rolou na carreta sangrenta. As pernas são decepadas, aparecem ossos, carnes, músculos. As postas de carne são atiradas na carroça. As partes daquele corpo foram pregadas em postes pelas estradas, onde ele mostrara o caminho a todos, clarificando e intuindo, restaurando a terra como dissera.

Não esperava, porém, que essa restauração fosse tão demorada e que hoje ainda morremos e vivemos por ela. Sabia o caminho, mas não imaginara que pudesse ser tão longo. Entretanto, qual de nós, hoje, poderia imaginar ser tão grande a força da selvageria que nos oprime, que oprime o mundo? Quem poderia supor que o homem é tão profundamente algemado ao mal e ao crime? Quem poderia supor tão profundas em cada um de nós — as raízes da escravidão?

Tudo nos revela, entretanto, que essa morte não foi inútil. Ela ensina e argumenta sem cessar, jorrando a rebelião no coração dos que sofrem todo-dia dos nossos erros. Essa morte é algo vivo dentro de nós. O que seríamos se não pudéssemos contar aos estrangeiros a história dessa morte? "Armarei uma meiada que levarão um século para desembaroçar", disse Tiradentes. Falou ainda, *Nós também valemos e podemos governar.*

A história da vida de Silva Xavier, sua morte, e seu destemor, ostentam uma simplicidade, uma pureza clara, uma força de coisa que nasce, de espírito fluindo, de infância brotando, de homem renascendo — que sua lembrança nos desperta sempre muito mais alegria que sofrimento. Ele foi bom e simples e soube, em todos os momentos ser bom e simples, generoso e correto, bravo e manso, sábio e rústico.

É por isso, que, quando chegamos hoje em Ouro Preto, sua presença ganha um relevo tão vivo.

Considerando-se o vasto documentário existente hoje sobre a Inconfidência, a importância que as autoridades portuguesas lhe dispensaram e sobretudo as condições sócio-econômicas que a determinaram, vemos que este movimento nada teve de utópico. A luta pela independência continuou e foi vitoriosa em 1822, trinta anos após o suplício de Tiradentes. A aristocracia rural e a classe média lutaram em 22 da mesma forma que haviam lutado em 89. A solução, em virtude das condições políticas ocasionais, foi diferente daquela almejada pelos inconfidentes. Isso, porém, não importa, porquanto a independência foi proclamada.

De resto, o se chamar esta ou aquela revolução de utópica, é em geral, muito relativo. Quem poderia deixar de considerar utópica e romântica a ação de Fidel Castro, com quinze jovens aventureiros embrenhados nas selvas da Sierra Maestra, a lutar contra um exército inteiro de Batista, armado e consolidado no poder?

Foram essas utopias que nos deram o mundo adulto dos nossos dias. Um episódio, como a Inconfidência, determinado e condicionado por fatores objetivos e decisivos, não pode ser utópico.

25 - Por do Sol em Ouro Preto

26 - Entrada da Igreja Santa Efigênia - Ouro Preto

27 - Festa de Corpus Christi →

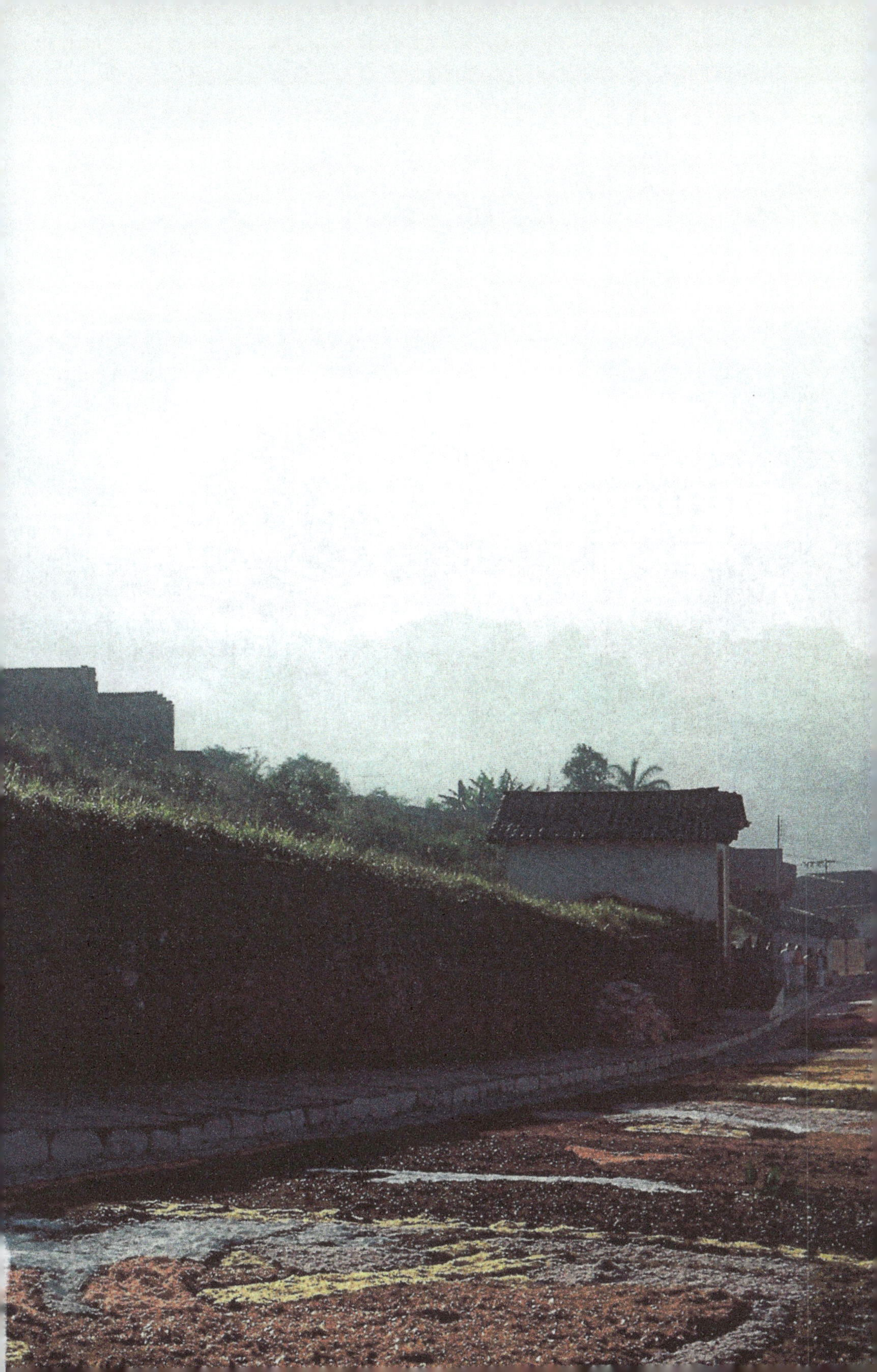

28 - Vista Geral da Cidade

XIV - CASA DA CÂMARA E CADEIA – PALÁCIO DOS GOVERNADORES E CASA DOS CONTOS

No estudo da colonização portuguesa, o poder municipal, como célula básica de toda uma vasta estrutura administrativa, é da maior significação. Ao *Domus Municipalis* cabia representar o interesse local, os "homens bons" do lugar, as forças econômicas de cada núcleo populacional. Estava, por isso, sempre situado na parte mais destacada da vila ou cidade, simbolizando a justiça e a autoridade municipais. Prende-se, em sua origem, à comuna medieval, sendo ainda, remota ressonância da cúria e da basílica romana. Afirma Paulo Thedim Barreto no seu ensaio "Casas de Câmara e Cadeia" (*Rv. Patrimônio Hist. e Art. Nacion* n.º 11 – Rio, 1947) que:

"Algumas casas municipais possuem pórticos destinados a feiras e mercados, e outras são precedidas de escadarias ou, então, possuem varandas para os pregões. Centralizando o edifício coloca-se, em geral, a torre, onde se instalam os sinos que comandam a vida de cidade. O *Domus Municipalis* contém a cadeia, o arsenal das milícias, as salas das reuniões para os magistrados, acompanhadas, por vezes, de outras salas e de uma capela. As salas de reuniões eram abertas sobre a fachada principal e ladeavam, quase sempre a torre. Em síntese esse é o tradicional programa das casas municipais." (Págs. 19 e 20).

Como acentua esse autor, é fácil a qualquer observador verificar o aspecto soberbo e altivo como um dos principais característicos plásticos das casas de Câmara e Cadeia. Por outro lado, parece fora de dúvida que o município português é de origem romana. A torre origina-se do costume, ou necessidade medieval, de se dotar a vila de um posto de vigia de onde se dava o alarme contra os inimigos externos e outras ameaças, como acentua Diogo de Vasconcellos (*A Arte em Ouro Preto* — Ed. Acad. Min. 1934 — Pág. 86).

Fato, porém, curioso é que em certos períodos históricos, o poder municipal representou os interesses imediatos locais dos "homens bons" contra os grupos sociais mais humildes, ensejando ao rei defender os seus "amados vassalos", contra o poder municipal. Daí a "proteção" paternal sempre alegada por el-rei. Talvez esse aspecto curioso da história do poder municipal se prenda ao conflito antigo entre o rei e os barões feudais, pois os "homens bons" eram, em última análise, os potentados locais de interesses vinculados à região. Daí a nomeação, pelo rei, do Juiz de Fora, isto é, o magistrado vindo de fora para se opor àqueles eleitos pelos vereadores, que eram o vereador mais velho, o almotacé, etc. Afirma Diogo de Vasconcellos que dessa composição do judiciário originou-se a expressão *aqui del-rei*, que significava o protesto dos povos oprimidos pedindo a proteção da monarca contra os "homens bons". (Ob. cit., pág. 86).

Em outras fases históricas, porém, o poder municipal se coloca em aberta oposição aos interesses da coroa e ao lado dos povos. Foi isto que ocorreu mais frequentemente em Minas durante o século da mineração.

Em geral, as nossas Câmaras lutaram, procurando sempre soluções legais — contra as imposições excessivas do fisco. Houve casos, sem dúvida, em que a ação radical dos motins lançava os camaristas ao lado do rei, como por ocasião do movimento de Felipe dos Santos e na Inconfidência; mas, o comum era a Câmara se colocar em defesa dos povos, propondo soluções pacíficas ou conciliatórias.

Havia em Minas várias casas da Câmara e Cadeia, das quais, infelizmente, poucas foram conservadas.

Assim, pelo Código 4, folha 40, do Arq. Público, (S.G.) sabemos que em 1731, em Sabará, o mestre de campo André Gomes Ferreira arrematava todo o madeiramento para a construção da Casa da Câmara, que teria "Sua enchovia e sella fechada, casa de segrêdo, oratório". A Câmara de Sabará foi erguida na atual praça do Rosário, de frente para a igreja, onde hoje existe uma bomba de gasolina. O arrematante da obra foi Antônio Gomes de Oliveira.

Já em Mariana, José Pereira Arouca, em 1782, arrematava a construção da casa da Câmara e Cadeia, "na forma das condições e risco". Arouca realizou em Mariana várias obras notáveis, como a igreja de São Francisco de Assis e outras.

A casa da Câmara de Mariana é hoje um dos seus mais belos edifícios, em pedra lavrada e alvenaria, situado no antigo Largo de São Francisco, hoje praça João Pinheiro. Seu risco é de José Pereira dos Santos, notável arquiteto de Mariana. Neste local situara-se outrora, o quartel dos dragões de cavalaria.

Nobre e severo, fronteiriço ao Palácio dos Governadores, o atual Museu da Inconfidência simboliza o poder popular enfrentando o poderio colonial. Os dois edifícios representam duas decisões, dois interesses, duas mentalidades que se enfrentam e se desafiam: os representantes da população e o delegado supremo do poder absolutista colonial. Um no seu palácio militarizado, o outro na Casa da Câmara; e até o estilo arquitetônico do primeiro reflete a opressão, pois que se trata muito mais de uma fortaleza que propriamente de um palácio, não sugerindo, em nada, o monumento pagão de delícias afrodisíacas citadas por Critilo, o nosso ferino e lendário cicerone. E já o sábio Saint-Hilaire, com ares superiores, comentava: "a casa dos governadores que chamam pomposamente de palácio". O contraste, porém, continua: se no palácio ocorreram, como informou o poeta, bacanais sem conta nem exemplo, na Casa da Câmara e Cadeia os instantes, minutos e dias da história dessa casa, que em muitos anos foi, sem nenhuma dúvida — o calvário do povo, sepulcro frio e cruel de crueldades também sem conta nem exemplo.

Com sua torre, frontão renascentista, doze janelas de frente e quatro portas, planta retilínea e álgida claridade, essa é a casa da Câmara e Cadeia de Vila Rica, tracejada em 1784 por Luiz da Cunha Menezes, o Fanfarrão Minésio, segundo declarações do próprio governador em carta dirigida à Coroa.

Desde há muitos anos constituía plano acentuado da Câmara de Vila Rica a construção da sua Casa de reuniões e deliberações. Ainda no governo de D. Lourenço de Almeida, em 1727, planejou-se essa obra. Provavelmente, a constante premência econômica causada pela política tributária da colônia, impedia a realização do edifício. Em1732, ainda ao tempo de D. Lourenço, houve nova tentativa; há uma ordem régia permitindo a obra, que foi então arrematada por João Fernandes de Oliveira. Não tendo sido iniciada a construção por falta de recursos, em 1745, Gomes Freire de Andrada cuida novamente do problema. Foi feita a arrematação por Manoel Francisco Lisboa sob risco do brigadeiro José Fernandes Pinto de Alpoim, engenheiro militar, arquiteto do palácio e que se revelou inclusive, urbanista, ao traçar a planta da nova Mariana por essa mesma época. Ainda dessa vez o projeto não se realizou. Passava o tempo e Vila Rica continuava sem uma casa própria onde o Senado da Câmara realizasse suas reuniões, ao passo que os seus prisioneiros eram alojados precariamente em cadeias improvisadas e desprovidas de segurança. Esta é mais uma consequência da política de situar a tributação do ouro, não como objetivo primordial da colônia, mas como objetivo único.

    Ao chegar em Minas, vindo de Goiás, onde governara da mesma maneira absurda que entre nós, Cunha Menezes, em 1783, apaixona-se pelo plano de dotar Vila Rica de um monumento grandioso, tão grande que pudesse perpetuar a memória do seu governo muito mais que a lembrança dos seus crimes. Foi a grande vaidade de um mau governante que nos legou essa obra prima da arquitetura colonial, edifício que exprime, com tanto vigor e bom-gosto, o estilo de vida, o relâmpago na tela do tempo de uma civilização. Não se pode negar, porém, ao Fanfarrão, inegáveis dotes de arquiteto, se é que o projeto é integralmente dele, como afirmou. Ficaríamos mais tranquilos a esse respeito se a afirmativa tivesse sido confirmada por outros. É estranho que Cunha Menezes fosse um arquiteto tão magnífico, quando jamais revelou a menor preocupação ou cogitação intelectual, a menor tendência para quaisquer problemas estéticos. Preferia sempre em torno dele, ocupando os cargos de secretário ou escriba, as pessoas mais ignorantes e boçais. Entretanto, é opinião geral e cristalizada entre historiadores: Cunha Menezes foi o autor do risco da Casa da Câmara e Cadeia de Vila Rica. Afirmou também o governador que sua planta "é muito diferente do que fez e lhe vendeu o Alpoim."

    Para realizar o seu monumento, sua excelência não mediu sacrifícios alheios. Todos, pobres e ricos, deveriam contribuir para a glória

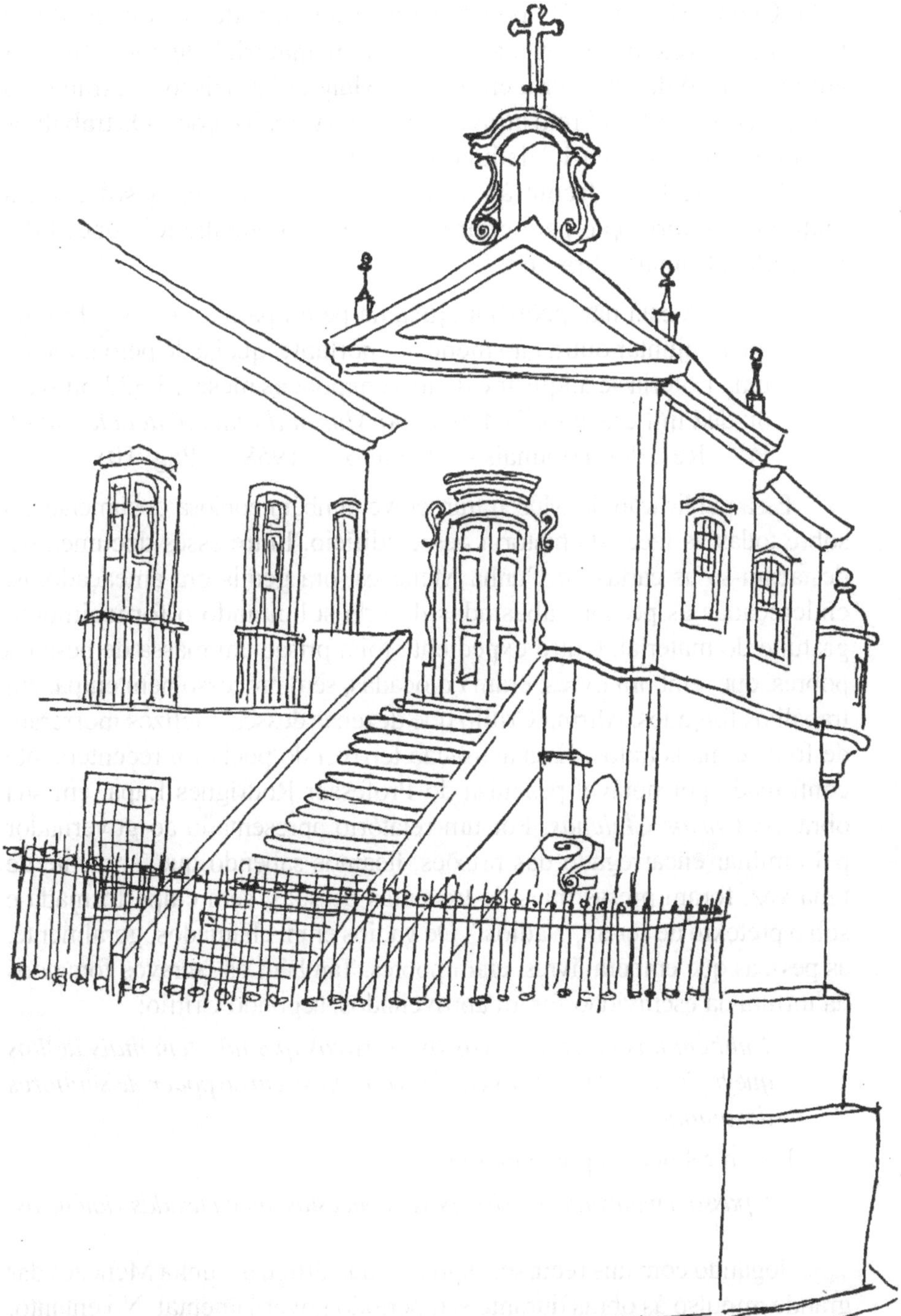

dele, Cunha Menezes. Os pobres seriam aprisionados e condenados a trabalhos forçados; os ricos forneceriam material de todo tipo. A administração da obra seria entregue a Manoel Francisco de Araújo, já consagrado em Ouro Preto através de diversas realizações. Os trabalhos foram iniciados no dia 1.º de junho de 1785.

A fim de fazer frente às despesas, Cunha Menezes solicitou à metrópole autorização para criar uma loteria, o que lhe foi concedido. Em carta à Câmara afirmou:

> "A esta não pequena ajuda da pedra para a mesma obra lhe quero ajuntar outra não menos importante, qual a de pelo meio de uma Loteria se adquirir e dentro em poucos meses, 3.333 oitavas, ou dez mil cruzados" (*A Sede do Museu da Inconfidência em O. P.* — Rev. dos Tribunais — S.Paulo — 1958 — Pág. 10).

Essa publicação do Museu transcreve também copiosa documentação sobre todas as faces da história desse edifício. Entre esses documentos, destacam-se as cartas de Cunha Menezes, ora gentis ora ameaçadoras, endereçadas às pessoas abastadas da vila solicitando o fornecimento gratuito do material. Outro expediente foi a prisão em massa de pessoas pobres, que, embora livres, eram colocadas, sem processo nem culpa, em trabalhos forçados. Afirma Critilo que dezenas desses infelizes morreram de fome e maus tratos. Essa acusação terrível do poeta foi recentemente confirmada por notável pesquisa do Professor Rodrigues Lapa, em sua obra, *As Cartas Chilenas*. Por um relatório apresentado ao governador pelo militar encarregado das prisões, ficamos sabendo que, somente de uma vez, foram presas mais de trezentas pessoas, sem culpa formada e sob o pretexto de serem "vadios". De vadios eram chamados, geralmente, as pessoas que embora livres, eram pobres. Também os escravos foragidos da tortura da escravidão foram aproveitados, segundo Critilo:

> *Também nas grandes levas os escravos que não tem mais delitos que fugirem / À fome e aos castigos que padecem no poder de senhores desumanos.*

E sem rebuços o poeta clama:

> *E passa a maltratar ao triste povo/ com estas nunca usadas violências.*

Jogando com tais recursos, não foi nada difícil a Cunha Menezes dar grande impulso às obras durante seu período governamental. No entanto, os governadores seguintes, não querendo usar seus processos opressivos, tiveram que ir relegando a segundo plano o sonho de grandeza do Fanfarrão. O Visconde de Barbacena, logo no princípio da sua administração, teve que enfrentar problemas bem mais agudos e graves que a construção suntuosa: a Derrama e consequente Inconfidência roubaram o sossego dos seus dias, absorvendo suas preocupações. São interrompidas as obras, mas em 1790, há nova arrematação de José Ribeiro de Carvalhaes.

Entretanto, já em 1810, vinte e cinco anos depois do início da construção, o então governador D. Manoel de Portugal e Castro, oficiou à Câmara, dizendo que estando interrompida a obra da Câmara e Cadeia...

> "e sendo mais conveniente acudir primeiro à fatura das calçadas das ruas principais desta Villa, que se acham de forma tal que por elas se transita com iminente risco,... ordenava que se aplicasse os fundos da loteria aos trabalhos das calçadas."

Dessa maneira, a construção do edifício se prolongou até 1847. O período de maior intensidade nos trabalhos, já no século XIX, foi aquele transcorrido entre 1832 até 1841. Os principais arrematantes foram: Sargento-mor José Bento Soares, trabalhos do telhado com "quatro águas", concluído em 6 de junho de 1836; e logo depois o telhado ao fundo do edifício, realizado por Manuel Joaquim Dias. Finalmente, trabalharam ou fiscalizaram a obra os engenheiros Fernando Hefeld, em 1850, Júlio Borel e Henrique Dumont.

Este último acusou defeitos "no salão inferior do lado posterior da cadeia", que foram pelo mesmo corrigidos. O chafariz da frente foi feito pelo capitão Bernardo José Araújo, quando presidente da Província Quintiliano José da Silva, em 1846. Nesse chafariz lê-se a seguinte inscrição:

> *Inaugurado a 2 de dezembro de 1846, 21.º Aniversário De S. M. O Sr. Dom Pedro II, por Ordem do Presidente Da Província Quintiliano José da Silva.*

Em 1840 foi feito o último pagamento a José Bento Soares, considerando-se esta data como marco conclusivo da construção da Casa da Câmara e Cadeia de Ouro Preto.

A partir da primeira década do século XIX, toda a região de Minas passou por profundas transformações políticas: A vinda de D. João VI para o Brasil teve também ampla repercussão em Minas. Foi através dessas renovações que a Casa da Câmara e Cadeia cresceu e se fez o grande monumento que hoje admiramos. Nascendo no governo tirano de Luiz da Cunha Menezes, atravessando os dias trágicos da Inconfidência, o edifício que é hoje o Museu consagrado a fixar para a posteridade a glória eterna dos patriarcas da independência — destino jamais sonhado por Cunha Menezes e pelos infelizes que aí trabalharam e morreram, esta casa guarda, na grandeza severa de sua arquitetura, as mais vivas reminiscências da história de Ouro Preto, suas derrotas e vitórias passadas, seu tão sofrido anseio de liberdade e independência. Este museu simboliza, portanto, para o Brasil de hoje — a raiz e a alma do espírito nacionalista da nossa população.

Através da história desse edifício, vemos que não foi inútil o sacrifício dos inconfidentes; pois, antes de concluída a obra iniciada pela tirania, floresceu a independência em 22, cresceu o partido liberal e suas lutas, ampliou-se o amor e a fidelidade à democracia no seio dos povos das velhas Minas Gerais.

Foi em 16 de dezembro de 1815 que o então príncipe regente, D. João elevou o Brasil à categoria de Reino Unido. E logo depois, em 1818, D. João, no Rio, era aclamado rei, tomando o nome de D. João VI.

Em 28 de fevereiro de 1821, esse monarca transforma as capitanias em províncias do Reino Unido do Brasil e em 1822, coroando as batalhas da Bahia e do nordeste, era proclamada a independência. Minas participou amplamente da luta pela independência. Deste movimento eclodiu o espírito democrático que se polarizou no partido liberal.

Presidida por D. Manoel de Portugal e Castro, em Obediência a uma ordem de D. Pedro, instalou-se em Minas em 14 de agosto de 1821, a primeira Junta Provisória do Governo da Província. Pois bem, essa junta determinou a demolição do "padrão de infâmia" mandado construir, pela Coroa Portuguesa em 1792 para execrar a memória de Tiradentes. A Junta tomou a deliberação de destruir esse marco no mesmo dia da sua instalação (*A Sede do Museu de Inconfidência*, pág. 33).

A Câmara aí se instalou em 1836, permanecendo no seu pavimento superior até o ano de 1863, quando o excesso de presidiários forçou a transferência dos seus serviços para o Passo Municipal, numa casa das proximidades, alugada pela câmara. Funcionou então a casa exclusivamente como cadeia, de 1863 até 1907, quando o presidente João Pinheiro — autêntico estadista — resolveu reformar o sistema penitenciário de Minas. Em1908, esse eminente homem público comunicava ao congresso mineiro que havia sido feita completa remodelação na cadeia, onde os presidiários poderiam gozar de higiene e trabalhar em diversos ofícios. Inicia-se nessa época o sistema de trabalho dos detentos.

Finalmente, em 1938, é criada, pelo governo Benedito Valadares, a Penitenciária de Neves, presídio moderníssimo, nas proximidades de Belo Horizonte, transferindo-se os presos de Ouro Preto para Neves.

Doado o prédio à União, era publicado em 20 de dezembro de 1938 o Decreto-Lei criando o Museu da Inconfidência.

"O Presidente da República decreta:

"Fica criado em Ouro Preto o Museu da Inconfidência, com a finalidade de colecionar as coisas de várias naturezas, relacionadas com os fatos históricos da Inconfidência Mineira e com seus protagonistas e bem assim, as obras de arte e de valor histórico que se constituem documentos expressivos da formação de Minas Gerais". (Ob. cit., pág. 57).

O edifício foi entregue à Diretoria do Patrimônio Histórico e Artístico em janeiro de 1940 e em agosto de 1944 era definitivamente instalado o Museu, lavrando-se a ata respectiva, assinada por Rodrigo Mello Franco de Andrade, diretor do Patrimônio Histórico e Artístico Nacional. Foi o primeiro diretor do estabelecimento o historiador e pesquisador Cônego Raimundo Trindade. Aposentando-se posteriormente, foi substituído pelo conservador Oswaldino Seitas, que o dirige atualmente.

E de se notar o admirável acervo de mobiliário antigo do Museu, o Panteon dos inconfidentes, projetado, com excepcional bom-gosto e discrição, pelo arquiteto Jose Souza Reis e os recibos de Antônio Francisco Lisboa. Ó Mausoléu dos inconfidentes é realização especialmente feliz. Seu autor conseguiu o máximo de gravidade com o máximo de simpleza. Aí repousam as cinzas daqueles que tanto sonharam com a nossa independência. O Museu possui também o relógio de uso de Tiradentes, autógrafos de vários conjurados, peças da forca onde foi imolado Silva Xavier, além do diploma em filosofia do inconfidente José Álvares Maciel, documento da Universidade de Coimbra. Há ainda várias peças de autoria de Antônio Francisco Lisboa, assim como diversos documentos assinados por esse artista.

A coleção de mobiliário típico do século XVIII é valiosa. Há várias peças de alta expressividade e bom-gosto, que revelam como os nossos carapinas e artífices de outrora souberam emprestar caráter próprio e genuíno ao estilo da velha mobília portuguesa.

As obras de adaptação do edifício às finalidades do museu foram dirigidos pelo arquiteto Renato Soeiro e executados pelo engenheiro e historiador Francisco Antônio de Oliveira Lopes.

Palácio dos Governadores

Como já tivemos oportunidade de dizer, o primeiro palácio de Vila Rica, citado em antigos documentos como o Palácio Velho, foi a casa de Henrique Lopes, situada em local insalubre, próximo à chamada Mina de Chico Rei, ou da Encardideira, residência esta que depois de reformada por seu proprietário — rico minerador daquele tempo — hospedou, em 1717,o Governador D. Pedro de Almeida, Conde de Assumar.

Já no governo de Gomes Freire de Andrade, o governador que mais construiu, o sargento-mor de engenharia, Fernandes Alpoim, projetou, em 1741, o Palácio definitivo, em pedra e cal, que foi construído por Manoel Francisco Lisboa no local da antiga casa de Fundição e da Moeda de Vila Rica, que estava em ruínas.

José Fernandes Pinto Alpoim, que a julgar pelo palácio não era homem de requintes estéticos, porém engenheiro competente e seguro, não só riscou o projeto da obra, como também redigiu em 1741 detalhadas notas orientadoras do arrematante. Deste documento destacamos ligeiras passagens, todas extraídas da pesquisa de Francisco de Oliveira Lopes, em seu livro *Os Palácios de Vîla Rica*:

> "... as paredes desta obra até o vigamento serão de quatro palmos de grosso cujo pé direito começando a contar da porta principal terá vinte e dois palmos craveiros e incluindo nessa altura levara um cordão de cantaria com um palmo de alto, outro de sacada como o das fortificações que cercará em roda toda a obra de cortinas flancos e faces."

> "... Nos ângulos flanqueados dos quatro baluartes haverá em cada um uma guarita redonda, fundada sobre seu pião." (Ob. cit., pág. 17).

Em junho de 1741 a obra foi arrematada "na forma da planta e condições, com o lanço de quarenta mil cruzados, que dava Manoel Francisco Lix. a Me. Carapina". (Ob. cit., pág. 18).

A parte de cantaria foi arrematada por Manoel Ferreira Poças "que se obrigou por sua pessoa e bens, a satisfazer bem e inteiramente no tempo e com mais condições e cláusulas que a ela dizer respeito, das com q. rematou met. Fr.^{co} Lix^a obra principal do Palácio." (Ob. cit., pág. 18). Já a execução do pórtico do edifício, coube ao mestre canteiro Caetano da Silva Ruivo, segundo arrematação do mesmo ano de 1741. Segundo os apontamentos de Alpoim, o pórtico seria da "ordem Toscana com todas as molduras, sacadas e mais partes que mostra a planta." Sobre a tarja do alto, estava indicada a inscrição:

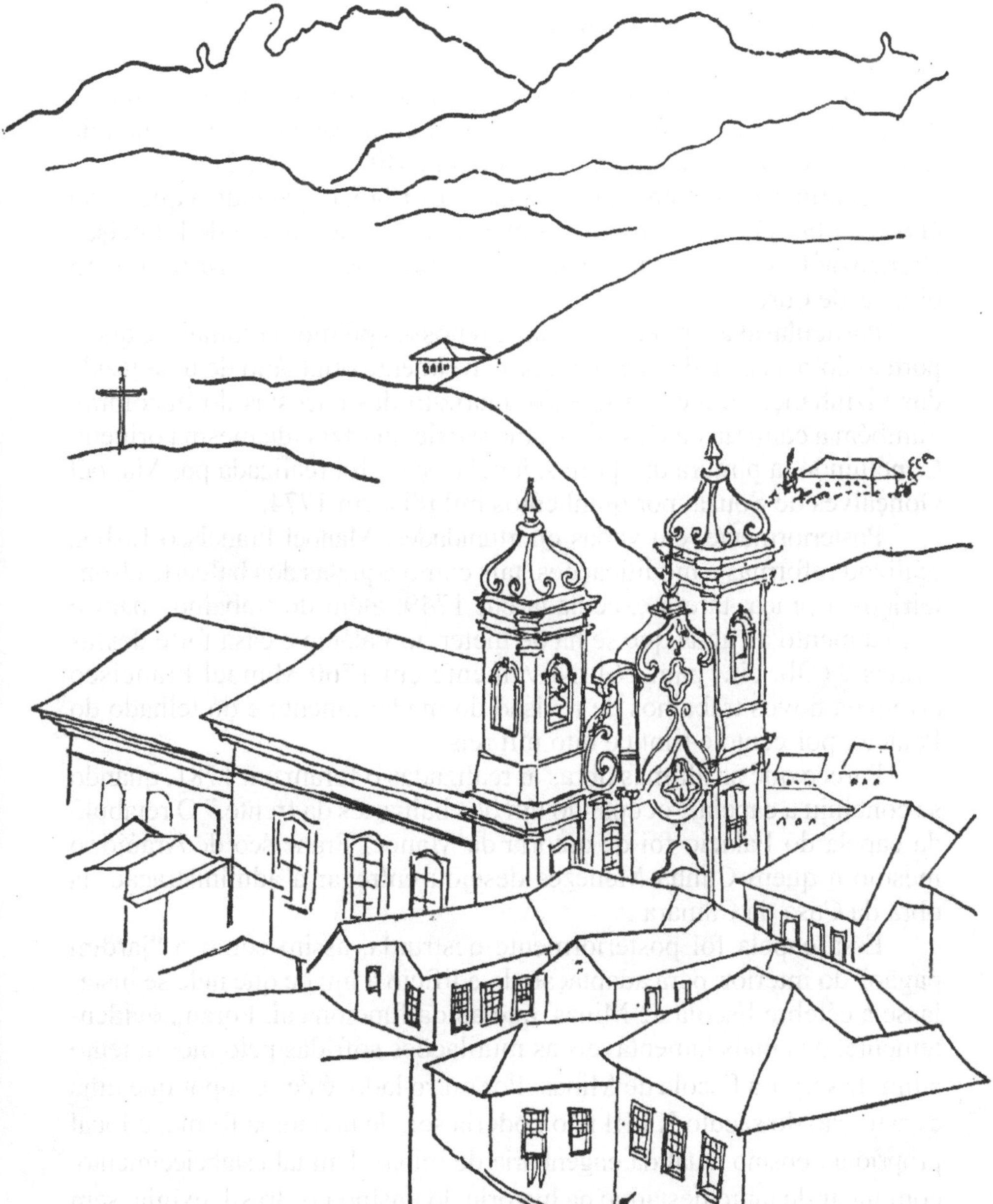

Reynando D. João V nosso Senhor e Sendo Governador E Capitão General do Rio e Minas Gerais o Sargento Mor de Batalha Gomes Freire de Andrada.

A madeira usada, a julgar pelas condições — foi toda ela de jacarandá, "de cal de regada, e bem curtida e macia com traço de areia limpa de terra, e bem caiadas com a maior albura possível." (Pág. 21).

As armas reais foram arrematadas em 1746, o que indica que nesta época a obra já estava em fase conclusiva. Seu desenho é de Francisco Branco de Barros e seu arrematante Domingos Rodrigues Torres por 55 oitavas de ouro.

Particularidade pouco comum em nossos prédios coloniais, é que o pórtico do palácio é de mármore, provavelmente originário de uma jazida das vizinhanças e a cantaria é do quartzito das encostas do Itacolomi. Também a cantaria da Casa da Câmara é de quartzito da mesma origem. Concluindo, a pintura das portas, janelas, etc., foi realizada por Manoel Gonçalves de Souza, por quinhentos mil réis, em 1774.

Posteriormente, em várias oportunidades, Manoel Francisco Lisboa realizou reformas e modificações, tais como aquelas dos baluartes fronteiriços à praça, tarefa executada em 1749, além do trabalho "para o encanamento da água que se há de meter no Palácio e casa forte dessas Minas." (Ob. cit., pág. 26). Novamente em 1760 Manoel Francisco arremata novos trabalhos de revisão do madeiramento e do telhado do Palácio, por cento e trinta e oito mil réis.

Parece que as últimas obras aí realizadas o foram em 1781, quando se concluiu a capela, "ocupando um dos baluartes da frente." O retábulo da capela do Palácio foi de autoria de Manoel Francisco de Araújo, o mesmo a quem Cunha Menezes desejou entregar a administração da obra da Casa da Câmara.

Essa capela foi posteriormente destruída, assim como o "jardim pagão" do interior, para adaptação do edifício a fim de que nele se instalasse a célebre Escola de Minas, que ainda funciona aí. Foram, evidentemente, das mais lamentáveis as mutilações sofridas pelo monumento a fim de servir à Escola de Minas. Por outro lado, é de se supor que uma construção do século XVIII não poderia ser, de nenhuma forma, o local próprio ao ensino atual da engenharia de minas. Um tal estabelecimento, com lugar de tanto destaque na história do ensino no Brasil, exigia, sem nenhuma dúvida — edificações moderníssimas e funcionais, com aparelhagem e laboratórios altamente avançados, constituindo, portanto, uma impropriedade a sua permanência no Palácio dos Governadores.

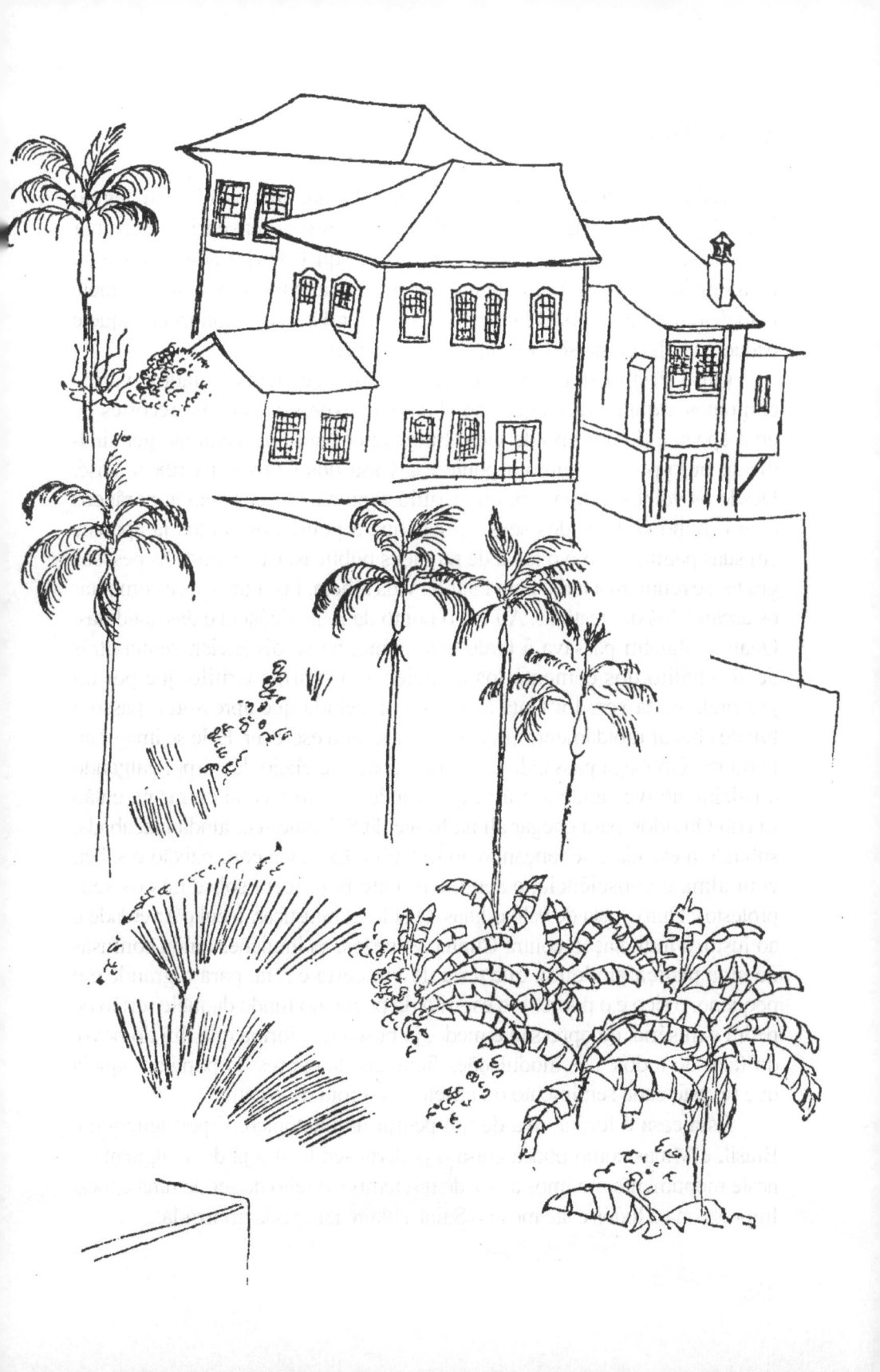

A Casa dos Contos

Todas as cidades possuem um trecho de rua, uma esquina ou ângulo de paisagem, que é o mais representativo daquilo que se convencionou chamar de "alma da cidade". Não é fácil saber por que aquele trecho, aquela nesga ou fatia de vida ganhou, com o tempo determinada expressão-síntese, aquele jeito de retrato do todo. O fato é que todos, geralmente, reconhecem aquele pedaço da vila como se fosse um retrato da mesma.

Ouro Preto ostenta muitas ruas, muitos edifícios isolados, vários conjuntos arquitetônicos que são altamente expressivos como recortes de uma época e de um tipo de vida. Entretanto, para nós, nada tão genuinamente ouro-pretano como a ponte e a Casa dos Contos, na rua S. José. Desde os velhos tempos em que Critilo açoitava os seus contemporâneos com o relho certeiro dos seus versos, que a ponte dos contos já aparece em suas páginas como o local de reuniões públicas, isto é, onde as pessoas gradas se reuniam à tarde para falar da vida alheia, fazer intrigas e comentar os escândalos domésticos. Ali era o ponto da maledicência e das anedotas. Quando alguém passava à tarde pela ponte, ao se distanciar, sentia atrás de si o hálito dos comentários maliciosos. E afirma Critilo que por ali passando certa vez, foi tanta a sugestão recebida que apressou o passo a fim de chegar rapidamente em casa e começar a escrever. É de se imaginar, portanto, Gonzaga passando pela ponte, baixo e cheio de corpo, galgando a ladeira, atravessando a praça, quebrando à esquerda ao entrar na então rua do Ouvidor, para chegar ali na frente da S. Francisco, ainda inacabada, subindo a escada e se lançando ao trabalho. Escrevia com paixão e saber, com alma e consciência, e seu talento até hoje jorra sobre nós os seus protestos. Duro poeta de velhas lutas. O ódio às injustiças, o culto à verdade e ao justo, a indignação contra Cunha Menezes, as intuições ainda confusas de uma justiça vindoura, que teria de vir, certa e reta, para o grande e o pequeno, o rico e o pobre. E o espírito do poeta, no fundo daquele sertão de pedra e miséria, de opressão e medo, já buscava a forma que flui do povo, do falar de todos, nas modulações flexíveis da expressão popular, aquela que reveste cada sentimento ou anseio que brota do coletivo.

Essa casa é forma viva de um pensar arquitetônico. É portuguesa e é Brasil, é Minas como pouca coisa o poderia ser. Como já disse alguém — neste monumento ouvimos a voz de um tempo, o jeito de ser de uma época. Impressiona a todos e até mesmo Saint-Hilaire não pôde ironizá-la.

A Casa dos Contos foi construída por João Rodrigues de Macedo, que era o contratador dos direitos dos dízimos e entradas da capitania. Destinava-se a ser a residência de João Rodrigues, o que nos leva à conclusão de que o contratador era homem progressista em sua época, de vistas largas, pronunciada vaidade e excepcional noção de conforto. É de se supor, de acordo com a sugestão de Francisco de Oliveira Lopes, (*Os Palácios de Vila Rica*, pág. 79), que, pelo ano de 1787, a Casa dos Contos já estava construída. É que, por essa época, Alvarenga Peixoto, em carta a João Rodrigues, que segundo vários indícios, deveria ter sido também inconfidente, faz clara referência ao término da construção – *que a sua obra está excelente e eu ardendo para vê-la*, (ob. cit., pág. 79). Presume-se que a casa foi projetada e construída por José Pereira Arouca, de Mariana. Achamos pouco provável a versão de Diogo de Vasconcellos ao atribuir a Souza Calheiros a construção da Casa dos Contos.

Já por volta de 1790 ou 92, a situação financeira de João Rodrigues de Macedo, como de resto de muitos outros contratadores, era calamitosa. Há documentos datados de 1782 que falam da dívida do contratador para com a Coroa e são várias as providências da Junta da Fazenda para forçar João Rodrigues a saldar seu débito.

Em virtude da situação de insolvência do proprietário, o governo acabou se apropriando, por sequestro, desse imóvel. Por ocasião da Inconfidência, o pavimento térreo foi adaptado para prisão de alguns inconfidentes. Ai, num desses "segredos", foi encontrado o corpo de Cláudio Manoel da Costa, segundo o Auto do Corpo de Delito. Mais tarde, por volta de 1794, parece ter sido transferida para a Casa de Rodrigues de Macedo a Intendência de Vila Rica e a Junta da Fazenda.

De princípio, o prédio era conhecido como Casa do Real Contrato, pois Rodrigues de Macedo era contratador. A designação *Casa dos Contos* prende-se ao fato de aí serem guardados os cofres de ouro da Junta da Fazenda. Desde há muito que essa designação era usual em documentos oficiais. O historiador Francisco Lopes cita a propósito o seguinte documento de 1724:

> *Esta Casa dos Contos de que o Provedor da fazenda real da conta a v. mags. é a casa da fazenda, onde estão os cofres de ouro...* (Ob. cit., pág. 43).

Quanto à Junta da Real Fazenda, foi criada em 1765, constituída pelos funcionários: tesoureiro, recebedor, ouvidor, intendente, provedor e procurador da fazenda, sendo presidida pelo governador, e seu período era de três anos. O rei determinou também que esta Junta tenha o "cofre de três chaves", ficando uma com o provedor outra com o procurador e a terceira com o ouvidor.

Em 1771 modifica-se a constituição da Junta, pois não estava satisfeito el-rei com os seus trabalhos. Essas modificações porém, não são muito substanciais nem afetam a estrutura inicial. Introduz um escrivão da Junta com a tarefa de toda a Contabilidade e tem a Junta de realizar "as arrematações dos Contratos, e reger as Administrações que mandar fazer por conta da mesma Fazenda." (Ob cit., pág. 44).

Esse sistema de contrato foi, sem dúvida, um dos grandes erros administrativos do governo colonial. O contratador geralmente causava grandes prejuízos ao erário, dava trabalho à Junta e acabava indo à falência. Além disso, proporcionava aos desonestos, como Cunha Menezes, especulações diversas, que, vindo a público, contribuíam para desmoralizar o governo e tumultuar a vida administrativa.

Além dos três magníficos edifícios citados neste capítulo e que são dos mais expressivos monumentos arquitetônicos de Ouro Preto, a Casa dos Contos, a Casa da Câmara e Cadeia, o Palácio dos Governadores, todos da segunda metade do século XVIII, há na cidade muitos outros prédios dignos de serem vistos e admirados. Todas as residências da Praça Tiradentes, por exemplo, principalmente a Casa da Baronesa e aquela que lhe fica em frente, ostentando a inscrição na sacada, que foi de D. Manoel de Portugal e Castro, são monumentos do maior interesse. Ademais diversas residências da rua Direita isto é, rua que vai diretamente à praça principal e que hoje se chama de Bobadela – são belos exemplares de arquitetura peculiar ao ciclo do ouro. Não nos seria possível, porém, focalizar particularmente cada uma dessas edificações. Em virtude disso, colocamos, no fim do volume, um apêndice ou roteiro onde o leitor encontrará a referência resumida e objetiva a cada um dos monumentos mais significativos de Ouro Preto, inclusive os chafarizes tão característicos das cidades coloniais de Minas.

Recapitulando os marcos principais da história de Vila Rica do Pilar, temos: em 1711, criação da vila por Antônio de Albuquerque Coelho de Carvalho; em 1720, transfere-se a residência do governador de Mariana para Vila Rica, que passa a ser o centro administrativo da capitania; em 1825, Vila Rica é elevada à Imperial Cidade de Ouro Preto, capital da província; em 1897, a capital é transferida para Belo Horizonte.

XV – ADEUS A OURO PRETO

Lendo hoje sobre o ciclo do ouro, vemos no interior perdido da América do Sul, isolado do mundo, com sua única estrada para o litoral rigorosamente policiada por forças militares que impediam o trânsito a estrangeiros — um povo criado por entre serras e pedras, planícies imensas e matas virgens seculares, plasmando uma civilização, cultuando a música, a pintura, a escultura e a poesia. Era uma gente que, quando se lhe negava toda e qualquer fonte de saber, forjava cultura, pensamento e arte, compondo uma música tão grande como a europeia, uma escultura poderosa, uma arquitetura que renovava o barroco, uma poesia que já visionava o romantismo, já rompia com sua origem portuguesa, descobrindo o povo, o linguajar de todos, a postura natural da expressão, o comportamento social de uma plasticidade literária genuína. Há trechos de *As Cartas Chilenas* que lembram, por exemplo — um João Cabral de Melo Netto ou Drummond.

Criaram ainda um pensamento político vinculado à nossa contingência histórica, à conjuntura colonial, impulso do profundo e secular anseio de independência nascido na densidade da batalha que durou um século e que até hoje modula a sensibilidade nacional.

O século XVIII encerra as mais vivas raízes do sentir e do pensar do Brasil como povo e nação, seu destino, digamos, civilizador, sua decisão histórica de ser e de atuar como povo independente — econômica, social e culturalmente. Ergueu-se, então, a base de uma civilização, o perfil de um comportamento coletivo, o lastro de um povo no seu processo, trajetória de grande batalha, *épos* ou drama coletivo, do choque violento entre os homens de Minas e a Coroa, o poder estrangeiro e a decisão nacional que se exprime tanto no plano estético como no político.

Através dos emboabas, de Felipe dos Santos, das lutas dos quilombos e da resistência à capitação, quando os comerciantes se ligam aos escravos foragidos, até chegarmos à Inconfidência — são cem anos de guerra acesa, sem perdão nem concessão, brutal e dura, onde todos os tipos de luta são usados. Fundiu-se no coração de cada homem uma vontade, um pensar nacional, uma atitude peculiar do homem da montanha de pedra, nascido sob o signo da pedra — de pouca fala, pouco gesto, onde a ironia se mescla à discrição, marcando o código das montanhas, ainda e sempre para todo o sempre — odiando com loucura e com frieza, mas odiando mesmo, toda e qualquer forma de tirania. Lúcido no ódio, desconfiado no amor, tenso nas suas longas expectativas — este povo, já na decadência moderna do século XX, foi o primeiro no Brasil a instituir o voto secreto, a liberdade de imprensa, a cordialidade entre inimigos políticos, o meridiano da liberdade. Aqui todas as ideias exercitam seu comércio, transitam entre pessoas — que toda ideia é centelha sensível e fecunda que transpira vida e merece respeito — por mais errada que nos possa parecer. As ideias têm o seu convívio. O mineiro sabe escutar absorvendo o sabor de cada sílaba.

Eis agora os seus políticos corrompidos, que exclamam a urgência da revolução, *antes que o povo a faça*, e deitam exuberantes falações demagógicas que sabem inúteis e frívolas, com as quais tentam adiar a grande punição final que incendiará novamente a pedra de cada montanha e a memória de cada avô minerador.

O mineiro é contraditório até ao paroxismo. Nele habitam duas tendências antagônicas — a passional e a racional, que se integram na síntese da ironia e do desconfiar. E por isso, no mineiro, pode revelar-se o herói integral, santo puro, cristal de homem sem jaça, como também podemos ver o mais frio e torpe delator de pais e filhos, a quem nada repugna. São os "pusilânimes" com seu despistar sem conta nem limite. Os que vivem para negar a vida... — dos outros, que vivem para usurpar. Seus nomes são nacionais, mas também Silva Xavier e Antônio Francisco, Bernardo Guimarães e Alphonsus, Drummond e Guimarães Rosa, são nacionalíssimos. E houve também homens que foram ao mesmo tempo — políticos e poetas. Augusto de Lima, por exemplo, cujos poemas são precursores da poesia participante de cunho socialista em moldes parnasianos, do irredutível mármore parnasiano. Da sua vida política contam artimanhas de fazer uma pedra se arrepiar. Amava as contradições como uma evasiva. Todavia, eloquentemente liberalão sempre fora ele, sem se distrair do futuro. Chegará o dia em que o Brasil todo poderá glorificar e amar os poetas passados de Minas. Por mais passadistas que sejam, trazem sempre aquela candura irônica de primeira manhã do mundo, manhã da língua, folhagem molhada de orvalho, friagens matinais do caminho estreito recortando casas humildes em barrancos de musgo e relva gordurosa — o capim que ressuma mel vegetal e que se chama meloso.

E o gado ao longe, na mansuetude do ruminar, e cobrindo tudo e todos aquele silêncio jamais rompido pelo grito de um espanto, ou espoucar de uma raiva de homem.

Ao longo de cada vertente, os dois mundos se contemplam: a região das serras de pedra e no fundo de todas as terras — a chapada sem fim do sertão dos gerais com seus rios que estabelecem o convívio de todas as geografias, misturando nas suas águas o barro de tantos pés, lama de tantas origens.

Lourival Gomes Machado em *Viagem a Ouro Preto*, afirma:

"Na verdade, tão efetiva e autêntica é a função do barroco na civilização do ouro, que jamais nos perderemos, diante do seu esplendor, em esterilidades abstratas. Se das próprias igrejas salta a evidência das velhas lutas, das acomodações raciais e das desigualdades de fortuna, também delas próprias poderemos tirar toda a evolução da história que as fez e modificou".

Em verdade, fazer a história do barroco mineiro seria fazer a história de Minas. Esses altares, frontispícios e talhas laboradas com amor e ouro, guardam de fato, a marca, sinal ou efígie do que viveu um povo, sua marcha, avanços e recuos, suas emoções mais fundas suas alegrias maiores, sua raiva e seu fazer. E no fazer que somos, é na forma do sofrer que nos fixamos. O barroco mineiro aspirou à claridade, buscou o que é luz, equilibrou o que era exuberância, dominou o que fora arroubo, aquietou muitas e ancestrais vertigens, deu forma ao sonho e saber à fantasia. Este barroco mineiro desejou quebrar algemas, romper com a fórmula, criando novas formas, novas expressões de vida e do respirar da vida.

E, portanto, antes de tudo, uma manifestação de realidades sociais, de instantes históricos, registro estético do atuar e reagir de uma sociedade humana, procurando criar sua sensibilidade e sua poesia. Esse barroco (nascido da fuga da realidade, da abstração total) tem sempre para nós mineiros um jeito amigo de cotidiano. O homem, os homens, seus lazeres e pensares, impregnaram o barroco mineiro do sal do cotidiano. Foi uma sociedade que cresceu lutando, da luta incessante fazendo o pão de cada dia do seu espírito. A partir de 1760-63 essa luta criou raízes que jamais morreram. A consciência da luta amadureceu demais. No século XIX a base econômica se transforma por completo, a vida política se amolda, buscando novas estruturas, o processo se modifica. Mas ficaram os vínculos, a lição, a lembrança histórica. A propósito da sociedade que criou o barroco, escreveu Carlos Drummond de Andrade:

> "Um povo que é pastoril e sábio, amante das virtudes simples, da misericórdia, da liberdade — um povo sempre contra os tiranos, e levando o sentimento do bom e do justo a uma espécie de loucura organizada, explosiva e contagiosa, como o revelam suas revoluções liberais." (*The Prophets* — Rio — 1958).

Ao escolher o versículo bíblico para a estátua do Habacuc, no conjunto de Congonhas, obra adulta do gênio mineiro por excelência, entre outros dizeres do livro sagrado, Antônio Francisco fixou no azul de pedra talcosa esta frase:

A ti, Babilônia, te acuso, e a ti ó tirano Caldeu..."

Isto foi gravado em Congonhas quando a tirania decepava a Inconfidência, seus heróis exilados e as partes do corpo de Tiradentes eram expostas em lugares públicos. *A ti ó tirano Caldeu*, gritava o escultor quando o corpo de Silva Xavier se projetava em pedaços sobre a paisagem que ele desejara emancipar.

"Adeus, que vou trabalhar para todos," dissera o líder dos povos das minas. Desta viagem voltou já feito símbolo e promessa viva do pão difícil que se chama liberdade.

Muitos dirão, não inteiramente sem razão, que essa tradição tão viva e democrática está em contradição aguda com o espírito mineiro contemporâneo, sua ausência total de generosidade, seu excesso de respeito humano, sua inveja invencível e maquiavélica, traço mais forte do espírito mineiro, sua postura constante que se poderia chamar, numa tentativa abrangente de síntese, de mesquinhez total e permanente. Postura esta que levou um sociólogo a exclamar, risonho: "Nada irrita tanto ao escritor mineiro, como outro escritor mineiro".

Realmente, qualquer sucesso nos ofende. Sofremos mais o sucesso alheio, que gozamos o nosso. As crianças já crescem irônicas e não poderá haver nada mais tragicamente amargo que uma criança irônica. Queremos que o êxito, quase sempre, seja leviandade e audácia inconsciente. Quanto mais nobre e alto é o nosso gesto ou atitude, maior o pudor que dele sentimos. A vergonha que temos de qualquer escândalo — mesmo o mais justo — não raro se mescla à falta de vergonha. Isto é, o pavor do escândalo nos leva a vergonhosas concessões. A poesia do quixotismo jamais nos poderá emocionar. Entretanto, todos os nossos heróis, inclusive os do século XIX, são Quixotes da mais pura estirpe. Não temos por eles grande respeito, mas uma ternura calada e íntima, profunda e dolorida, com traços de remorso, como são quase todos os nossos sentimentos. A rebelião, para nós, não está na eloquência do discursos, mas na maldade da sabotagem. De há muito que nos habituamos a esconder — o dinheiro, a opinião, o sentimento, o desgosto e a raiva. A pobreza é vergonhosa, a riqueza ostentação irritante. Ambos têm lá o seu ridículo. E nada pior que o ridículo.

Na crônica dos crimes célebres, o matar à traição é uma constante, um índice social. Sempre fomos um povo de políticos. A política está em nós como a moléstia hereditária. Cada mineiro é um político em estado latente, pois gosta de ser esperto, de não revelar, de não dizer o que pensa, o que pretende, o que detesta nos outros. Sabe invejar e sabe ser amável. A grosseria nos repugna, o primário nos desperta riso mau. Fidelidade nos parece cegueira estúpida. Identificamos fidelidade com primarismo.

Tudo isso, entretanto, não está em contradição com a nossa tradição histórica, mas é uma consequência direta dela. Somos o resultado de duas fases históricas antagônicas: o século XVIII e o século XIX, uma urbana, outra latifundiária. A opressão do fisco influiu mais em nós que todos os outros fatores conjugados. Nascemos na riqueza e crescemos em extrema pobreza. Isso nos marcará para sempre. A nossa pobreza viveu dentro de uma tradição de riqueza. Temos apreço grande por todos os antepassados, que, para nós — são homens que se realizaram, que criaram progresso e vida, que renovaram e frutificaram, enfim, que puderam lutar. O saudosismo sempre foi uma forma de fuga. Fuga do tédio, da mediocridade de todas as decadências. O ceticismo é a filosofia adulta da decadência, a ironia seu estilo literário.

Entretanto, também no político mineiro contemporâneo vamos encontrar — apesar de tantos e tão repugnantes pesares – uma constante emancipatória, a noção da independência frente à opressão estrangeira. Muitas vezes, velhos patriarcas do latifúndio lutaram real e objetivamente pelas campanhas da emancipação econômica do país. E lutaram de forma consequente e até corajosa.

Por isso, neste fim de capítulo e fim de livro, desejamos escrever o nome de um velho patriarca das Minas Gerais, homem que refletiu, na sua vida pública, muitos valores sediços e retrógrados, mas que, na sua velhice gloriosa, que soube dignificar, foi um líder dos mais autênticos anseios nacionais: Artur da Silva Bernardes. Poucos homens foram tão mineiros como ele, tão marcado por um mineirismo congênito e ancestral. Era mineiro até na forma de se alimentar. Entretanto, nenhum político profissional brasileiro teve como ele a noção exata da luta contra o domínio pelo estrangeiro da nossa economia. A sua coerência e decisão na luta pelo petróleo e sua nacionalização é impressionante e exemplar.

Quando analisamos a ação política emancipadora de Artur Bernardes em defesa do nosso petróleo, não podemos deixar de nos lembrar da epopeia do ouro, aquela oposição constante contra o fisco.

E enquanto essa batalha se desenvolvia, o barroco também se transformava, as formas estéticas se renovavam numa incessante procura do nacional.

Vemos a princípio, as pequenas capelas bandeirantes que apenas resolviam um problema funcional de emergência. A seguir, o português impõe seu gosto e seu requinte na profusão riquíssima da talha, na pobreza dos exteriores que contrastam com a orgia de ouro e vermelho dos interiores. Caminhávamos então para o meado do século. É o tempo de Pedro Gomes Chaves, José Coelho Noronha, Francisco Xavier de Brito, Felipe Vieira e Manoel Francisco Lisboa. Época de grandeza e de riqueza. Época do construir sem tréguas.

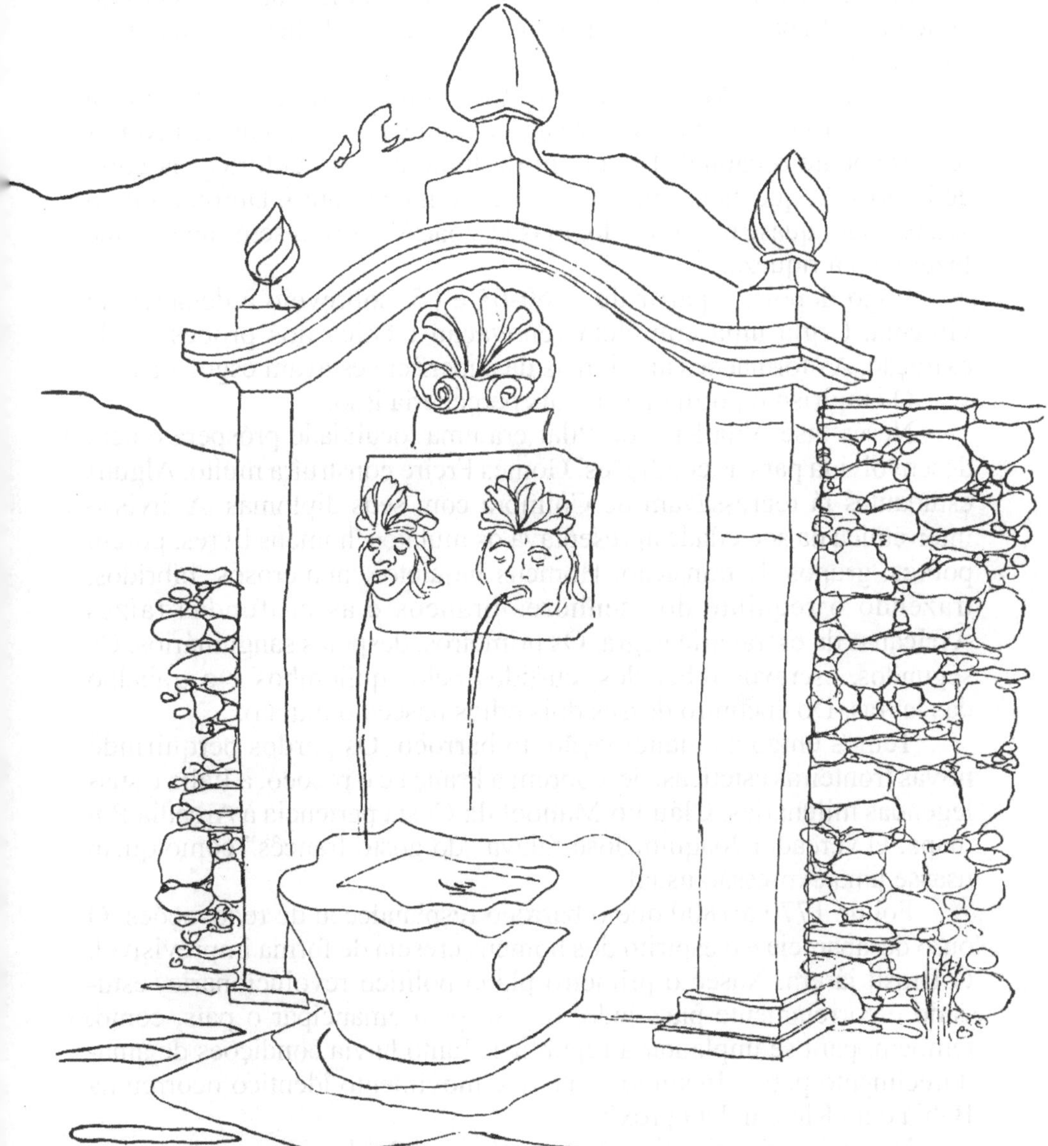

Uma fórmula é então estabelecida, consolidada, plantada no coração do homem. Mas era uma fórmula portuguesa, europeia e peninsular, nascida de milênios de cultura, da expansão jesuítica, das heranças do gótico e da Renascença; era uma concepção repleta de heranças maduras e exaustas.

Nessa época, Minas era rica. As lavras abarrotavam de ouro a Europa. Portugal também construía monumentos em lugar de inverter rendosamente o capital. Havia um deslumbramento eufórico na corte de D. João V, que não sabia o que fazer com tanto ouro. Durou muito o seu reinado, quase meio século, mas D. João V morreu sem saber o que fazer com a riqueza.

Logo depois, a partir de 1760-63 e 65, sobreveio a decadência violenta. Urgia uma completa renovação técnica dos processos de extração. As formações aluvionais da superfície estavam esgotadas.

O empirismo português jamais perceberia isso.

Nessa fase, Vila Rica do Pilar era uma localidade próspera e bem desenvolvida para as condições. Gomes Freire construíra muito. Alguns estudantes já regressavam de Coimbra com seus diplomas. A divisão ínter-étnica da sociedade apresentava os mulatos, homens livres, porém pobres, grupos de transição. Homens inquietos, numerosos, híbridos, trazendo o requinte dos senhores brancos e as profundas raízes Áfricanas da escravaria negra. Os primeiros, déspotas sanguinários. Os segundos, escravos rebelados, curtidos pelos quilombos e o trabalho das lavras. Do encontro desses dois ódios nasceu o mulato.

Temos então a emancipação do barroco. Os pardos perquirindo novas fronteiras estéticas, descobrem a França e o rococó, a Itália e suas legendas milenárias. Cláudio Manoel da Costa pertencia à Arcádia Romana. O vereador Joaquim José falava "do gosto francês" como quem usasse uma expressão usual.

Foi de 1770 a 1800 que o barroco resplandeceu de renovações. O ouro desaparecia e o espírito dos homens crescia de forma imprevisível. O Brasil já era. Nasce o primeiro plano político revolucionário, estudado e corretamente planejado, não só para emancipar o país, como, também, para se implantar a república. Tanto havia condições de amadurecimento para a Inconfidência, que movimento idêntico ocorreu na Bahia e no Rio em data próxima.

Nessa fase de cristalização ou estratificação da vida social, com os agrupamentos já definidos e organizados nas suas respectivas irmandades, surgiu a grande equipe dos artistas e artífices mineiros do segundo quartel, os revolucionários.

Antônio Francisco Lisboa, Servas, Manoel Francisco de Araújo, Ataíde, Nepomuceno, José Pereira dos Santos, João Batista de Figueiredo, Vicente

Alves Costa, Francisco Xavier Carneiro, Lima Cerqueira, Joaquim Gonçalves da Rocha e muitíssimos outros. O barroco que surgiu na Europa durante o século XVI e decaiu no XVIII, exatamente nessa época floresceu no Brasil. Não teve aqui a tarefa de combater o protestantismo. Veio como uma tradição estética, linguagem de um tempo, e não como arma. Entre nós, emancipou-se e refloriu com nova seiva.

O espírito do fim do século influiu sem dúvida no desenvolvimento dos acontecimentos do século XIX. Os mineiros haviam adquirido um amor ao liberalismo, o culto pela atividade intelectual, um respeito pela inteligência e aquela firmeza frente às injustiças do poder.

Quando foi assassinado um jornalista liberal e o imperador D. Pedro chegou a Minas, em cada cidade que chegava, os sinos tangiam a finados pela morte do líder inesquecível.

É que Minas fora talhada na pedra:

> *"De piedra, de metal, de cosa dura,*
> *El alma, dura ninfa, os ha vestido"*
>
> CAMÕES – Sonetos

APÊNDICE

ROTEIRO DE OURO PRETO

O POVOAMENTO

Foi nos últimos anos do século XVII, que bandeirantes paulistas e baianos descobriram as lavras de ouro da região das serras, entre Ouro Preto e Mariana. Antônio Dias, Padre Faria Fialho, Salvador Furtado, Domingos da Silva Bueno e Bartolomeu Bueno foram os primeiros paulistas que se estabeleceram na região de Vila Rica e Ribeirão do Carmo. Todas essas expedições foram motivadas pelas descobertas anteriores de Antônio Rodrigues Arzão, cunhado de Bartolomeu Bueno, que havia chegado até à chamada Casa da Casca, (1693-94) no rio da Casca, região próxima à atual Ponte Nova.

Os primeiros núcleos de ranchos da antiga Vila Rica do Pilar do Ouro Preto foram: São João, Ouro Preto, Paulistas, Taquaral, Pe. Faria, Bom Sucesso, São Sebastião, etc.

Em 1701-02 esteve em Minas o governador Artur de Sá e Menezes que estabeleceu a base administrativa da região das Minas, nomeando as primeiras autoridades: Domingos da Silva Bueno, Manoel de Borba Gato, Garcia Rodrigues Paes, filho de Fernão Dias Paes, chefe da primeira grande batalha descobridora do Sabará e norte Minas, criador dos primeiros arraiais da região do Paraopeba. Garcia Rodrigues Paes, a partir de 1701 foi Guarda-Mor Geral das Minas, tendo construído o chamado caminho novo para o Rio.

Em 1711, logo após a Guerra dos Emboabas – conflito armado entre paulistas e baianos que disputavam o domínio das lavras - chegou à região o governador Antônio de Albuquerque Coelho de Carvalho, que estabeleceu as principais vilas: Ribeirão do Carmo, Sabará e Vila Rica do Pilar de Ouro Preto.

A Vila se desenvolveu rapidamente, não só em consequência da sua mineração, como também das suas condições excepcionais para o comércio.

Logo a partir dos primeiros anos, a população de Vila Rica revelou acentuado espírito de luta contra a política tributária do governo absolutista português. Em 1720, houve em Vila Rica, o movimento revolucionário liderado por Felipe dos Santos Freire e Pascoal da Silva Guimarães. Esta rebelião foi reprimida com violência e solércia pelo governador D. Pedro de Almeida, Conde de Assumar.

MONUMENTOS DE ARQUITETURA RELIGIOSA

IGREJAS

CAPELA DE SÃO JOÃO

A primeira capela de Ouro Preto, construída para comemorar o ato da descoberta, quando o Padre de Faria Fialho celebrou a primeira missa em 1698, no dia de São João, no cume do morro do Ouro Preto, foi a capela que tomou o nome de S. João (24 de junho de 1698).

A seguir o padre Faria e Antônio Dias descobriram o ouro dos ribeiros que cortavam o vale, originando-se assim os dois arraiais.

Capela do Padre Faria — Antigamente houve no local outra capela. Em 1710 construiu-se a atual que tomou o nome do primeiro padre. Posteriormente, sofreu, em várias épocas, uma série de remodelações. Pertence à irmandade do Rosário do Padre Faria de Antônio Dias. Sua talha é de evidente interesse.

Por volta de 1701-02 foram construídas as capelas de S. Sebastião, Santana e S. Miguel e Almas.

Matriz do Pilar de Ouro Preto — A obra foi arrematada em 1720 por João Francisco de Oliveira. Risco de Pedro Chaves — Inaugurada com grande pompa em 1733. É admirável a sua talha erudita e exuberante. Sofreu muitas remodelações em diversas épocas. Pertenceu às irmandades de N. Senhora do Pilar e do Santíssimo Sacramento de Ouro Preto. A capela primitiva já existia em 1712. Essa igreja possui um oratório na sacristia, de autoria do Aleijadinho.

Matriz de Antônio Dias — Foi a matriz de N. Senhora de Antônio Dias, construída em 1727 pelas irmandades do Santíssimo e de N. S. da Conceição. Trabalharam aí Manoel Francisco Lisboa, Antônio Francisco Pombal e outros. O trabalho de talha da capela-mor foi contratado em 1760, com Felipe Vieira, o que revela quantos anos as igrejas antigas levavam para ser construídas.

No altar da Boa Morte foi enterrado Antônio Francisco Lisboa. Também aí repousam os restos de D. Maria Dorotheia Joaquina de Seixas, Marília de Dirceu.

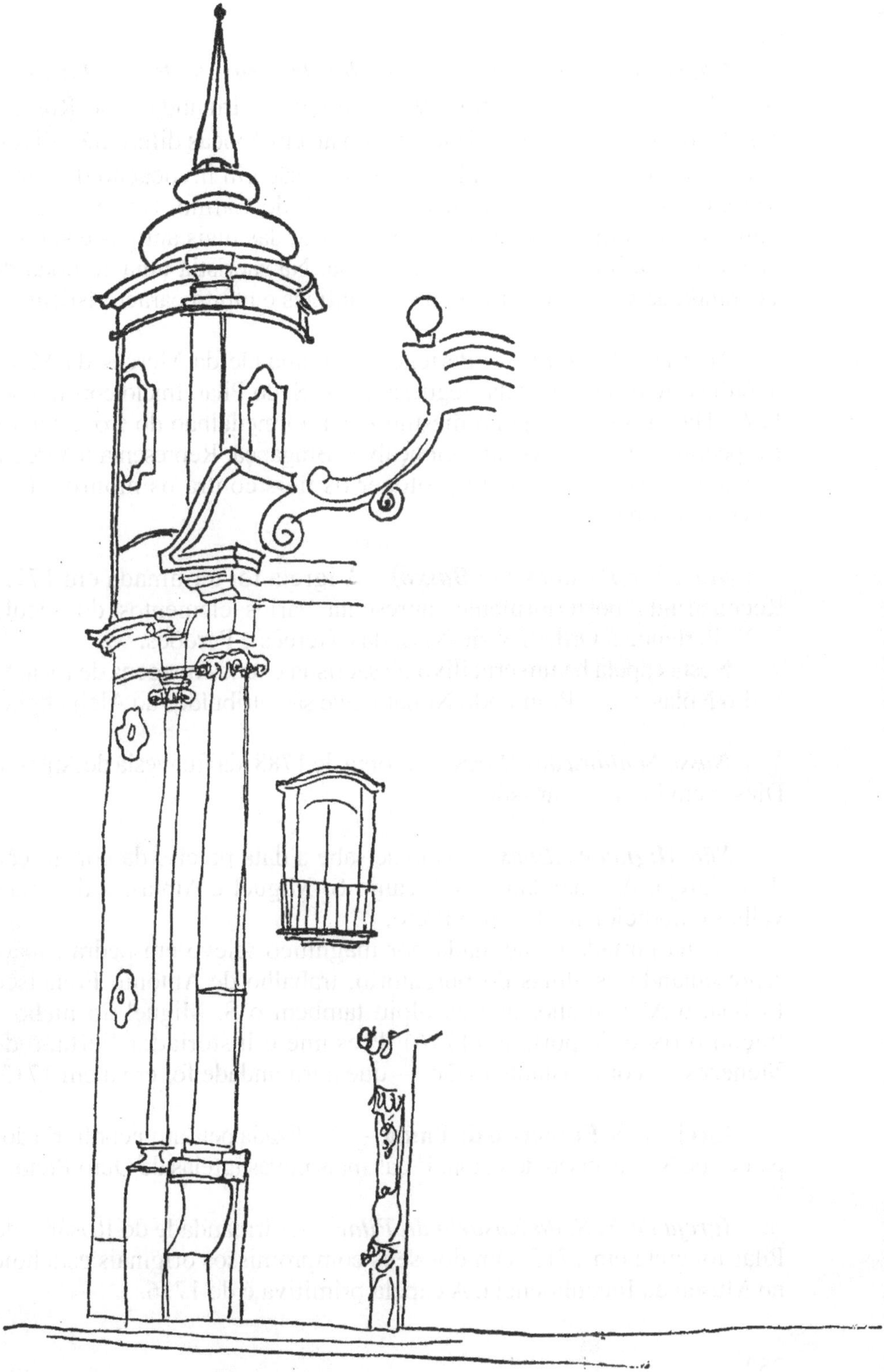

Capela de Santa Efigênia do Alto da Cruz do Padre Faria — Data da 2ª metade do século XVIII. Pertence à irmandade do Rosário dos Pretos de Antônio Dias. Trabalharam aí, em épocas diferentes, diversos artistas de renome. Os altares laterais são em invocação de Santo Antônio, Santa Rita, São Benedito e N. S. do Carmo. Observe-se, no camarim, uma imagem de N. S. do Rosário, das mais antigas e sobre o sacrário, uma imagem de Santa Efigênia. Na sacristia uma cômoda de jacarandá de valor. Suas imagens são antigas e muito características.

Mercês (de Cima) — Pertence à irmandade da Mercês da Misericórdia (pretos crioulos) da freguesia de N. S. do Pilar. Início construção, 1771. Havia outra igreja no mesmo local; O medalhão do frontispício, em pedra-sabão, é de Manuel Gonçalves Bragança. Representa a Virgem estendendo seu manto para proteger os fiéis contra os mouros. Boa coleção de imagens.

Mercês e Perdões (de Baixo) – A igreja foi terminada em 1772. Reconstruída posteriormente, apresenta vários elementos do século XIX. Pertence à Ordem 3ª de N. S. das Mercês e Perdões.
 Nesta capela há um crucifixo da sacristia e umas imagens de roca, S. Pedro Nolasco e S. Raimundo Nonato, que são atribuídos ao Aleijadinho.

Nossa Senhora das Dores — É obra de 1788, da freguesia de Antônio Dias. Sem interesse artístico.

São Miguel e Almas — Não se sabe a data precisa da construção desta igreja. A irmandade do Arcanjo S. Miguel e Almas, é das mais velhas e tradicionais de Ouro Preto.
 A sua portada é encimada por magnífico relevo em pedra sabão, representando as almas do purgatório, trabalho de Antônio Francisco Lisboa, o Aleijadinho, que esculpiu também o S. Miguel do nicho e traçou o risco da portada (1776). Presume o historiador Furtado de Menezes — com bastante razão — que a irmandade foi ereta em 1713.

Igreja de S. Francisco de Paula — Realizada pela arquiconfraria dos pardos de S. Francisco de Paula. É das mais novas igrejas de Ouro Preto.

Igreja de N. S. do Rosário do Pilar — A irmandade do Rosário do Pilar foi ereta em 1715. Um dos seus compromissos originais está hoje no Museu da Inconfidência. A capela primitiva é de 1716.

Esta atual teve seu início em 1785. Seu risco é de José Pereira dos Santos tendo sido arrematada por Manoel Francisco de Araújo. É toda de pedra, portais, arco-cruzeiro, etc. de itacolomi. Seu altar-mor é peça posterior. A planta secionada em curvilíneas dessa igreja é das mais originais de Minas. Torre e frontão de José Ribeiro de Carvalhais.

Igreja de N. S. do Monte do Carmo — Construída pela Ordem 3ª do Carmo a partir de 1767, no local da antiga capela de Santa Quitéria. O primeiro risco, mais tarde modificado pelo Aleijadinho. Foi do seu pai, Manoel Francisco Lisboa. Trabalharam longamente nesta igreja o pintor Manoel da Costa Ataíde, o entalhador Vicente Alves Costa, Manoel Francisco Araújo e outros. Os dois primeiros altares da direita são de Antônio Francisco. A sacristia desta capela é das mais belas de Minas, destacando-se a pia, risco do Aleijadinho e execução de Francisco de Lima Cerqueira. A Ordem Terceira do Carmo era das mais ricas e poderosas de Ouro Preto. Pertence a igreja à freguesia do Pilar.

Igreja de S. Francisco de Assis — Em 1764 iniciaram-se os trabalhos para construção da extraordinária capela da Ordem Terceira do Patriarca S. Francisco. Risco de Antônio Francisco Lisboa. Trate-se de autêntica obra prima da arquitetura colonial de Minas. No interior da igreja são ainda do Aleijadinho: o coro, os púlpitos, o arco-cruzeiro, o retábulo do altar-mor, o risco dos altares laterais e a pia da sacristia. A construção da capela prolongou-se por muitos anos. A pintura do teto da nave é de Manoel da Costa Ataíde, sendo uma realização de excepcional valor.

Pertenceram à Ordem Terceira de S. Francisco, Cláudio Manoel da Costa, cônego Luiz Vieira da Silva e João Gomes Batista.

Tanto no seu interior como no exterior, a S. Francisco assombra por sua magnificência estética.

MONUMENTOS DE ARQUITETURA CIVIL

Palácio dos Governadores — Em 1738, o governador Gomes Freire de Andrade era autorizado a adaptar a antiga Casa de Fundição de Vila Rica para residência dos governadores.

Em 1743 o sargento-mor de engenharia José Fernandes Pinto Alpoin traça o projeto para o Palácio. O arrematante da obra foi Manoel Francisco Lisboa por "quarenta mil cruzados".

O governador José Antônio Freire de Andrade, irmão de Gomes Freire e seu substituto, passa a residir no Palácio em 1748.

Em 1751 recomeça a funcionar no pavimento térreo, a Casa de Fundição. E em 1898 a capital se transfere para Belo Horizonte. No Palácio de Ouro Preto residiram, ao todo, 105 governadores e presidentes.

Museu da Inconfidência — No ano de 1784 foi iniciada a construção da Casa da Câmara e Cadeia pelo governador Luiz da Cunha Menezes, autor da sua planta. A obra só se concluiu no meado do século XIX. O Museu foi criado pelo decreto-lei de 20 de dezembro de 1938.

No Museu está exposto o altar da capela da fazenda da Serra Negra de autoria do Aleijadinho, algumas figuras de presépio e a imagem de S. Jorge também dele.

Casa dos Contos — Em 1785 o contratador João Rodrigues de Macedo começou a construir esse belo edifício para ser a sua residência.

Em 1794 estando Rodrigues de Macedo em grande débito para com o erário, o governo apropriou-se do prédio. Aí ficaram presos vários inconfidentes e aí faleceu, por suicídio ou assassinato, na noite de 3 para 4 de julho de 1789, o poeta, advogado, inconfidente e intelectual Cláudio Manoel da Costa.

Casa do Tenente-Coronel Francisco Paula Freire de Andrade — Situado à rua Direita, atual Bobadela, n.° 7. É uma bela residência do século XVIII com aquisições de elementos do século XIX.

Freire de Andrade comandante do Regimento dos Dragões de Cavalaria ao qual pertencia Tiradentes, era um dos chefes da Inconfidência. Faleceu no degredo Áfricano em 1802.

Casa de D. Manoel de Portugal e Castro — Praça Tiradentes n.° 19. Sofreu várias deformações. À sacada lê-se a seguinte inscrição: *Para eterna memória do benefício imortal, teu nome fica gravado neste metal.*

D. Manoel de Portugal foi governador da capitania tomando posse em 1814, deixando o governo em consequência da independência do Brasil, em 13 de outubro de 1822. Teve ação decisiva na vida política de Minas nos primeiros anos que antecederam a independência. A designação "casa de D. Manoel" deve ser uma invenção popular, pois D. Manoel residia em Palácio.

Casa da Baronesa — *Praça Tiradentes* — Trata-se de uma bela residência do século XVIII. Pertenceu à família do Barão de Camargos. Funciona hoje neste prédio a sede da Diretoria do Patrimônio Histórico e Artístico Nacional.

Descendo agora a antiga rua do Ouvidor, temos *A Casa de Gonzaga*, onde residiu quando ouvidor e provedor dos defuntos e ausentes, Tomás Antônio Gonzaga, o magnífico poeta, preso em 23 de maio de 1789 e degredado para Moçambique, como inconfidente. Nesta casa se reuniam os maiores espíritos da capitania durante a grande fase da Inconfidência. Indo para a África, Gonzaga aí advogou e galgou o alto cargo de Juiz da Alfândega. Casou-se com a jovem Juliana de Souza Mascarenhas, falecendo em Moçambique em 1810.

Casa de Cláudio Manoel da Costa — Situada à rua Bernardo Vasconcellos (nome atual) n.º 2. Nela residiu vários anos o poeta nascido em Mariana em 1729. A casa foi arrematada entre os bens sequestrados a Cláudio, pelo advogado Diogo Pereira de Vasconcellos tendo aí vivido o estadista e parlamentar Bernardo Pereira de Vasconcellos.

Casa de Bernardo Guimarães — Sobrado do século XVIII, com elementos do século XIX, situado no bairro das Cabeças.

Bernardo Joaquim da Silva Guimarães, nascido em Ouro Preto em 1825, foi renomado poeta, romancista e crítico literário mineiro do século XIX.

Afirmam descendentes do escritor que esta casa pertenceu a Manoel da Silva Gato, neto do bandeirante Borba Gato, que a vendeu à sogra de Bernardo Guimarães. Este herdou o imóvel, onde residiu alguns anos.

CHAFARIZES DE OURO PRETO

Não existindo nas cidades do século XVIII o serviço de encanamento de água, a administração pública sempre cuidou de construir pontos certos onde a população de uma rua, trecho de rua ou bairro, se abastecia da água necessária à usança doméstica. Entretanto, como os homens daquela época se caracterizavam sempre, pelo dom de aliar a beleza dos objetos à sua função prática — ao contrário dos modernos que criaram desagradável conflito entre o belo e o inútil, cristalizado já neste enraizado preconceito que exilou a função da arquitetura e do urbanismo contemporâneos — os chafarizes não só atendiam à população com sua água limpa e pura, nascida na pedra e conduzida através de seguro encanamento, como também dotava as praças e largos de autênticos monumentos.

Alguns desses monumentos são de evidente valor decorativo marcando a paisagem, enriquecendo-a e completando-a. Outros, como o chafariz dos Contos de Ouro Preto, o chafariz de Marília, o do Caquende, em Sabará, estão para sempre identificados ao lendáriodo ciclo do ouro, sua saga lírica, sua fantasia popular e rica de poesia. Contemplando, hoje, a paisagem de Ouro Preto é fácil verificar como alguns dos seus chafarizes, sem a grandeza eloquente de certas praças europeias, completam e acentuam o barroquismo dessa paisagem que, aliás, já nasceu barroca. O que há de característico na topografia de Ouro Preto contribui, portanto, para emprestar significação estético-urbanística especial a esses magníficos chafarizes. Eles revelam a perfeita identificação existente outrora entre o bom senso e a sensibilidade, entre a função e a arte, entre o natural e o criado, aquilo que nasceu da natureza e aquilo que o homem inventou para sua serventia e ao mesmo tempo, seu devaneio. A beleza teve sempre sua finalidade social.

O governo colonial português jamais cuidou das obras que pudessem apresentar qualquer utilidade para a população. Em consequência, eram as Câmaras Municipais que cuidavam da construção dos chafarizes, calçamento de ruas ou pontes, assim como era das irmandades a tarefa de construção das igrejas. À Coroa cabia exclusivamente cobrar impostos sem gastar coisa alguma pelo bem estar coletivo. São quatorze os chafarizes de Ouro Preto, dos quais destacamos os seguintes:

Chafariz dos Contos — Também chamado de Chafariz da Ponte de S. José, arrematado em 1745, terminado em 1760, todo em itacolomito. Possui a inscrição latina que, segundo Diogo de Vasconcellos significa:
"*Povo que vai beber, louva de boca cheia o Senado, porque tens sede e ele faz cessar a sede.*"

Chafariz da rua da Glória — Quando foi construído, em 1752, chamava-se Fonte de Ouro Preto. Foi arrematada a sua execução por 700$000 por Antônio da Silva Herdeiro e Antônio Fernandes de Barros. O termo do contrato dizia que deveria ser construído de acordo com o risco existente no Senado para a Ponte de Antônio Dias.

Chafariz da rua das Flores — Já se chamou Chafariz dos Cavalos, porque havia um quartel de cavalaria nas proximidades o que ensejava aos animais beberem neste chafariz.

Chafariz de Marília — Situado na frente da casa da noiva de Gonzaga, hoje demolida, esse chafariz é dos mais belos de Ouro Preto, datado de 1759.

Há ainda os seguintes chafarizes na cidade:

Alto da Cruz — com escultura atribuída ao Aleijadinho.
Águas Férreas — no caminho das lages, semidestruído.
Antônio Dias — na rua Bernardo de Vasconcellos.
Rosário — bastante arruinado. (Caquende), de 1753.
Chafariz da Coluna — no alto das Cabeças.

PONTES DE OURO PRETO

Quase todos os chafarizes e pontes da antiga Vila Rica foram restaurados pela Diretoria do Patrimônio Histórico e Artístico Nacional.

Geralmente, quando fazem seus comentários sobre as pontes da cidade, os nossos escritores gostam de citar o poema de Gonzaga em "Marília de Dirceu" (Lira 37 da 2.ª parte), quando o poeta ordena ao pássaro que, da prisão, enviava à cidade distante em busca da noiva:

> "Toma de Minas a estrada,
> Na Igreja Nova, que fica
> Ao direito lado e segue
> Sempre firme a Vila Rica.
>
> Entra nesta grande terra,
> Passa uma formosa ponte,
> Passa a segunda; a terceira
> Tem um palácio defronte.

Ouro Preto possui, ao todo, sete pontes com vastas arcadas romanas e banquetas onde as pessoas se assentavam à tarde para conversar, como na Ponte dos Contos. A "Formosa Ponte" citada era a do Rosário. Temos ainda a Ponte da Barra, a qual afirma Diogo de Vasconcellos que deve estar situada precisamente onde estavam as lavras pertencentes a Antônio Dias, em 1700. Na Barra residiu Manoel Francisco Lisboa. A ponte é de 1806. A Ponte dos Contos é de 1744, situando-se sobre o córrego do Xavier. Afirmam alguns autores que seu risco serviu de modelo às outras.

A Ponte do Padre Faria é de 1750. A do Ouro Preto (Ponte do Pilar) é de 1757. Foi outrora a comunicação entre o bairro de Antônio Dias e o do Pilar. Temos ainda a Ponte Seca, próxima à Matriz do Pilar, e a do Palácio Velho em Antônio Dias.

Concluindo estas ligeiríssimas indicações, devemos repetir o que já escrevemos em passagem anterior: Ouro Preto é a cidade que permaneceu no tempo. É um exemplar completo e integral, modelo vivo do que eram as cidades coloniais de Minas. Conservou não só seu aspecto exterior, como também a sua alma, sua fisionomia mais íntima. Dificilmente poderemos encontrar, em qualquer outro país do mundo, uma peça colonial tão completa.

BIBLIOGRAFIA

Revista do Patrimônio Hist. e Art. Nacional – números de 1 a 14 – M.E.S. Rio.

Charles Rybeyrolles – "*Brasil Pitoresco*" – VI. 1 – S. Paulo – Livraria Martins – Trad. – *Gastão Penalva*.

Augusto de Saint-Hilaire – "*Viagem pelas Províncias do Rio de Janeiro e Minas Gerais*" – 2 tomos – Trad. *Clado Ribeiro Lessa* – Comp. Ed. Nacional – 1938 – S. Paulo.

Augusto de Saint-Hilaire – "*Segunda Viagem do Rio de Janeiro a Minas e a S. Paulo*" – (1822) – Trad. Affonso e E. Taunay – Brasiliana – vol. V – C.E.N. 1932 – S. Paulo.

W. L. Von Eschwege – "*Pluto Brasiliensis*" – 2 vols – Trad. Domício de Figueiredo Murta v C.E.N. – S. Paulo – s/ data.

Carlos Del Negro – "*Contribuição ao Estudo da Pintura Mineira*" – Pub. D.P.H.A.N. – nº 20 – Rio – 1958.

Critilo (Tomaz Antônio Gonzaga) – "*Cartas Chilenas*" – Intrd. e Notas por Afonso Arinos de Melo Franco – Imp. Of. Rio – 1940.

Cláudio Manoel da Costa – "*Obras Poéticas*" – Com Estudo de João Ribeiro – 2 vols. – Garnier – Rio – 1903.

Francisco Antônio Lopes – "*Os Palácios de Vila Rica*" – Ouro Preto no Ciclo do Ouro – Belo Horizonte – 1955.

Werner Weisback – "*EL BARROCO – Arte de La Contrarreforma*" – Trad. Espanhola Enrique Lafuente Ferrari – EspasaGalpe S. A. – Madrid – 1948.

Lourival Gomes Machado – "*Reconquista de Congonhas*" – I.N.L. – Rio – MCMLX.

Primeiro Seminário de Estudos Mineiros – (Universidade de M G. – 1957).

Lourival Gomes Machado – "*Viagem a Ouro Preto*" – Separata R. Arq. Dept. Cultura – S. Paulo – 1949.

Cônego Raimundo Trindade – 2 "*A Sede do Museu da Inconfidência em Ouro Preto*" – Revista dos Tribunais – S. Paulo – 1958

Cônego Raimundo Trindade – "*S. Francisco de Assis de Ouro Preto*" – M.E.S. – D.P.H.A.N. – nº 17 – Rio – 1951.

Francisco Antônio de Oliveira Lopes – "*História da Construção da Igreja do Carmo de Ouro Preto*" – M.E.S. – Rio – 1942.

Francisco de Assis Carvalho Franco – *"Dicionário de Bandeirantes e Sertanistas dos Brasil"* – Sec. XVI – XVII – XVIII – Publ. IV Centenário de S. Paulo – Martins – 1954.

Antônio Francisco Lisboa – *"O Aleijadinho"* – Publ. D.P.H.A.N. – n° 15 – Rio – 1951 – Francisco Antônio de Oliveira Lopes – *Álvares Maciel no Degredo de Angola* – M.E.C. – serv. Dct. – Rio – 1958.

Germain Bazin – *"L'Architecture Religieuse Baroqueau Brésil"* – Tomo I – Editions D'Histoire et D'Art – LibrairiePlon – Paris.

Géo-Charles – *"L'Art Baroque et Brésil"* – Les Editions Inter-Nationales – Paris –1956.

Mário de Andrade – *"O Aleijadinho e Álvares de Azevedo"* – R. A. editora – Rio – 1935.

Rodrigo Melo Franco de Andrade – *"Artistas Coloniais"* – Serv. Dct. – 113 Rio – 1958.

R. A. Freudenfeld – *"Mestre Antônio Francisco – O Aleijadinho"* – Inteligência Ed. Cultura – s/ data.

Feu de Carvalho – *"O Aleijadinho"* (Antônio Francisco Lisboa) – Belo Horizonte – Ed. Hist. – 1934.

Pe. Heliodoro Pires – *"Mestre Aleijadinho"* (Vida e Obra de Antônio Francisco Lisboa) – Liv. S. José – Rio – 1961.

Lúcio José dos Santos – *"A Inconfidência Mineira"* – Papel de Tiradentes na Inconfidência – Liceu Coração de Jesus – S. Paulo –1927.

Diogo de Vasconcellos – *"História da Civilização Mineira"* – 1ª Parte – Bispado de Mariana – Ed. Apolo – Belo Horizonte – 1935.

Diogo de Vasconcellos – *"História Antiga das Minas Gerais"* – Ouro Preto Beltrão – Liv. Editores – 1901.

Diogo de Vasconcellos – *"História Média das Minas Gerais"* – Imprensa Oficial de Minas – 1918 – Belo Horizonte.

Diogo de Vasconcellos – *"A Arte em Ouro Preto"* – Ed. da Academia Mineira – Belo Horizonte – 1934.

Bicentenário de Ouro Preto – 1711-1911 – Memória Histórica – Imprensa Oficial – do Est. de Minas Gerais – 1911.

José Pedro Xavier da Veiga – *"Ephemerides Mineiras"* (1664-1894) – 4 vols. – Ouro Preto – Imp. Of. – 1897.

Sérgio Buarque de Hollanda – *"Raízes do Brasil"* – José Olympio Ed. – Rio – 1936.

Salomão de Vasconcellos – *"Verdades Históricas"* – Ed. Apolo – Belo Horizonte – 1936.

Manuel Bandeira – *"Guia de Ouro Preto"* – Publ. P.H.A.N. – M.E.S. – Rio –1938.

Joaquim Felício dos Santos – *"Memórias do Distrito Diamantino"* – 3ª ed. O Cruzeiro – Rio –1956.

M. Rodrigues Lapa – As *"Cartas Chilenas"* – Um Problema Histórico e Filológico – Pref. Afonso Pena J. – I.N.L – M.E.C. – Rio – 1958.

Anuário do Museu da Inconfidência – Ouro Preto – M.E.S. – Publ. D.P.H.A.N. números de I a IV – (1952-53-54-55).

Autos de Devassa da Inconfidência Mineira – 7 vols. – M.E.C. – Biblioteca Nacional – Rio – 1936.

Eduardo Frieiro – *"O Diabo na Livraria do Cônego"* – Como era Gonzaga? E Outros Temas Mineiros – Ed. Itatiaia Ltda. – Belo Horizote – 1957.

Isaias Golgher – *"Guerra dos Emboabas"* – (Estudo Baseado em Doct. Inédita) – Ed. Itatiaia Ltda. – Belo Horizonte – 1956.

André João Antonil (João Antônio Andreoni) – *"Cultura e Opulência do Brasil por suas Drogas e Minas no Ano de 1711"* – Rev do Arq. Publ. Mineiro – T. IV – 1837.

Cônego Raimundo Trindade – *"Arquidiocese de Mariana"* – 2.ª ed. – 2vols Imp. Oficial – 1955.

José Farrater Mora – *"Dicionário de Filosofia"* – Edit. Sudamericana – Buenos Aires – Verbete – *Illustracion* – 1951.

Francisco Romero – *"História de La Filosofia Moderna"* – Beeviários F.C. Esc. México – Buenos Aires – 1959.

José Joaquim da Rocha – *"Memória Hist. da Capitania de M. Gerais"* – Revista Arq. Publ. Mineiro – vol II – 1897.

J. J. Teixeira Coelho – *"Introdução para o Governo da Capitania de M. Gerais"* – Revista Arq. Publ. Mineiro – Ano VIII.

Extrato do Desenvolvimento das Minas Gerais – Ver. Arq. Publ. Mineiro – vol. I – 1896.

João Armitage – "História do Brasil" – Zélio Valverde – Rio – 1943.

Nelson Werneck Sodré – *"O Que Se Deve Ler Para Conhecer o Brasil"* – Centro B. de Pesq. Ed. I.N.E.P. – M.E.C. – 1950.

Aluízio Sampaio – *"BRASIL"* – Síntese da Evolução Social – Ed. Fulgor – S. Paulo – 1961.

Afonso Arinos de Melo Franco – *"Estudos e Discursos"* – Ed. Comercial – S. Paulo – s/ data.

João Dornas Filho – *"O Ouro das Gerais e A Civilização da Capitania"* – Comp. Ed. Nacional Brasiliana – S. 5ª vol. 293 – S. Paulo – 1957.

Sylvio de Vasconcellos – *"Vocabulário Arquitetônico"* – Esc. Arquitetura Universidade de Minas Gerais – 1961.

Sylvio de Vasconcellos – *"Vila Rica – Formação e Desenvolvimento Residências"* – I.N.L. – M.E.C. – Rio – 1956.

João Ribeiro – *"História do Brasil"* (12ª ed.) L.F. Alves – Rio – 1929.

Estudos Brasileiros – Ano III – vol. 6 –Janeiro, Fevereiro, Março, Abril de 1941 – Contendo: *Circulação do Ouro em Pó e em Barras no Brasil* – Conferência de Kurt Prober.

Pedro Taques de Almeida Paes Leme – *Notícias das Minas de S. Paulo e dos Sertões da mesma Capitania* – Intd. e notas de Affonso E. de Taunay. Publ. IV Centenário de S. Paulo (Martins – 1954).

Affonso E. de Taunay – *"História Geral das Bandeiras Paulistas"* – Tomo IX – (Início do Grande Ciclo do Ouro – Os Primeiros Anos das Minas Gerais – A Guerra dos Emboabas.) Ed. Museu Paulista – Imp. Of. do Est. De São Paulo – 1948.

Salomão de Vasconcellos – *"Bandeirismo"* – Bibli. M. Cultura – vol. XV – Belo Horizonte – 1944.

Este livro foi composto com a tipografia Times New Roman
e impresso pela Meta Brasil.